Ein Paradies für Pferdefreunde

Weitere Pferde-Taschenbücher:

- Willkommen im Pferdeparadies
- Pferdeglück und Sommerträume
- Pferdefreunde – für immer!
- Sehnsucht, Pferde, Glücksgefühle
- Ein Pferdesommer zum Verlieben
- Sommer, Sonne, Stallgeflüster
- Im Galopp ins Sommerglück
- Traumferien im Sattel
- Ein Sommer voller Pferdeträume
- Sommerträume auf vier Hufen
- Ferien mit Traumpferd
- *Ein Paradies für Pferdefreunde*

ISBN 978-3-7855-7754-7
1. Auflage 2013
Copyright *Janas Feriengeheimnis* © 2013 by Meike Haas.
Dieses Werk wurde vermittelt durch die
Michael Meller Agency GmbH, München.
Copyright *Liebesstress im Wilden Westen* © 2013 by Sonja Kaiblinger
Copyright Deutsche Originalausgabe
© 2013 Loewe Verlag GmbH, Bindlach
Umschlagillustration: Dagmar Henze
Umschlaggestaltung: Elke Kohlmann
Printed in Germany

www.loewe-verlag.de

Meike Haas und Sonja Kaiblinger

Ein Paradies für Pferdefreunde

Janas Feriengeheimnis 7

Der Nachtfalter im Bauch 9
Flucht in den Stall 21
Plan B 32
Falsch, falscher, am allerfalschesten! 40
Ein Reitschüler nur für mich 53
Das blöde Moritz-Gefühl 65
Auf die Minute 79
Verhandlung im Dunkeln 91
Bikini-Träume 102
Blaue Flecken 110
Chipskrümel und Traumscherben 125
Spion im Sattel 134
Schwierige Geständnisse 148
Wie im Film 158

Liebesstress im Wilden Westen 169

Strickrosie forever 170
Traumgirl neu zugestiegen 182
Das Einmaleins des Westernreitens 191
Groupies zum Abendbrot 203
Howdy, Neulinge! 213
Feind im Anmarsch 225
Verbündeter gesucht 234
Pferdeputztag auf der Moonlight Ranch 242
Verdacht 252
Zwei Besucher sind einer zu viel 268
Ein Date im Wilden Westen 278
Ein nächtliches Abenteuer 291
Nächtliche Suchaktion 307
Party unter Sternen 326

Meike Haas

Janas Feriengeheimnis

Der Nachtfalter im Bauch

Als ich meinen Koffer packte, war es wieder da. Dieses Gefühl. Ich habe es oft. Es ist wie ein Flattern im Bauch, als ob jemand in mir drin sitzt und mit seinen Flügeln schlägt. Dann wird mir flau und erst dann merke ich, dass ich vor irgendetwas Angst habe. Das ist doch komisch.

Eigentlich sollte man denken, dass erst die Sache da ist, vor der man sich fürchtet, und dann das Gefühl. Tatsächlich ist es aber umgekehrt. Zumindest bei mir. Manchmal wache ich auf und das Gefühl ist so stark, dass ich meine, mein Bauch platzt und das Flatterwesen fliegt heraus – und erst dann merke ich, dass wir am selben Tag eine Französisch-Arbeit schreiben. Bei Frau Mayer-Höfelding. Der Horror pur. An solchen Morgen bin ich mir sicher, dass es ein ekliger Nachtfalter ist, der in meinem Bauch wohnt. So eine braungraue Motte, von der man auf gar keinen Fall gestreift werden möchte, wenn sie zur Lampe schwirrt.

Manchmal flattert es aber auch anders. Sanfter, kitzeliger. Dann denke ich – gut, das klingt jetzt vielleicht kitschig, aber ich verrate es trotzdem – dann denke ich an eine kleine Elfe. Sie hat helle, weiche Haut und sehr dunkle Augen. Ihre hauchdünnen Flügel glitzern und streifen ganz sanft innen am Bauchnabel entlang. Dann ist das Flattern ein tolles Gefühl und ich merke erst, dass die Sache, wegen der ich so aufgeregt bin, Tim ist.

Na ja, „Sache" ist wohl das falsche Wort. Tim ist ja ein Mensch. Ein Junge. Ein 15-jähriger Junge.

Es war total logisch, dass ich beim Kofferpacken seinetwegen nervös wurde. Schließlich packte ich, weil wir auf den Reiterhof Staudacher im Allgäu fahren würden, wie jeden Sommer. Und dort würde ich wie jeden Sommer Tim treffen. Trotzdem war erst das Flattern da, dann kam der Gedanke an die glitzernden Elfenflügel und dieses Glitzern erst erinnerte mich an die hellen Härchen auf Tims brauner Haut. Daran, wie sie geschimmert hatten, vor einem Jahr, im Stall von Staudachers. Wie Goldflitter hatten sie ausgesehen.

Als ich dieses Bild vor Augen hatte, ließ ich die Socken fallen, die ich in den Koffer legen wollte, setzte mich auf den Boden, schloss die Augen und lehnte mich mit dem Rücken an meinen Schrank. Ich wollte, dass das Bild blieb. Es war gerade so deutlich und ich hatte schon so oft versucht, es heraufzubeschwören. Bronzebraune Haut mit Goldflitter.

Wir hatten jeden Tag Ausritte gemacht und das bei strahlendem Sonnenschein. Darum war Tims Haut so braun. Und durch den offenen Giebel des Stalls fiel ein Sonnenstrahl, der die Härchen leuchten ließ. Und diese Härchen starrte ich an, weil ich mich nicht traute, in sein Gesicht zu schauen. Im Rücken spürte ich die Wand von Mirandas Box. Die Elfe flatterte und flatterte. Ich hatte Angst, dass Tim vielleicht zurückweichen würde, er war schon ganz nah mit seinem Mund und bestimmt würde er mich gleich …

„Jana?!!!"

Der Schrei riss mich aus meinem Traum. Die Boxenwand in meinem Rücken wurde wieder zur Schranktür und vor meinem Gesicht war rein gar nichts, was zurückweichen oder mich küssen konnte. Nein, ich hatte freie Sicht auf die Kleidungsstücke, die ich auf dem Boden meines Zimmers ausgebreitet hatte. Eigentlich ziemlich viele, dafür, dass ich erst seit fünf Minuten packte.

„Jana?"

Die Stimme, die alles zerstört hatte, klang schrill, ein wenig krächzend, wie ein Papagei im Stimmbruch und sie kam aus dem Erdgeschoss. Es war eindeutig meine Mutter.

„Weißt du, wo Idas Reitkappe ist?"

Warum fragte meine Mutter immer mich, wenn meine kleine Schwester etwas verloren hatte?

„Keine Ahnung!"

„Was ist mit deinen Sachen? Hast du fertig gepackt?"

Fertig? Was stellte sie sich vor?

„Oder träumst du schon wieder?"

Ich stöhnte nur anstelle einer Antwort. Diese Frage ging mir auf die Nerven. Meine Mutter stellte sie bestimmt zehn Mal am Tag. Gut, nicht ohne eine gewisse Berechtigung. Aber ich möchte mal wissen, was daran schlimm ist, wenn man träumt? Frau Trautmann, meine Lehrerin in der 5. Klasse, hat immer gesagt, dass Träumen sehr wichtig sei. Eigentlich das Wichtigste überhaupt. Ohne Träume keine großen Ziele, keine guten Taten, keine tollen Aufsätze. Da habe ich mich dann immer wie ein sehr guter Mensch gefühlt. Ich kann nämlich gar nicht anders. Ich träume ständig. Schließlich ist die Wirklichkeit so ... wie soll ich sagen ... so unnachgiebig. Sie schert sich kein bisschen um meine Wünsche. Aber im Traum ...

Im Traum ist es mir sogar schon mehrmals gelungen, Tim zu küssen. In meinem großartigen Liebesfilm-Traum, in dem ich alles richtig mache.

Ich nenne diesen Traum „Liebesfilm"-Traum, weil ich mich darin immer nur von außen sehe. Wie in einem Film eben. Einem großartigen Liebesfilm mit mir als Hauptdarstellerin. Er geht so:

Ein dünnes Mädchen mit rotbraunen welligen Haaren und relativ blasser Haut lehnt an der Boxenwand. Ein blonder Junge steht vor ihr. Sein

Gesicht nähert sich ihrem. Sonnenstrahlen fallen durch den offenen Giebel und beleuchten beide. Goldflitter und so weiter, das habe ich ja schon erzählt. Ein schrecklicher, krächzender Schrei ertönt: „Jana!!! Wir fahren!!!!!"

Bis dahin stimmt der Liebesfilm-Traum absolut mit dem überein, was tatsächlich passiert ist. In echt bin ich dann leider aus dem Stall gerannt, habe mich ins Auto gesetzt und bin heimgefahren. Ohne Tims Telefonnummer, ohne seine E-Mail-Adresse, ohne jeden Abschied!

Das Mädchen im Film macht alles besser. Sie kümmert sich nicht um den Schrei. Sie stößt sich leicht von der Boxenwand ab und greift mit der Hand zärtlich in das Haar des Jungen. Sie zieht seinen Kopf zu sich heran, dann treffen ihre Lippen seinen Mund. Die Kamera beginnt, um das Paar zu kreisen, immer schneller, bis das Sonnenlicht mit dem Holz der Boxenwand verschwimmt. Schnitt. Die Kamera zeigt eine braune Stute mit einem winzigen weißen Abzeichen auf der Stirn, die neben dem Paar steht und zufrieden wiehert. Das ist Miranda, mein Lieblingspferd, und sie gehört unbedingt dazu.

Leider konnte ich den Film dieses Mal nicht bis zu der süßen Abschlussszene mit Miranda fertig träumen, denn die schreckliche Papageien-Stimme erklang in echt und zwar direkt über mir.

„Was ist denn das?!!"

„Was?"

Ich sah zu meiner Mutter auf. Äußerlich hat sie rein gar nichts mit einem Papagei zu tun. Allenfalls mit einem Albino-Papagei, wenn es die gibt. Farben kommen weder in ihrer Garderobe noch in ihrem Gesicht vor. Sie ist so ein Natur- und Outdoor-Mensch und besitzt nur matschfarbene Wanderhosen und sandfarbene T-Shirts. Ich weiß nicht, ob sie jemals von Make-up gehört hat. Gekauft oder benutzt hat sie es jedenfalls noch nie. Sogar ihre Haare sind irgendwie farblos und sie trägt tagein, tagaus einen Pferdeschwanz. Das findet sie „praktisch". „Praktisch" ist überhaupt das Lieblingswort meiner Mutter und für sie gleichbedeutend mit „wunderbar", „herrlich" und „nicht zu überbieten".

„Warum hast du den ganzen Inhalt deines Schranks auf dem Boden ausgebreitet?", krächzte sie jetzt.

„Um auswählen zu können, was ich mitnehmen soll."

Sie scannte die ausgebreiteten Sachen ab. Schnell griff ich nach dem schwarz-grau-hellrosa Shirt, das ich mir heimlich gekauft hatte, und schob es unter irgendeinen Pulli. Es sieht total cool aus: als ob sich dunkle Schlingpflanzen vor einem rosa Nachthimmel in die Höhe winden. Außerdem rutscht es immer über die Schulter, also mit Absicht. Man kann einen schönen BH darunter anziehen und alle sehen die Träger. Also wenn man einen BH besitzt.

Ich tue das nicht. Weil ich keinen Busen habe. Aber meine beste Freundin Lilian, die sich dasselbe Shirt gekauft hat. Bei ihr sieht man nicht nur den Träger, sondern sogar ein bisschen von der Wölbung. Meine Mutter findet das „unmöglich!!!!!". Genau: unmöglich mit fünf Ausrufezeichen. Mit Sicherheit würde sie das Shirt sofort einkassieren.

„Jana! Wir fahren auf den Reiterhof, nicht zu einer Modenschau. Den ganzen Schnickschnack kannst du hierlassen, schließlich brauchst du noch Platz für die Wandersachen."

Wandersachen! Gerade noch rechtzeitig verkniff ich mir das nächste laute Stöhnen. Mit Mama über die Sinnlosigkeit von Bergtouren zu diskutieren, ist ungefähr so aussichtsreich, wie einer Nacktschnecke das Bruchrechnen beizubringen. Man muss andere Mittel und Wege finden, um dem Wanderzwang, der in unserer Familie herrscht, zu entkommen.

„Ach Mama, weißt du, ich habe ja leider gar keine Zeit, in die Berge zu gehen. Ich reite doch jeden Tag!", antwortete ich so freundlich wie möglich. Da legte mir Mama ihre Hand auf die Schulter und meinte mit tröstendem Lächeln: „Dieses Jahr schaffen wir es bestimmt, einmal alle zusammen wandern zu gehen. Ich habe es mir fest vorgenommen." Ich wollte gerade protestieren, da sagte sie noch: „In diesem Jahr wird alles anders."

Und diese sechs Worte, die machten die Elfe in meinem Bauch ganz verrückt. Sie zappelte und flatterte und strampelte. *In diesem Jahr wird alles anders!* Wie recht Mama hatte! Wenn auch ganz anders, als sie dachte.

In diesem Jahr würden Tim und ich ...

... ja, was eigentlich? Um ehrlich zu sein, fiel mir erst in diesem Moment, zwischen meinen ganzen Klamotten, vor dem geöffneten Koffer, neben meiner verzückt lächelnden Mutter ein, dass es auf keinen Fall so sein würde wie in meinem Traum. Sondern irgendwie anders. Und dass dieses „irgendwie" ein Mega-Problem war.

Tausend Fragen taten sich auf: Wo genau würde ich ihn wiedersehen? Wer würde dabei sein? Was sollte ich sagen? War er überhaupt noch verliebt? Und was sollte ich anziehen?

Jetzt stöhnte ich doch. Das weckte meine Mutter aus ihrem Wandertraum. Sie strich mir über die Schulter und sagte: „Du wirst schon sehen: In diesem Jahr klappt es!" Dann nahm sie diese furchtbare Wanderhose und das ekelhafte Funktions-T-Shirt aus meinem Schrank, packte die hässliche Fleecejacke obendrauf und stopfte gleich noch zwei paar Wandersocken dazu.

„Also, beeil dich", meinte sie. „In einer Viertelstunde wollen wir fahren." Dann verließ sie das Zimmer. Zum Glück!

Kaum war sie draußen, legte ich das Shirt noch oben drauf. Das Einzige, was ich sicher wusste, war, dass ich in diesem Jahr gut aussehen musste. Oder? Plötzlich begann ich zu zweifeln. Tim kannte mich schließlich nur in Reitklamotten. Seine Familie kam ja auch schon seit drei Jahren auf den Reiterhof Staudacher. Eigentlich wegen Tims kleinen Halbschwestern, Leonie und Sarina, die unbedingt reiten wollten. Aber Lulu und ich hatten Tim dann überredet, es auch zu lernen.

Ein Schwall von lustigen Erinnerungen strömte durch meinen Kopf: Wie Tim zum ersten Mal aufsitzen sollte – und prompt auf der anderen Seite von Irmi wieder hinunterfiel. Oder wie er vergessen hatte, den Sattelgurt festzuziehen und mitsamt dem Sattel immer weiter zur Seite rutschte! Wir hatten jede Menge Spaß gehabt.

Und eins muss man sagen: Er ist begabt! Lulu und ich reiten ja das ganze Jahr, wir haben zu Hause auch Unterricht in einer Reitschule. Aber Tim reitet nur in den Ferien und trotzdem kann er immer locker in Lulus und meiner Gruppe mitmachen.

Vielleicht hielt er mich für eine Tussi, wenn ich plötzlich in schicken Klamotten über den Reiterhof spazierte. Was sollte ich da machen?

Ich starrte das Shirt verzweifelt an, als würde dort jetzt eine Antwort aufblinken. Sollte ich es mitnehmen? Und die zwei Schals und die engen Jeans? Und den Lidschatten, den ich mir auch heimlich gekauft hatte? Und die großen Ohrringe, die Lilian mir geschenkt hatte?

Ich zog einen der Schals aus dem Schrank und betrachtete ihn genauso unschlüssig wie vorher das Shirt. Wie sollte ich feststellen, ob er Tim gefiel?

Lulu. Genau. Sie war die Einzige, die mir helfen konnte. Lulu hieß eigentlich Luise Monkewitz und war meine Sommerferien-Reiterhof-Freundin. Ich sah sie immer nur in Mühlberg. Genau wie wir verbrachten die Monkewitz' dort nämlich seit sechs Jahren die zweite Sommerferienwoche. Lulu und ich haben uns gleich im ersten Sommer angefreundet. Da waren wir beide sieben und noch nie auf einem Pferd gesessen. Wir hatten jeden Tag Longenstunden bei Frau Staudacher gehabt. Immer abwechselnd durften wir auf der braven Haflinger-Stute Irmi sitzen, davor mussten wir sie putzen und satteln. Ich hatte immer eine höllische Angst davor, die Trense in Irmis Maul zu schieben – das hat dann Lulu für mich gemacht. Dafür hatte Lulu Angst, den Huf zum Auskratzen anzuheben, das habe ich für sie gemacht. So was verbindet.

Sie kannte Tim, und was stylische Klamotten betraf, war sie mir auch um einiges voraus. (Erstens war sie Einzelkind und bekam daher viel mehr gekauft, zweitens war ihre Mutter ganz anders als meine: Isabel Monkewitz trug Make-up und war immer schick angezogen.)

Hatte ich ihre Nummer? Zum ersten Mal fiel mir auf, dass ich noch nie in meinem Leben mit Lulu telefoniert hatte. Sie war meine Sommerferien-Freundin und unterm Jahr lebten wir in völlig verschiedenen Welten. Ich wusste gerade mal, dass sie irgendwo aus Baden kam. Aber wo war Baden? Und half mir das irgendwie bei der Suche nach der Telefonnummer?

„Jana, wir warten nur noch auf dihich!"
„Gleich!"
„Was heißt gleich?"

Eigentlich hieß gleich: *nachdem ich Lulu angerufen und mich ausführlich mit ihr darüber beraten hatte, was Tim wohl mögen würde und was nicht*. Aber vielleicht ... Halt! Es hieß noch viel mehr. Ich musste Lulu ja erst einmal erzählen, dass ich vergangenes Jahr kurz vor der Abfahrt noch einmal in den Stall gerannt bin, um ...

„Wir sind alle reisefertig! Komm jetzt!"

Es ging einfach nicht.

Ich würde einfach alle schicken Sachen mitnehmen und dann in Mühlberg auswählen.

Aber dazu war der Koffer zu klein. Also riss ich die potthässlichen Wandersachen wieder heraus, stapelte Shirts, Schals, Jeans, Lidschatten und Schmuckkästchen in den Koffer und presste dann mit aller Gewalt den Deckel zu. Noch ein bisschen fester, dann ging es vielleicht.

Das Klappern der Zimmertür hörte ich nicht. Aber es muss Ida gewesen sein, die von meiner Mutter geschickt worden war, um mich zu holen. Jedenfalls hörte ich Sekunden später Idas durchdringende Stimme: „Das ist gemein! Jana muss keine Wandersachen mitnehmen, aber ich schon!!!!!"

Flucht in den Stall

Im Gegensatz zu meiner Papageien-Mutter erinnert mich meine Schwester Ida an eine Katze.

Im Gegensatz zu mir träumt sie nie. Sie liegt immer irgendwie auf der Lauer. Nur dass sie nicht auf eine Maus wartet, sondern auf eine Ungerechtigkeit. Und wenn sie die dann endlich entdeckt hat, fängt sie an zu schreien. „Gemein! Jana hat zwei Gummibärchen mehr bekommen als ich!" oder etwas ähnlich Wichtiges. Dabei kneift sie ihre grünen Katzenaugen zu ganz kleinen Schlitzen zusammen und stellt ihr rotbraunes Fell auf. So kommt es mir jedenfalls vor. Vermutlich liegt es nur daran, dass sie sich so selten kämmt und ihre Haare in alle Richtungen stehen.

Wenn sich Ida kämmen würde, hätten wir vielleicht ein bisschen Ähnlichkeit miteinander.

Äußerlich.

Darauf lege ich großen Wert. Innerlich ist natürlich kein bisschen Ähnlichkeit mit diesem kleinen Biest vorhanden. Sie ist vier Jahre jünger als ich, also 9. Mit ihr zusammen in einem Haus zu leben, ist ein weiterer Grund, sich in Träume zu flüchten. Erst recht: mit ihr in einem Auto zu fahren. Und das mussten wir ja jetzt wohl oder übel die nächsten zwei Stunden tun.

Mein Vater steckte den Schlüssel ins Zündschloss. Er erinnert mich übrigens auch an ein Tier. An einen Hund. Genauer gesagt: an einen großen gutmütigen Berner Sennenhund, der alles mit seinen freundlichen Augen beobachtet und alle zwei Tage einmal bellt, beziehungsweise etwas sagt. Jetzt war es: „Sind alle angeschnallt?"

„Jaa!", rief Ida ungeduldig.

Ich schwieg. Ich finde, mit 13 muss man auf solche Fragen nicht mehr antworten. Außerdem war das Anschnallen für mich schlichtweg unmöglich, schließlich war ich komplett eingequetscht von meinem Koffer (der lag auf meinem Schoß, weil ich angeblich so lange gebraucht hatte, dass Papa nicht mit dem Kofferraum-Packen warten konnte) und Idas neun Haupt-Kuscheltieren (warum sie die mitnehmen durfte, ist mir ein Rätsel, wahrscheinlich war Mama froh, dass nicht auch noch die 23 Neben-Kuscheltiere mitmussten). Am Rücken drückte das neue Shirt, das ich mir als Knäuel unters T-Shirt geschoben hatte, und in die Seite stach mein Schmuckkästchen, das ich mir in den Hosenbund gesteckt hatte. Nach Idas „Ungerecht!"-Schrei war Mama nämlich in mein Zimmer gestürmt und hatte aus meinem Koffer geräumt, was ihrer Meinung nach nicht hineingehörte. (Zum Glück ohne das geheime Shirt zu bemerken!)

Ich ruckelte mit dem Po herum, bis ich einigermaßen bequem saß, schaute aus dem Fenster und dann durchströmte mich wie jedes Jahr die Vorfreude.

Eine Woche lang würde ich mein Lieblingspferd Miranda jeden einzelnen Tag sehen. Ich freute mich auf alles: darauf, in den Stall zu gehen und ihr leises Wiehern zu hören. In ihre Box zu kommen und ihren Kopf an meiner Schulter zu spüren, mit meinen Fingern durch ihre Mähne zu streifen und ihr irgendwelchen freundlichen Quatsch ins Ohr zu säuseln. Am meisten freute ich mich natürlich aufs Reiten und am allermeisten auf die Ausritte. Ob wir jeden Tag ins Gelände gehen würden? Wohin sollten wir reiten? Lulu, Tim und ... Hoppla.

Beim Gedanken an Tim wurde mir klar, dass ich gar keine Zeit hatte, über mögliche Ausritts-Ziele nachzudenken. Ich musste erst mal etwas anderes planen. Das Wiedersehen.

Das Wichtigste war, dass ich zuerst Lulu traf und dann Tim. Hoffentlich war sie schon da, wenn wir ankamen! Dann wäre eigentlich alles ganz einfach. Ich würde mich mit Lulu in ihr Matratzenlager verziehen und dort alles genau besprechen.

Die Ferienwohnungen auf dem Reiterhof Staudacher sind nämlich super gemütlich. Sie sind alle drei nebeneinander in einen alten Pferdestall hineingebaut, wie klitzekleine Reihenhäuser. Und weil der alte Stall so niedrig war, sind die Kinderzimmer nur Matratzenlager unter der Dachschräge. Man muss aus der Wohnküche eine Leiter hinaufklettern und dann kann man oben einen Vorhang zuziehen. In diese Dachschräge habe ich mich schon oft mit Lulu verkrochen und geheime Dinge besprochen! Das geht eigentlich nirgendwo sonst besser.

Wir würden uns jeder ein Kissen unter den Kopf stecken und ich würde sagen: „Stell dir vor, was letztes Jahr kurz vor der Abfahrt passiert ist!"

„Was?", würde Lulu fragen und ihre Augen so weit aufreißen, dass das Blau vollkommen von Weiß umrandet war. Ich kenne niemanden, der die Augen so weit aufreißen kann wie sie. Beziehungsweise: der die Augen so lang so weit aufreißen kann. Wenn ich das mache, klappt es nur ein paar Sekunden und ich muss auch ganz starr geradeaus schauen. Lulu kann bestimmt eine Viertelstunde die Augen aufreißen und sie sieht dabei auch noch gut aus. Trotz ihrer sehr blauen Augen hat sie nämlich ganz dunkle Haare, und das wirkt so besonders.

„Erzähl!", würde sie sagen. Und dann würde ich beginnen: „Also, wir saßen eigentlich schon alle im Auto, aber dann hat Mama vergessen, sich von der alten Frau Staudacher zu verabschieden und stieg noch mal aus. Da dachte ich, ich guck noch mal kurz in den Stall ..."

Leider bog ich an dieser Stelle gedanklich ab. Ich meine, ich überlegte nicht weiter, was ich mit Lulu besprechen würde und wie ich das Wiedersehen mit Tim am besten über die Bühne brachte. Nein, ich träumte den ganzen Liebesfilm-Traum bis zur Schlussszene mit Miranda. Und dann noch mal. Und möglicherweise sogar ein drittes Mal.

„Juhuu, die große Linde!" Ida jubelte und schmetterte mir dabei den Rüssel ihres Elefanten ins Auge.

„Lass das!"

„Aber die Linde! Wir sind gleich da!"

Ich schaute aus dem Fenster und erschrak. Da stand sie ja wirklich. Konnte das sein? Sonst hatte die Fahrt doch immer viel länger gedauert!

Die letzten Jahre hatte ich immer mitgemacht beim Spiel „Wer sieht die Linde zuerst?". Denn an der Linde muss man auf eine winzig kleine Landstraße abbiegen, die nirgendwohin führt außer auf den Staudacher-Hof. Beim Anblick der Linde hatte mich immer so ein feierlich-frohes Gefühl ergriffen, ein bisschen wie an Weihnachten.

Dieses Jahr bekam ich einen Kloß im Hals. Schlagartig wurde mir klar, dass ich mir über tausend Möglichkeiten hätte Gedanken machen sollen. Was, wenn Lulu noch nicht da war und Tim schon? Wie würde es sein, ihm plötzlich wieder gegenüberzustehen? Hatte er auch das ganze Jahr von mir geträumt?

Was, wenn sowohl Friedmanns, also Tims Familie, als auch Monkewitz' gerade das Gepäck ausluden? Dann musste ich vor allen Leuten irgendwie herausfinden, wie ich Tim begrüßen sollte. Vor seinen Eltern, meinen Eltern, Lulus Eltern, Leonie und Sarina ...

Das ging nicht.

Dann würde ich so tun, als sei nichts. Liebe hin, Liebe her, das brachte ich nicht fertig. Dann würde ich ihm nur zunicken und Hallo sagen. Fertig. Das war zwar unaufrichtig, aber ...

Ich seufzte laut.

„Was hast 'n du?" Ida drehte sich zu mir. Dabei schaute sie genauso dümmlich wie das rosa Plüschschwein in ihrem Arm.

„Nichts!", zischte ich.

Ich kniff die Augen zusammen und murmelte: „Lass Lulu da sein und Tim nicht, lass Lulu da sein und Tim nicht."

„Ich sehe das Taubenhaus. Ich sehe das Taubenhaus!" Wieder fuhr mir der Rüssel übers Gesicht. Das Taubenhaus ist das erste, was man vom Staudacherhof sieht. Wenn wir jetzt die Kuppe weiter hinauffuhren, würde immer mehr auftauchen. Erst das Dach des Haupthauses, dann die Reithalle und die Ställe, ganz zum Schluss der alte Pferdestall, in dem jetzt die Ferienwohnungen sind.

Ida hüpfte auf ihrem Sitz herum und ich wurde ganz neidisch: Sie konnte sich einfach so auf die Reiterferien freuen! Und für mich war es so kompliziert. Einerseits konnte ich es gar nicht erwarten, die Autotür zu öffnen und zum Stall zu rennen. Andererseits hatte ich furchtbar Schiss, dann Tim zu begegnen. Wenn ich nur wüsste, ob Lulu schon da war!

Ich ließ die Scheibe herunter und streckte den Kopf heraus. Jetzt konnte ich die Ferienwohnungen sehen. Und – zum Glück! – ein Auto stand davor. Rechts. Dort, wo Monkewitz' ihre Wohnung hatten.

Ich würde mich also sofort mit Lulu besprechen können, wenn wir ankamen. Das war gut. Und wenn wir alles besprochen hatten, würde ich Miranda begrüßen. Perfekt.

Der Parkplatz vor der anderen Ferienwohnung war leer. Erleichtert zog ich meinen Kopf wieder zurück.

Ich grinste meiner Schwester zu und hüpfte jetzt genauso ungeduldig auf dem Sitz hin und her wie sie.

Dass es nicht der uralte klapprige Golf war, mit dem Monkewitz' sonst immer gekommen waren, störte mich wenig. In meinen Augen war da schon lange mal ein neues Auto fällig gewesen.

Sekunden später hielten wir vor dem umgebauten alten Stall. Ich stieß die Autotür auf und rannte los. Das Schmuckkästchen drückte und das Shirt drohte herauszurutschen, aber ich presste noch rechtzeitig meine Hand auf den Rücken. Die Tür zu Monkewitz' Wohnung stand offen. Ich stürmte hinein. In der Wohnküche war niemand. Ich krabbelte die Leiter zum Matratzenlager hinauf und zog gleichzeitig das Shirt unter meinem T-Shirt hervor. Als ich auf die Empore blicken konnte, erfüllte mich Erleichterung pur. Wie tausend duftige Daunenfedern rieselte es durch mich hindurch.

Lulu war da! Ich sah sie von hinten, sie kniete auf dem Bett und legte ihre Bücher am Kopfende auf das Bord. Ganz kurz wunderte ich mich, warum sie ihre schönen langen Haare abgeschnitten hatte, dann warf ich mich ganz einfach neben sie, schlang dabei meine Arme von hinten um ihren Hals und rief: „Lulu! Hallo! Stell dir vor, was letztes Jahr kurz vor der Abfahrt passiert ist!"

Mit diesen Worten sank ich neben ihr auf die Kissen. Sie drehte den Kopf zu mir und ich erschrak.

Das war nicht Lulu. Das war überhaupt kein 13-jähriges Mädchen. Das war ein völlig fremder, dunkelhaariger, stupsnäsiger Junge!

So schnell ich mich aufs Bett geworfen hatte, so

schnell sprang ich jetzt wieder auf. „Ähh ... 'tschuldigung ...", stotterte ich, schnappte mein Shirt und streckte einen Fuß über den Rand der Empore in Richtung Leiter.

„Wart doch mal", sagte der Junge. Also, ich glaube, dass er das sagte, so genau habe ich es in der Hektik nicht mitgekriegt. Ich konnte auch nicht gut hören, weil das Blut in meinen Ohren so laut pochte wie ein Presslufthammer. Sie müssen geglüht haben, so peinlich war mir das alles.

Ich wollte nichts wie weg. Aber natürlich verhedderte sich das Shirt am Geländer und ich stolperte. Ich fiel zwar nicht hin, aber das Schmuckkästchen rutschte aus dem Hosenbund, segelte ins untere Stockwerk, klappte dabei auf und alle meine Ohrringe und Armbänder prasselten unten in der Wohnküche auf die Holzdielen. Ich sprang hinterher, sammelte alles auf, und genau in dem Moment, als ich wie ein schnüffelnder Hund auf Knien über den Boden rutschte, kamen auch noch zwei Erwachsene hereinmarschiert.

„Hallo!", schmetterte die Frau fröhlich. „Du gehörst bestimmt zur Familie, die gerade angekommen ist! Hast du dich schon mit Moritz angefreundet? Das ist ja schön!"

Ich hörte das Pochen in meinen Ohren und spürte das Zucken in meinen Beinen. Das war der Fluchtimpuls. Die Beine wollten mich unbedingt wegtragen. Nur noch das Lederarmband ins Kästchen und los! Ich sprang auf und drängelte an der Frau vorbei ins Freie.

„Nun mal nicht so schnell!", lachte sie. „Wir haben uns doch noch gar nicht vorgestellt! Wie heißt du denn?"

„Jana", quiekte ich und dann war ich zum Glück draußen.

Ich wollte nur noch weg. Wie peinlich! Ich brauchte jetzt dringend jemanden, der mich verstand und mit dem ich reden konnte. Also rannte ich zum Stall. Dazu muss man schräg über den Hof laufen, in dessen Mitte eine große Linde steht, immer bergab. Ich war schnell. Ich schob das Tor auf, es knarrte laut, und daran, dass mir das auffiel, erkannte ich, dass das Pochen in meinen Ohren nachließ. Ich trat ein.

Meine Augen waren an die Hochsommerhelligkeit gewöhnt und zuerst kam mir alles ganz schummrig vor, obwohl der neue Pferdestall ja offen und licht ist. Ich atmete tief ein. Dieser Geruch! Diese Mischung aus Heu, Pferd und Leder! Nichts riecht besser.

Augenblicklich wurde ich ruhiger. Meine Hände fühlten sich nicht mehr so feucht an, mein Herz schlug langsamer und sogar meine Gedanken kamen wieder in geordneter Reihenfolge.

Am Ende der Stallgasse hörte ich ein leises Wiehern.

„Miranda!", rief ich zurück. Ich ging durch den Vorraum, in dem das Heu lagert. Sie wieherte wieder und zwei Sekunden später stand ich vor ihrer Box. Sie streckte ihren Kopf zu mir. Ich legte meine Wange an ihren Hals und alles war gut.

Plan B

Also fast. Das Blöde war, dass ich jetzt wieder denken konnte. Und während mir Miranda zärtlich auf die Schulter schnaubte, wurden mir ein paar ausgesprochen unangenehme Sachen klar.

Dieser Junge und diese zwei Erwachsenen waren eine Familie und sie hatten die Ferienwohnung neben uns gemietet. Das bedeutete

1. dass Lulus Familie diese Wohnung nicht gemietet hatte! Ich würde Lulu in diesem Sommer nicht sehen! Warum nur?

2. dass der Junge morgen auch noch da sein würde. Und übermorgen auch. Die ganze Woche. Ein Wiedersehen mit ihm war also unausweichlich. Das würde uferlos peinlich werden!

„Das ist gemein!", flüsterte ich Miranda zu.

Sie hielt es offenbar für eine Begrüßung, denn sie schnaubte freundlich und beugte ihren Kopf nach unten. Ich musste lachen. Ich verstand sofort, was sie machte: Sie suchte nach einem Leckerli. Sonst hatte ich ihr immer einen Apfel oder eine Möhre gebracht! Aber daran hatte ich in der Aufregung nicht gedacht.

„Tut mir leid", murmelte ich und strich ihr durch die weichen Ponyfransen, „ich hab's vergessen!"

Sie hob ihren Kopf wieder an und ich sah in ihre dunkel glänzenden, freundlichen Augen. Mir kommt das immer ein bisschen vor, als ob ich in die schimmernde Kristallkugel einer Wahrsagerin schaue. Als ob in diesen dunkelbraunen Kugeln eine neue Welt auftaucht, eine freundlichere, wärmere Welt, in der es nichts gibt als Sommer, Sonne und Pferdeglück.

„Das Wichtigste ist, dass ich jetzt eine Woche bei dir bin", sagte ich und öffnete vorsichtig das Tor zu ihrer Box. Ich schlüpfte hinein.

Ein leichter Schauder erfasste mich, denn hier, genau hier war es ja passiert. Die Sache mit Tim, meine ich. Auf einmal fiel mir auf, dass Miranda meine einzige Mitwisserin war. „Erinnerst du dich?", fragte ich sie.

Natürlich konnte sie nicht antworten und mich auch nicht verstehen, aber trotzdem fühlte ich eine Art Einverständnis zwischen uns. Das geht mir mit Miranda oft so. Das ist ja das Großartige an ihr. Wahrscheinlich liegt es daran, dass ich sie schon von Geburt an kenne. Ganz genau! Seit dem ersten Tag ihres Lebens. Als wir nämlich zum ersten Mal auf dem Reiterhof Staudacher Urlaub machten, kam sie zur Welt. Und Lulu und ich haben zugesehen, wie Jolanda, das ist Mirandas

Mutter, ihr Fohlen abgeleckt hat und wie Miranda sich zum ersten Mal auf ihre zittrigen Beine gestellt hat. Das war toll!

Sie hat sich eng an ihre Mutter geschmiegt und dann zu Lulu und mir geschaut. Da haben wir zum ersten Mal das winzige Abzeichen auf ihrem Kopf gesehen. Es ist ein ganz kleiner weißer Punkt genau in der Mitte, als hätte der liebe Gott nur ganz kurz mit der äußersten Pinselspitze daraufgetupft. Ansonsten ist Miranda dunkelbraun, komplett, von oben bis unten und von hinten bis vorne. Schweif, Mähne, Ohren, Fesseln – alles.

Vor zwei Jahren hat Frau Staudacher dann begonnen, sie zuzureiten, und vergangenen Sommer ging sie zum ersten Mal im Unterricht mit. Das war wunderbar! Normalerweise sind ja so junge Pferde noch zu ungestüm für den Unterricht, aber sie benahm sich ruhig und gelassen – einfach perfekt!

Klar, die Anfänger durften noch nicht auf ihr reiten, aber Lulu und ich schon. Zum Glück ritt Lulu lieber auf Liz, schon immer. So kam es, dass ich im vergangenen Sommer jeden Tag auf meiner geliebten Miranda reiten konnte.

Ich strich mit der Hand über die weiche Stelle zwischen ihren Nüstern. „Das machen wir in diesem Jahr wieder so, in Ordnung?"

Im gleichen Moment hörte ich draußen einen Motor. Das musste Friedmanns Auto sein. Tims

Familie! Ein Zucken lief durch mich hindurch, aber der Schreck ebbte schnell wieder ab.

Ich begriff auch warum: Bei Miranda fühlte sich alles ruhig, sicher und gut an. Der Plan B, den ich zu machen vergessen hatte, stellte sich ganz von selber ein. Ich musste in Mirandas Box auf Tim warten. Wenn Tim jetzt in den Stall kam, würde alles gut laufen. Dann würde ich mich so an die Boxenwand stellen wie bei unserer letzten Begegnung. Und dieses Mal würde ich den Kopf nicht wegziehen, weil Mama „Wir fahren!" rief. Wir würden uns anstelle eines Abschiedskusses eben einen Begrüßungskuss geben.

Der Motor erstarb. Jetzt stiegen sie aus. Ob Tim mich gleich suchen würde? Ich spürte leichtes Magenflattern. Wahrscheinlich würde er erst einmal seine Sachen auspacken, sagte ich mir, um nicht ungeduldig zu werden. Dann würde er zuerst in unserer Wohnung schauen. Klar. Aber dann … dann musste er einfach in den Stall kommen. Ganz bestimmt!

Ich zwang mich, nicht so nervös von einem Fuß auf den anderen zu hopsen. Ich musste ein wenig warten, okay. Das war doch nicht so schlimm! Mit ein bisschen Geduld konnte alles prima klappen! Ich würde so lange hier stehen bleiben, bis er da war. Eigentlich ganz einfach.

Langweilig wurde mir nicht. Nicht bei Miranda. Ich ließ meine Finger durch ihre Mähne gleiten und stellte fest, dass sie ziemlich zottelig war. Zumindest nicht so gepflegt, wie wenn ich mich um sie kümmerte. Strähne um Strähne löste ich die Zieper und sprach auf sie ein: „Ist ja alles gut, meine liebe braun-weiß Betupfte! Hmmm? Keine Angst, das ziept nur ein kleines bisschen ..." So lange ich das tat, ging es mir gut. Aber sobald ich aufhörte mit meinem beruhigenden Singsang, zerriss es mich fast vor Nervosität und Erwartung. Es war ein bisschen so, als spräche ich mir selbst gut zu und nicht Miranda.

Dann endlich hörte ich, wie sich die Stalltür öffnete. Schritte in der Stallgasse. Ich kniff die Augen zu. Die Schritte kamen zu Mirandas Box. Das musste er sein. Ich drückte mein Gesicht in Mirandas Mähne. Gleich war er da.

Halt! Ich stand noch falsch! Schnell drehte ich mich um. Ein Schritt nach hinten und ich würde die Boxenwand berühren. Das war die richtige Ausgangsposition für meinen Film. Die Augen ließ ich geschlossen. Jetzt wurde das Tor der Box geöffnet.

„Hallo, Jana!!", hörte ich eine Frauenstimme.

Verwirrt riss ich die Augen auf. Schräg vor mir stand Frau Staudacher.

„Äh ... ähh ..." Sie musste ja denken, ich sei behämmert! Bestimmt hatte ich total blöd ausgesehen, wie ich da mit geschlossenen Augen in Mirandas Box gestanden hatte.

Aber Frau Staudacher schien nichts bemerkt zu haben.

„Schön, dass du da bist!" Sie lachte mich an. „Na, was ist? Stumm vor Wiedersehensfreude?"

„Nee, Quatsch! Hallo, Frau Staudacher!" Ich gab ihr die Hand, sie schlug ein und sagte fröhlich: „Willkommen!"

Ich mag Frau Staudacher sehr, sie lacht nämlich so viel und dann drückt es ihre Wangen wie zwei kleine knackige Äpfel nach vorne. Auch jetzt. Es sah total nett aus. Sie war ein bisschen älter als meine Mutter und auch sie benutzte natürlich kein Make-up und nichts und hatte einen praktischen Kurzhaarschnitt. Aber interessanterweise war ihr Gesicht trotzdem farbig: rote Wangen, dunkle Wimpern und Augenbrauen, rote Lippen, irgendwie war alles ganz voller Leben und frisch.

„Dein erster Weg führt natürlich zu unserer Miranda!", stellte sie fest, dann wurde ihr Gesicht ernst. „Hast du's schon gesehen?"

Ihr Tonfall bewirkte, dass mir ein wenig mulmig wurde. „Was?"

Sie deutete auf Mirandas rechtes vorderes Bein. Die Fessel war bandagiert.

„Ist was passiert?"

„Ein Ballentritt. Sie ist sich selbst mit dem Hinterhuf in die Fesselbeuge des Vorderhufes getreten. Es ist erst gestern passiert. Ich habe mit den Ferienkindern von letzter Woche zum Abschluss einen langen Ausritt ins Gelände gemacht. Der Weg von der Wallstein-Höhe herunter war ziemlich feucht und matschig, da ist sie ins Rutschen gekommen ..." Frau Staudacher zog sorgenvoll die Luft durch die Zähne. „Passiert leider immer wieder, so ein Ballentritt."

Ich starrte den Verband an und spürte den Schmerz in meinem eigenen Knöchel. „Oh, die Arme!" Ich legte meinen Arm um Mirandas Hals.

Frau Staudacher muss das Entsetzen auf meinem Gesicht gesehen haben, denn jetzt lächelte sie wieder. „Aber für einen Ballentritt war es recht harmlos", beruhigte sie mich. „Ganz kleine Wunde, ich musste nicht einmal den Tierarzt holen. Noch zwei Tage Boxenruhe und alles ist wieder in Ordnung."

„Zum Glück!", meinte ich.

„Für dich tut es mir leid", hörte ich Frau Staudacher.

„Wieso?"

„Jetzt kannst du in dieser Woche nur vier Tage auf ihr reiten."

Nur vier Tage! So weit hatte ich noch gar nicht gedacht! „Oh nein!"

„Na ja", meinte Frau Staudacher begütigend. „Wir haben ja auch noch andere nette Pferde. Und ich würde mich freuen, wenn du mir bei der Pflege von Mirandas Bein hilfst."

„Klar mache ich das!", rief ich. Aber gleichzeitig war ich ein wenig enttäuscht. Ich hatte mich so darauf gefreut, jeden Tag auf Miranda zu reiten!

„Und dann habe ich noch einen Anschlag auf dich vor, aber da muss ich erst noch mit deinen Eltern reden." Ich nahm gar nicht richtig wahr, was Frau Staudacher sagte, denn ich war noch ganz damit beschäftigt, die Neuigkeiten zu verkraften. Miranda durfte die nächsten Tage nicht geritten werden!

„Wir treffen uns heute Abend um fünf im Stall. Ich zeige dir, wie man den Verband wechselt", hörte ich wie von weit weg.

„In Ordnung", sagte ich. Es klang ein bisschen schlapp. Ich konnte die Enttäuschung nicht verbergen und darum verdrückte ich mich lieber. „Ich muss jetzt auspacken helfen", sagte ich schnell und trottete nach einer kurzen Abschiedsumarmung für Miranda zur Ferienwohnung zurück.

Falsch, falscher, am allerfalschesten!

Die Decke über dem Matratzenlager in unserer Ferienwohnung ist von drei Holzbalken durchzogen, dazwischen ist sie weiß gestrichen. Zwischen dem ersten und dem zweiten Balken befinden sich drei dunkle Flecken, ich tippe auf totgeklatschte Mücken. Auf dem ersten Balken sind ein paar Buchstaben eingeritzt: *Mer 2011* oder so ähnlich, recht krakelig auf jeden Fall. Auf dem dritten Balken beschreibt die Maserung eine Welle, die mich ein bisschen an Mirandas Mähne im Wind erinnert.

Ich weiß das alles so genau, weil ich die Decke bestimmt eine Stunde lang angestarrt habe, nachdem ich aus dem Stall zurückgekehrt war und mich enttäuscht auf mein Bett geworfen hatte.

Ab und zu rief mir Mama von unten so interessante Sätze zu wie: „Dein Koffer läuft nicht von alleine in euer Zimmer!", „Die Bettbezüge liegen im unteren Schlafzimmer!" oder „Ich mache dein Bett ganz bestimmt nicht!"

Ich ließ die Sätze an mir vorbeirauschen, starrte die Welle an und stellte mir vor, es sei tatsächlich Mirandas Mähne und ich säße auf ihrem Rücken und wir galoppierten durch den Wald. Ausnahmsweise zwang ich mich dazu zu träumen. Eigentlich wollten meine Gedanken nämlich ganz woanders hin. Zu dem dunkelblauen Volvo, den ich auf dem Rückweg vom Stall vor der dritten Ferienwohnung gesehen hatte.

Ich kannte ihn. Ich kannte den kleinen grünen Aufkleber auf der Heckscheibe, ich kannte den komischen Perlenanhänger, der vom Rückspiegel herunterbaumelte. Es gab keinen Zweifel. Der Volvo war Friedmanns Auto. Tim war also hier. Irgendwo ganz in der Nähe. Aber offensichtlich suchte er mich nicht.

Oder? Glaubte er, ich und meine Familie seien noch nicht angekommen? Quatsch! Unser Auto stand ja genauso unübersehbar vor der Tür. Außerdem saß Ida unter Garantie schon drüben bei Friedmanns auf dem Sofa und spielte mit Leonie und Sarina. Ihm musste klar sein, dass ich da war. Was war los? Warum kam er nicht? Wartete er etwa auf mich?

An dieser Stelle setzten meine Gedanken eine Weile aus. Es herrschte Stille in meinem Kopf. Aber so eine beängstigende Stille. Ich spürte, dass ein schrecklicher Gedanke im Anmarsch war.

Da kam er auch schon: *Sollte ich rübergehen?*

Aber drüben hätten wir das unangenehmste Publikum der Welt für unser Wiedersehen. Leonie, Sarina und Ida.

Das machte mich gleich noch nervöser.

Ich fixierte die wellige Maserung und konzentrierte mich auf Mirandas Mähne. Sie flog im Wind, ich spürte die Spitzen an meinen Fingern. Ich umfasste die Zügel. Ich presste meine Unterschenkel an Mirandas Bauch und trieb sie an. Wir galoppierten über eine Lichtung. Das hohe Gras bog sich in beide Richtungen.

Da! Ein Knacksen. Kam Tim die Leiter heraufgeklettert? Ich lauschte. Jetzt hörte ich nur irgendetwas klappern. Töpfe. Jemand begann zu pfeifen. Das war eindeutig Papa, der sich unten daran machte, zu kochen.

Das gab's doch nicht! Vermisste Tim mich gar nicht? Was machte er? Auf einmal war ich nicht mehr nervös, sondern sauer.

Ich dachte wochenlang an nichts anderes als unser Wiedersehen ... und er? Er kam nicht mal die fünf Schritte herübergelaufen.

Irgendetwas fiel zischend in die Pfanne. Zwiebelgeruch zog zu mir herauf. Ich setzte mich auf. Ich konnte nicht länger warten. Dann waren eben andere Leute bei unserer ersten Begegnung dabei. Egal. Dann sagte ich eben nur „Hallo" und fragte, ob er mit in den Stall kam. Dort könnten wir dann ja über unsere Liebe reden.

Ich kletterte die Treppe hinunter.

Mama saß am Küchentisch und blätterte in einem Wanderführer.

Papa drehte sich vom Herd weg zu mir.

„Warst du die ganze Zeit da oben?", fragte er erstaunt.

„Ja."

„Allein?"

„Ähmm mhh", machte ich und wollte so schnell wie möglich an ihm vorbei. Da hob meine Mutter ihren Kopf: „Guck mal, Jana! Dieser Gipfel, das ist der Ochsenkopf! Eine kleine Tour mit grandioser Aussicht. *Ideal für die ganze Familie* steht da, das wär doch was für uns."

Sie hielt mir ihr Buch aufgeklappt vor die Nase. Irgendein Bild von irgendeinem Berg. Es interessierte mich nicht die Bohne. Ich wollte hinüber, so lange mein Mut dazu reichte. „Ja, schön", sagte ich und lief weiter.

Schon war ich draußen. Zur Tür hinaus, fünf Schritte nach rechts, zur nächsten Tür rein.

Auf einen Schlag stand ich mitten im Gewühl. Manfred (das ist der Mann von Tims Mutter) trug gerade den Sonnenschirm auf die Terrasse, Elke (das ist seine Mutter) wusch Salat und um das Sofa herum saßen Leonie, Sarina und Ida. Sie hatten eine Spielwelt mit so kleinen Glitzer-Filz-Tieren aufgebaut, für die Ida eigentlich schon viel zu alt war. Mich wunderte das nicht weiter. Ida machte viele Sachen, für die sie zu alt war. Neun Haupt- und 23 Neben-Kuscheltiere betreuen zum Beispiel.

Alle schauten mich an.

Mir wurde heiß. Konnten die alle sehen, weswegen ich gekommen war?

„Hallo", nuschelte ich.

„Hallo, Jana, schön dich zu sehen. Und? Du warst bestimmt schon die ganze Zeit im Stall!", begrüßte mich Manfred.

Ich schüttelte den Kopf und schaute prüfend zu Ida hinüber. Ahnte sie was? Irgendetwas stimmte nicht. Anstatt mir einen lauernden, wissenden Katzenblick zuzuwerfen, wurde Ida selber rot! Auf einmal tat sie so, als würden sie die Glitzer-Tiere nicht mehr interessieren. Haha! Das würde ich mir merken! Bestimmt gab es irgendwann eine gute Gelegenheit anzumerken, wie gern sie noch mit diesen Dingern spielte.

„Suchst du Tim?", fragte Elke.

Ich erschrak. Sie wusste alles! Ich glühte. Erst später wurde mir klar, dass das die normalste Frage der Welt gewesen war und Elke allenfalls durch meine rot leuchtende Rübe irgendwelchen Verdacht schöpfen konnte.

Ich nickte. Jetzt schnaubte Elke, es klang ein bisschen bitter. Meine Mutter schnaubt genauso, wenn ich irgendetwas mache, womit sie nicht einverstanden ist.

„Der kommt erst in zwei Tagen."

Wie? Ich sagte das nicht, aber in meinem Kopf hallte es ganz laut. Zwei Tage? Ich konnte das Gehörte nicht verarbeiten. Es kam mir absolut widersinnig vor. Absurd. Unmöglich. Ich hatte ein Jahr auf diesen Moment gewartet und jetzt ... Jetzt passierte einfach gar nichts!

„Aber ...", stammelte ich, „aber ich ..."

„Du hast jetzt die ersten zwei Tage gar niemanden, weil Lulu auch nicht gekommen ist. Stimmt's?" Elke seufzte. „ Das tut mir leid für dich. Aber Tim hat eben Besseres zu tun, als mit uns in den Urlaub zu fahren. Na ja. Reiterhof ist vielleicht auch wirklich nicht das Richtige für 15-jährige Jungs. Außerdem wollte er unbedingt mit ins Zeltlager von seinem Sportverein – und das dauert eben noch bis morgen."

„Aber übermorgen kommt er?"

„Ja, um 5 Uhr nachmittags. Manfred holt ihn in Kempten am Bahnhof ab."

Ich nickte bloß. Alles andere war mir zu anstrengend. Meine Arme hingen schlaff herunter, meine Füße waren Bleiklumpen. Ich konnte kaum meine Zunge bewegen, es kostete zu viel Kraft.

„Vielleicht magst du mit Leonie, Sarina und Ida spielen?", fragte Elke irgendwann. Da wurde mir klar, wie blöd ich in der Wohnküche herumstand.

„Nee, nee", würgte ich heraus, „tschüss!"

Ich stolperte ins Freie.

Alles war falsch. Nicht nur falsch. Am allerfalschesten! Was sollte ich denn hier, wenn Tim nicht da war und Lulu auch nicht und ich nicht auf meinem Lieblingspferd reiten durfte? Mit den kleinen Mädchen und ihren Glitzer-Filz-Viechern spielen? Papa beim Kochen helfen? Mit Mama zum Wandern gehen?

Ich stampfte wütend auf und marschierte vor den Ferienwohnungen im Kreis herum.

Zu uns wollte ich nicht, zu Friedmanns nicht und in Monkewitz' Wohnung konnte ich nicht, weil Monkewitz' ja nicht drin waren. Ich setzte mich auf die Bank unter der Linde. Das machte sonst immer mein Vater. Er setzte sich hierhin und betrachtete die Berge und erklärte jedem, der aus Versehen in seine Nähe kam, wie sie hießen.

Jetzt starrte ich die Gipfel an und suchte tatsächlich nach den Namen: Breitenberg, Aggenstein... Na prima, das konnte ja jetzt auch meine Lieblingsbeschäftigung werden.

Ich weiß nicht, wie lange ich dort gesessen und die Berge betrachtet habe. Irgendwann hörte ich jedenfalls das Quietschen der Stalltür. Neugierig sah ich auf. Frau Staudacher kam heraus, in der Hand hielt sie den Medizinkoffer.

Mirandas Ballen! Der Verbandswechsel! Ich hatte vergessen zu helfen!

Ich wollte gerade „Entschuldigung" in Frau Staudachers Richtung schmettern, da sah ich noch jemanden aus dem Stall kommen. Einen Jungen, braunhaarig, das Gesicht hatte ich vorhin schon mal gesehen und zwar aus nächster Nähe ...

Oh nein! Wie peinlich! Ich klappte meinen Mund wieder zu und wollte mich verstecken, aber jetzt hatte mich Frau Staudacher entdeckt: „Jana, da bist du ja. Ich habe dich vermisst!" Sie drehte sich lächelnd zu dem Jungen. „Dafür hat mir Moritz wunderbar geholfen. Wirklich ganz prima."

Ich starrte den Jungen an. Eine riesige Welle der Wut stieg in mir auf. Ich war so sauer auf ihn!

Sauer, weil er an meiner Stelle Mirandas Bein verbunden hatte. Sauer, weil er in Lulus Wohnung wohnte und vor allem: sauer, weil ich mich vor ihm genieren musste. Dabei konnte ich doch wirklich nichts dafür, dass er da einfach auf Lulus Bett gesessen und von hinten wie sie ausgesehen hatte!

Ich fühlte mich wie eine Giftqualle und warf ihm den bitterbösesten Blick zu, den ich auf Lager hatte. Leider ohne jede Wirkung: Der Junge lächelte. Voll freundlich. So, als hätte ich ihm gerade Schokolade angeboten.

Offenbar musste ich an meinen bösen Blicken noch arbeiten. Auch Frau Staudacher bemerkte nichts von meiner schlechten Laune. Sie sagte nur: „Dann kommst du eben morgen und Moritz zeigt dir, wie alles geht." Dann nickte sie uns beiden zu und verschwand im Bauernhaus.

Jetzt war ich mit diesem Moritz auch noch allein! Er blieb einfach vor der Bank stehen. Da musste ich ja wohl oder übel etwas sagen.

Ich stemmte mich in die Höhe, steckte die Hände tief in die Taschen und nuschelte ziemlich teilnahmslos: „Du bist also Moritz."

Ich war zufrieden mit diesem Satz. Er klang voll überlegen. So, als gehörte ich hierher und er musste sich erst einmal bewähren. Moritz nickte. Mir kam es so vor, als erkannte er damit meinen Rang als Reiterhof-Stammgast an.

„Und du heißt Jana. Frau Staudacher hat mir schon 'ne Menge von dir erzählt."

„Echt?" Ich merkte richtig, wie mein Kopf vor lauter Neugierde ein paar Zentimeter nach vorne schoss.

„Sie hat gesagt, dass du viel Erfahrung mit Pferden hast und super reiten kannst!"

Ich glaube, egal, wie sauer man ist, wenn man so etwas gesagt bekommt, muss man lächeln. Ich tat es jedenfalls. Aber dann wollte ich nicht, dass Moritz es sah und machte ein völlig ungerührtes Gesicht. „Aha", sagte ich so lässig wie möglich und drehte mich um: „Ich geh jetzt rein."

Moritz nickte und ging einfach neben mir her.

Aus den Augenwinkeln spähte ich zu ihm. Vielleicht war er ja doch ganz nett. Auf jeden Fall nicht wirklich unsympathisch. Normal eben. Er war ein ganz normaler Junge, ein bisschen größer als ich, braune Augen, braune Haare, breiter

Mund. Ungefähr mein Alter, vielleicht ein bisschen älter. Das war alles. Nichts von wegen Goldflitter auf bronzebrauner Haut oder so. Nichts, was die Elfe im Mindesten interessiert hätte.

„Kommst du wirklich schon seit sechs Jahren her?"

„Ja! Ich und ...", begann ich und dann fiel mir wieder ein, wie sauer ich war, weil Lulu nicht da war und weil Tim erst übermorgen kam und weil echt alles bescheuert war. Leise nuschelnd beendete ich den Satz: „... und eigentlich auch zwei Freunde von mir."

„Und was ist mit denen?"

Jetzt war ich erst recht sauer. Wenn ich ehrlich gewesen wäre, hätte ich sagen müssen: „Von Lulu weiß ich es nicht und Tim hat Besseres zu tun." Aber wie hörte sich das an? Nicht so, als sei meinen „Freunden" viel an mir gelegen. Ich zuckte nur mit den Schultern und dann waren wir zum Glück bei den Ferienwohnungen angekommen.

„Bis morgen!", sagte Moritz. Später hat er mir erzählt, dass er in diesem Moment sicher war, dass die besten Ferien seines Lebens bevorstanden. Ist das nicht verrückt?

Ich sagte zwar auch „bis morgen", aber ich war felsenfest davon überzeugt, dass das der blödeste Sommer werden würde, den ich je auf dem Reiterhof Staudacher verbracht hatte.

Zu Hause – also in der Ferienwohnung – gab es dann ein bisschen Ärger, weil ich meine Sachen immer noch nicht ausgepackt hatte und weil ich zu spät zum Essen gekommen war und auch mein Bett noch nicht bezogen hatte. Aber das fand ich nicht schlimm. Eigentlich war es sogar ganz gut, weil Mama dann denken konnte, ich sei wegen ihrer Nerverei so schlechter Laune. Es hätte mir gerade noch gefehlt, dass sie mich nach meiner seelischen Befindlichkeit ausgequetscht hätte!

Ich kletterte direkt nach dem Essen die Leiter hinauf und schaute mir ein weiteres Mal die Decke an. Eigentlich wäre ich lieber wieder zu Miranda in den Stall gegangen. Sie verstand mich und ihre warmen Augen waren der beste Trost. Aber Mama erlaubte es nicht. „Zuerst packst du deine Sachen aus!", bestimmte sie einfach. Aber dazu konnte ich mich nicht aufraffen. Ich fühlte mich doch so schlapp! Ich weinte auch ein bisschen. Dann schaute ich wieder die Decke an und dann versuchte ich, den Traum noch einmal zu träumen. Es gelang mir sogar, das Bild heraufzubeschwören. Ich sah das Mädchen an der Boxenwand lehnen, sah die welligen rotbraunen Haare, das Gesicht mit der hellen Haut. Ich sah auch den blonden Typen und die Sonne, die ihn so schön bestrahlte – aber es machte mich weder nervös noch glücklich. Nur enttäuscht.

Es würde nicht passieren. Die Filmszene würde

sich in echt nicht abspielen, weil der Junge Besseres zu tun hatte.

Darum drehte ich mich zur Wand, machte die Augen zu und versuchte, in schwarzer Dunkelheit zu versinken.

Es gelang mir nicht. Es war ja erst acht Uhr und ich war noch kein bisschen müde. In gewisser Weise war ich ganz froh, als es neben meinem Ohr knallte. Es war die Bettwäsche, die meine Mutter auf die Empore pfefferte. „Beziehen!", rief sie dazu. „Jetzt!"

Ich hatte keine Kraft für Widerstand. Auch keine Lust. Eigentlich fand ich es nicht verkehrt, gesagt zu bekommen, was ich tun sollte. Selbst hatte ich nicht die geringste Idee. Ich rappelte mich auf, schlüpfte mit den Armen in den Deckenbezug und ließ den Stoff über die Decke gleiten. Dann wiederholte ich dasselbe mit meinem Kissen.

„Koffer holen!", rief meine Mutter. „Jetzt!"

Ich kletterte die Leiter hinunter, tappte durch die Wohnküche, ging raus, holte den Koffer, wuchtete ihn die Empore hinauf und verstaute alles in den Regalfächern.

Während ich auspackte, redete meine Mutter ununterbrochen auf mich ein. Keine Ahnung, was sie von mir wollte. Ich verschloss meine Ohren von innen und versuchte, darüber nachzudenken, was für Abzeichen auf einem Pferdekopf ich am schönsten finde: Blesse, Flocke oder Keilstern. Mit dieser Frage kann ich mich stundenlang beschäftigen, ohne dass mir langweilig wird. Außerdem bekomme ich dabei immer so eine schöne, ruhige Stimmung, und das brauchte ich jetzt.

Als ich mich für eine Flocke entschieden hatte (und zwar für so eine süße, kirschkerngroße wie sie auf Mirandas Stirn sitzt), war der Koffer ausgepackt und meine Mutter beim letzten Satz ihres Monologs angekommen: „Jetzt kannst du meinetwegen in den Stall!"

Ich ließ mir das nicht zweimal sagen, flitzte noch für ein Viertelstündchen zu Miranda und ließ mich von ihr trösten.

Ein Reitschüler nur für mich

Es gibt ja diesen Spruch: „Und wenn du meinst, es geht nicht mehr, kommt irgendwo ein Lichtlein her". Ich glaube, dass er stimmt. Absolut. Jedenfalls war es bei mir schon öfter so, dass ich gedacht habe, alles ist verloren, und dann wurde doch noch alles gut.

Zum Beispiel damals, als ich bei meiner Prüfung zum großen Reitabzeichen vergessen hatte, den Ausweis mitzubringen. Ich war mir ganz sicher, dass mir jetzt nichts anerkannt werden würde und ich Jahre warten müsste, bis wieder ein offizieller Prüftermin in unserer Reitschule stattfinden würde – und dann konnte ich ganz einfach den Ausweis am Nachmittag nachreichen.

Das Blöde ist, dass einem diese Einsicht gar nichts bringt. Der Spruch stimmt ja nur, wenn man alle Hoffnung verloren hat. Man darf auch mit dem Lichtlein nicht mehr rechnen. Auf gut Deutsch: Man muss sich richtig mies fühlen.

Ich fühlte mich richtig mies! Auch noch am nächsten Morgen beim Zähneputzen. Aber beim Frühstück – da war ein Lichtlein da.

Auf dem Tisch lag eine Postkarte, adressiert an:
Jana + Tim
Reiterhof Staudacher
Lindenweg 3
87665 Mühlberg

Ich fand es sehr seltsam, dass jemand eine Karte an „Jana + Tim" schickte. Überhaupt! Wie das aussah: Jana + Tim. Wie die Namen eines Liebespaars. Mir wurde erst ein bisschen zittrig und dann ein bisschen traurig zumute, als ich die beiden Namen so anschaute. Dann drehte ich die Karte um und sah das Bild eines roten Londoner Doppeldeckerbusses. Da kapierte ich gar nichts mehr. Was bedeutete das? Wer sollte Tim und mir aus London eine Karte schreiben?

Jetzt platzte ich fast vor Neugierde und drehte die Karte so hektisch wieder zurück, dass sie mir aus der Hand flutschte. Zack! Sie lag mit der Schrift nach oben auf dem Fußboden. Ich las schon, als ich mich bückte, um sie aufzuheben:

Hallo, ihr zwei!

Leider kann ich dieses Jahr nicht nach Mühlberg kommen. Wir sind nach London gezogen, weil meine Mutter dort einen neuen Job hat. Ich wäre so gern bei euch!!! Ich vermisse euch!!! Grüßt Miranda von mir!

Eure Lulu

So war das! Sie konnte gar nicht kommen. Ich las die Karte drei Mal und dann ging es mir viel besser. Also einem Teil von mir ging es auch schlechter, denn ich hatte Mitleid mit Lulu, die jetzt irgendwo in London saß und nicht bei uns sein konnte. Aber der ganze restliche Teil (und ich muss zugeben: das war der größere) war erleichtert. Jetzt kam ich mir nicht mehr so sitzen geblieben vor. Wenn jetzt zum Beispiel dieser komische Moritz noch mal fragte, wo meine Freunde seien, konnte ich alles erklären. Na ja, was Tim betraf ...

„Du darfst nicht vergessen, Tim morgen die Karte zu zeigen!", sagte meine Mutter in diesem Moment.

Und da wurde das Lichtlein zu einem richtigen Scheinwerfer-Flash. Ich verschluckte mich. Morgen! Sie hatte recht! Schon morgen würde Tim kommen! Wie hatte ich das gestern nur so schlimm finden können! Er versetzte mich ja gar nicht. Er kam eben später.

Und ehrlich: Wer, wenn nicht ich, konnte verstehen, dass man lieber ins Zeltlager wollte als mit zwei Glitzer-Filz-Babys in den Familienurlaub! Genau betrachtet war es ein riesiger Liebesbeweis, dass er den Resturlaub mit Leonie und Sarina in Kauf nahm, um mich zu sehen!

Morgen! Er würde zu mir kommen und ich würde ihm die Postkarte zeigen und dann würden wir gemeinsam das „Jana + Tim" betrachten. Wir könnten es auch in den Dachbalken über meinem

Bett ritzen. Hatte ich mein Taschenmesser dabei? Bestimmt hatte Tim eins.

„Du kannst ihm die Karte natürlich nur zeigen, wenn sie sich bis dahin nicht in der Milch aufgelöst hat!", krächzte Mama.

Wie? Ich sah auf meine Hände, die die Karte hielten. Beim Träumen muss sie mir nach und nach in mein Müsli gerutscht sein. Schnell tupfte ich sie mit einer Papierserviette ab, schlang den Rest des Frühstücks hinunter und kletterte dann auf die Empore. Ich schob die Postkarte unter mein Kopfkissen, dann blinzelte ich glücklich durch die Dachluke in den blauen Sommerhimmel. Jetzt war ich bereit für einen herrlichen Ferientag!

Ich zog meine Reitklamotten an und machte mich auf den Weg zum Stall. Mich störte nicht einmal, dass ich vor dem Unterricht nicht mehr zu Miranda gehen konnte oder dass Ida, die neben mir hertrottete, von ihrem Kuschelaffen erzählte, den sie an den Sattelknauf binden wollte. „Dann kann er auch mal reiten!", sagte sie und strahlte mich erwartungsvoll an. Sie dachte allen Ernstes, ich würde auf so etwas antworten.

Na ja, sollte sie in ihrer Reitgruppe mit Leonie und Sarina machen, was sie wollte. Ich würde sicher ausreiten. Der Tag war ja wie gemacht dafür. Wir ... plötzlich spürte ich ein ganz unangenehmes Stechen im Magen ... wir? Wer wir?

Im vergangenen Jahr war ich jeden Tag mit Lulu, Tim und Katrin ausgeritten. Katrin war Frau Staudachers Tochter und sie hatte den Fortgeschrittenen-Unterricht gegeben. Frau Staudacher selbst hatte sich um die Kleinen gekümmert. Aber außer mir war in diesem Jahr niemand aus der Fortgeschrittenen-Gruppe da! Ich stolperte vor Schreck. Ob ich Einzelunterricht haben würde? Besonders toll war diese Vorstellung nicht.

Na ja. Mit Katrin würde es gehen. Ich fand sie ziemlich cool. Sie war 19 und hatte gerade Abitur gemacht. Aber sie war weit und breit nicht zu sehen.

Am Stalltor standen nur Frau Staudacher und Moritz. Leonie und Sarina kamen gerade von der Ferienwohnung angerannt.

„Wo ist Katrin?", fragte ich sofort, als wir am Stalltor angekommen waren.

„Erst mal: Guten Morgen!", antwortete Frau Staudacher mit einem Lächeln, an dem ich erkannte, dass sie es nicht wirklich schlimm fand, dass ich die Begrüßung vergessen hatte.

„Entschuldigung ... Guten Morgen. Wo ist denn Katrin?"

Jetzt schaute sie mich verwundert an. „Katrin? Haben dir deine Eltern nichts erzählt?"

Mein Magen krampfte sich zusammen. Kam jetzt die nächste schlechte Botschaft? War auch Katrin in diesem Jahr nicht da? Musste ich etwa mit den kleinen Mädchen zusammen reiten? In meinem Bauch begann es zu zittern. Und das war eindeutig nicht die Elfe, die ihre Flügel ausstreckte, das war ein ganz besonders hässlicher Nachtfalter. Zögernd schüttelte ich den Kopf.

„Katrin konnte nicht kommen, weil sie für ihre Prüfungen lernen muss. Sie studiert doch jetzt in Stuttgart."

Treffer versenkt. Es hatte sich doch alles gegen mich verschworen. Der Nachtfalter flatterte heftig. Wenn nur Frau Staudacher da war, dann mussten wir ja alle zusammen ... dann würde ich in die Baby-Gruppe gesteckt werden ... es gab ja gar keine andere Möglichkeit ...

„Deswegen habe ich ja deine Eltern gefragt, ob du mir nicht beim Unterrichten helfen könntest!"

„Ich ... äh ... wer?", stammelte ich.

Frau Staudacher lächelte mich an, ihre Apfelbäckchen wurden ganz prall. „Mit deiner Mutter habe ich schon darüber gesprochen, sie war ganz zufrieden, da wird's für euch nämlich billiger. Aber dass sie dir nicht Bescheid gesagt hat, finde ich etwas seltsam!"

Dumpf erinnerte ich mich an den Vorabend. Daran, dass Mama mit Dauerlächeln auf mich eingeredet hatte. „Doch, doch, jetzt erinnere ich mich ..."

„Na also", Frau Staudacher nickte zufrieden. „Es ist ja auch die einzig vernünftige Lösung. Beibringen kann ich dir nicht mehr viel und die Kleinen kann ich nicht alleine unterrichten, weil wir jemanden brauchen, der Moritz an die Longe nimmt. Er saß ja noch nie auf einem Pferd. Ich dachte, das könntest du machen."

Ich nickte glücklich. Ja, natürlich!

„Zum Ausgleich kannst du außerhalb der Unterrichtszeiten so viel reiten, wie du willst. Du nimmst am besten Liz."

Das wurde ja immer besser! Reiten, so viel ich wollte! Und dann noch am Nachmittag – da musste ich mir gar keine Ausrede mehr überlegen, warum ich nicht auf die blöden Wanderungen mitkam, die meine Mutter plante! Eines war klar: Meine Familie würde mich in diesem Urlaub kaum zu Gesicht bekommen.

„Also, dann lasst uns mal die Pferde verteilen. Leonie bekommt Trixi, Sarina den kleinen Muck, Ida nimmt Cassandra und Moritz bekommt die liebe Ruby. Jana, du zeigst ihm alles: Hufe auskratzen, putzen, satteln. Weißt du, wo die Longe hängt?"

Ich nickte. Klar wusste ich das! Ich kannte jeden Winkel auf dem Reiterhof. Selbst im Dunkeln würde ich jedes einzelne Zaumzeug finden und zum richtigen Pferd tragen!

„Gut. Dann mal los."

Ich wandte mich an Moritz. Zum ersten Mal sah ich ihn an, ohne mich vor ihm zu genieren. Ich war auch ausnahmsweise einmal nicht sauer auf ihn. Ich nahm ihn jetzt ganz anders wahr. Nicht als Störfaktor, sondern als meinen Reitschüler. Und einen Reitschüler zu haben, fand ich grandios.

Ich lächelte ihn an. „Zuerst müssen wir in die Sattelkammer!"

Er lächelte zurück, dabei bekam er an den Mundwinkeln zwei kleine Falten. Wie diese Striche, die bei Comicfiguren oft am Rand des Munds gezeichnet werden. Das sah sehr nett aus.

Wir marschierten los.

Ich habe schon oft davon geträumt, Reitlehrerin zu sein. Bevor ich mir immer diese Kuss-Szene in Mirandas Box vorgestellt habe, gehörte das sogar zu meinen Lieblingsträumen. Auch hierfür hatte ich mir einen richtigen kleinen Film zurechtgelegt. Er spielte zwar daheim in der Reitschule in München, aber ich musste ja nur die Kulissen im Kopf austauschen und schon passte er perfekt auf den Reiterhof Staudacher. Der Film ging so: Eine ganze Traube von kleinen Mädchen umringte mich und sah bewundernd zu mir auf. Ich war total lieb zu ihnen und sagte, dass sie zwar noch nicht auf so großen schönen Pferden reiten konnten wie ich, aber dass wir es jetzt mal mit einem süßen lieben Pony probieren würden. Sie nickten alle andächtig. Ich trug den Sattel in den Stall – die Kinder folgten mir. Ich zeigte ihnen, wie man das Zaumzeug anlegte – und sie bewunderten mich, weil ich überhaupt keine Angst vor den großen gelben Ponyzähnen hatte. Auf dem Reitplatz führte ich sie einzeln auf dem Pony im Kreis herum und sagte solche Sachen wie: „Du musst gerade sitzen!", und „Pass auf deine Füße auf, die Fersen müssen nach unten!". Ich sagte es immer ganz freundlich und hatte total viel Verständnis für ihre Probleme: „Ich weiß, das ist für Anfänger schwer, aber bemühe dich mal, die Hände aufrecht und parallel zu halten!" Die kleinen Mädchen schafften es nicht, aber ich blieb geduldig und schimpfte nie. Ich fühlte mich groß, schön und gerecht.

Genau wie jetzt!

Moritz war zugegebenermaßen kein kleines Mädchen, aber das machte nichts aus. Blöder war schon, dass er keinerlei Angst davor hatte, die Trense anzulegen. Und richtig doof wurde es, als ich ihm zeigen wollte, wie man den Sattel richtig auf Rubys Rücken wuchtete. Ruby ist nämlich das größte Pferd im Reiterhof Staudacher. Sie hat ein Stockmaß von 1,75. Ich selbst bin gerade mal 1,56!

Um es kurz zu machen: Ich schaffte es nicht. Moritz musste mir den Sattel abnehmen und ihn hochbugsieren. Mir blieb nichts anderes übrig, als doof daneben zu stehen, süßsauer zu grinsen und zu sagen: „Sehr gut für einen Anfänger."

Na ja. Als wir dann auf dem sonnenbeschienenen Reitplatz standen und ich ihn endlich an der Longe hatte, konnte ich so richtig loslegen mit meinem Traum. Ich malte ihn noch weiter aus. Der Reiterhof Staudacher gehörte mir. Frau Staudacher hatte ihn mir übergeben, weil Katrin ja Grundschullehrerin geworden war. Ich führte irgendeinen Schüler an der Longe und sagte großmütig und geduldig: „Pass auf deine Füße auf, Fersen nach unten. Die Beine müssen lang sein!", und: „Ich weiß, das ist für Anfänger schwer, aber bemühe dich mal, die Hände aufrecht und parallel zu halten!"

Der Schüler mühte sich ab, aber natürlich konnte er nicht alles auf einmal umsetzen. Ich blieb geduldig: „Fersen nach unten, denk an die Fersen!", „Nicht so krumm sitzen, das ist ein Anfängerfehler, streck dich!"

Da unterbrach eine sehr reale Stimme meinen Traum: „Geht's auch mit ein paar weniger Anweisungen auf einmal?"

Ich stockte, dann blinzelte ich und mir wurde klar, dass Moritz mit mir gesprochen hatte.

„Ich fühl mich ja sonst wie ein Volltrottel!"

„Oh!"

„Und du musst auch nicht in jedem zweiten Satz Anfänger zu mir sagen."

Zack! Da war sie wieder! Diese Scham! Immer musste ich mich vor ihm genieren. Hatte ich mich jetzt total danebenbenommen, oder wie? Ich fühlte mich völlig durchschaut. Ja, mir kam es so vor, als hätte Moritz freien Blick auf meine Traumbilder. Wie peinlich!

„Schon mal was von positiver Verstärkung gehört? Du musst loben! Sonst sinkt meine Motivation in den Keller."

„Wie? Äh ... was meinst du?"

„Loben! Du musst auch mal sagen, was ich gut mache!"

„Ich ... ich ... finde, du machst das wirklich total gut für ... äh ... Ich glaube, du hast ein gutes Gefühl für Pferde."

Sein Mundwinkel zuckte, die kleine Falte darin blinkte auf und erlosch und blinkte auf. Ich glaube, er verkniff sich ein lautes Lachen. Natürlich kam ich mir da gleich noch mal blöder vor. Aber immerhin merkte ich, dass er nicht wirklich sauer war.

Irgendwie war das komisch. Dieser Moritz schien mich immer genau in den Momenten nett zu finden, in denen ich mir total doof vorkam. Und in den Momenten, wo ich mich toll fühlte, fand er mich ganz offensichtlich blöd.

Zum Glück hat sich das mittlerweile geändert. Denn ich will ja beides. Mich toll fühlen und toll gefunden werden.

Der Rest der Longenstunde verlief dann ganz gut. Ich beobachtete Moritz genau, um Sachen zu finden, die ich loben konnte. Es gab jede Menge:

sein gerader Rücken zum Beispiel. Er hatte einfach von Natur aus eine sehr gute Haltung. Außerdem merkte man, dass er mit Ruby in Kontakt kam. Das klingt jetzt vielleicht blöd, aber es gibt Kinder, die setzen sich auf ein Pferd wie auf eine Maschine und wollen dann wissen, welche Knöpfe man für welchen Gang drücken muss. Das war bei Moritz ganz anders. Er verstand vom ersten Moment an, dass man mit dem Pferd zusammen ritt. Dass man ein Team war. Vor lauter Loben und Beobachten kam ich gar nicht mehr zum Träumen.

Aber das fand ich vollkommen in Ordnung. Denn an diesem Vormittag war die Realität eindeutig besser.

Das blöde Moritz-Gefühl

Auch der Nachmittag wurde zum Volltreffer. Denn mein Anti-Wanderplan ging absolut auf. Als Ida und ich vom Reiten – beziehungsweise vom Reitunterrichten – in die Ferienwohnung kamen, hatte Mama schon ihre senffarbenen Wanderhosen an.

Mit strahlendem Lächeln schickte sie uns an den gedeckten Tisch auf der Terrasse, marschierte mit einem dampfenden Topf Spaghetti hinter uns her und rief mit Papageien-Stimme, die man bestimmt noch auf der Empore von Friedmanns Wohnung hörte: „Olli, wir sind so weit!" Zum Glück war Tim nicht da und bekam es mit.

Olli ist mein Vater und auch er trug schon die volle Wander-Montur. Kariertes Hemd (irgendso eine Sportmarke) und abknöpfbare Trekkinghose (gibt es etwas Hässlicheres als abknöpfbare Hosen?), nur die Schuhe fehlten noch.

Mama lud uns große Nudelportionen auf den Teller und zeigte dann mit dem leeren Löffel mitten ins Bergpanorama. „Seht ihr ihn? Der in der Mitte, mit dem sonnenbeschienenen Gipfel, das ist der Ochsenkopf. Da gehen wir heute Nachmittag hin."

Ida fiel vor Schreck die Gabel aus der Hand.

Ich dagegen schöpfte mir genüsslich Tomatensoße auf den Teller. „Wie schade!", meinte ich klagend, während Ida auf Gabelsuche unter dem Tisch entlangkroch.

„Schade? Wieso?", fragte meine Mutter.

„Ich kann leider nicht mit!" Ich warf ihr einen zutiefst enttäuschten Blick zu, den sie tatsächlich für echt hielt.

„Wieso?"

Ida tauchte jetzt wieder auf und sah mich lauernd an. Triumphierend präsentierte ich meine Entschuldigung. „Ich würde ja gerne. Aber ich kann in diesem Jahr nur nachmittags reiten! Und zum Reiten sind wir ja schließlich da."

Mama nickte nachdenklich. „Ach, daran habe ich gar nicht gedacht, als Frau Staudacher mich gefragt hat, ob du beim Unterrichten helfen würdest." Sie seufzte. „Jetzt bist du im Zwiespalt. Der Ochsenkopf hat dir ja so gut gefallen, als ich dir gestern das Bild gezeigt habe."

Ganz schwach erinnerte ich mich daran, dass sie mir den Wanderführer unter die Nase gehalten hatte. Trotzdem nickte ich voll betroffen. „Aber ich glaube, das Reiten ist doch ein bisschen wichtiger. Ich saß ja noch gar nicht auf einem Pferd, seit wir hier sind."

Mama war ganz verständnisvoll. „Na ja, vielleicht schaffen wir es Ende der Woche noch einmal, wenn diese Longenstunden für den Jungen vorbei sind."

Ich nickte und beschloss innerlich, darauf hinzuwirken, dass Moritz in dieser Woche nicht über Longenstunden-Niveau herauskam.

„Heute gehen wir dann eben zu dritt." Schnell schob ich mir eine Riesen-Gabel Spaghetti in den Mund, um mein Grinsen besser zu verbergen.

Na ja, ein bisschen schlechtes Gewissen hatte ich schon, Mama so auszuspielen. Aber mir blieb schließlich keine andere Wahl, oder?

Reiten mit Wandern zu tauschen, ging doch wohl gar nicht!

In dem Moment ging auf dem Stuhl neben mir eine Sirene los: „Gemein!!!!" Es war Ida, die Mamas und meinem Gespräch bisher mit lauerndem Katzenblick gefolgt war. „Wenn Jana nicht muss, dann will ich auch nicht!"

„Was heißt hier müssen, ich *kann* nicht!", gab ich ungerührt zurück und Mama stieg voll darauf ein: „Ida, darum geht es doch gar nicht. Jana saß noch überhaupt nicht auf einem Pferd, seit wir hier sind, während du den ganzen Vormittag geritten bist!"

Ida schickte einen Blick zu mir, der bestimmt giftiger war als jeder Schlangenzahn. Aber ich schaute nicht einmal zurück.

„Das ist ein Trick!", krähte sie jetzt. „Ein gemeiner Trick!"

„Wo soll denn da der Trick sein?", fragte Mama in vollem Ernst zurück. „Ich weiß doch, dass sie heute Vormittag nicht reiten konnte, und ich weiß auch, dass sie die Tour schön fand. Sie hat es mir gestern selbst gesagt."

Da sieht man doch mal wieder, dass Träumen eine gute Sache ist. Hätte ich gestern beim Gespräch mit Mama meine Gedanken beisammengehabt, hätte ich das mit Sicherheit niemals behauptet! Und jetzt passte es prima in meinen Plan. Ich lächelte wie ein unschuldiger Engel und Ida sagte nichts mehr. Erst eine Viertelstunde später, als Mama und Papa schon im Auto auf sie warteten, zischte sie mir zu: „Du bist die fieseste Schwester der Welt."

Ja und?, dachte ich. Zufrieden sah ich zu, wie unser Auto über den Hof tuckerte, am Bauernhaus vorbei auf den Lindenweg fuhr und schließlich hinter der Anhöhe verschwand. Ein Nachmittag in völliger Freiheit lag vor mir!

Ich rannte sofort in den Stall und nach einem kurzen Boxenstopp bei Miranda in die Sattelkammer und holte Putzzeug. Mit Striegel, Kartätsche und Hufkratzer marschierte ich in den Stall zu Liz' Box und begann, sie für einen Ausritt fertig zu machen. Liz ist eine ziemlich dunkle Hannoveraner Stute. Ich bin schon ein paarmal auf ihr geritten. Sie ist sehr ruhig, sehr gelassen, um nicht zu sagen: ein kleines bisschen faul. Bei jedem Wechsel in eine schnellere Gangart muss man sie so antreiben, als sei es ihr persönlich wichtig, dass der Reiter Muskelkater in den Waden bekommt. Es kann eben nicht jedes Pferd so wundervoll sein wie Miranda.

Ich begrüßte sie, striegelte ihr Fell und redete dabei ganz automatisch mit ihr. Das mache ich bei jedem Pferd, ich kann gar nicht anders. Was ich sage, ist dann nicht unbedingt sinnvoll. Ich lasse die Worte einfach so herausblubbern, was halt so gerade durch meinen Kopf spukt. Es muss ja nicht besonders intelligent sein. Die genauen Worte versteht das Pferd sowieso nicht, es hört nur den Klang der Stimme. „Jetzt mache ich dich erst mal hübsch, und wenn du richtig fein geputzt bist, hole ich den Sattel", sagte ich oder irgendetwas Ähnliches.

Liz drehte ihren Kopf zu mir und sah mich freundlich an. „Genau! Und dann genießen wir den Sonnentag. Was meinst du?" Liz drehte den Kopf wieder weg. Sie war einfach nicht so kommunikativ wie Miranda.

„Wo sollen wir hin? Auf die Wallsteiner Höhe?", fragte ich sie.

Seltsamerweise bekam ich jetzt eine Antwort. Eine richtige, laute, in perfektem Deutsch mit Allgäuer Akzent: „Nein! Jana, so habe ich das nicht gemeint!" Frau Staudachers Kopf tauchte über der Boxenwand auf. Ihre knallblauen Augen waren weit geöffnet, sie sah ein wenig erschrocken aus.

„Was ist denn?", fragte ich.

„Ich meinte nicht, dass du alleine ausreiten kannst. Alleine reiten – ja. So viel du willst. Aber hier auf dem Hof. Draußen auf dem Reitplatz oder in der Halle. Alleine ins Gelände – das ist zu gefährlich!"

„Aber es ist ..." Ich wollte eigentlich sagen, dass es doch so schönes Wetter war, aber auf halber Strecke fiel mir auf, dass das kein Gegenargument war. „Letztes Jahr sind wir jeden Tag ausgeritten und es ist nie etwas passiert!", sagte ich stattdessen.

„Im letzten Jahr wart ihr zu viert!" Frau Staudacher zog die Augenbrauen nach oben und nickte langsam. Auf einmal hatte sie Ähnlichkeit mit meiner Französisch-Lehrerin. Die machte auch immer so Falten auf der Stirn und nickte dann wichtig, wenn sie irgendwelche Anweisungen gab. Dass die nette Frau Staudacher mit der drachenartigen Mayer-Höfelding etwas gemeinsam hatte, faszinierte mich total.

„Ich erlaube es nicht, Jana!", sagte sie jetzt, und ich spürte, dass jede Gegenrede zwecklos war.

Ich sagte nichts mehr. Ich biss mir auf die Lippen und hoffte, dass mir keine Tränen kommen würden. Ich fühlte mich so flau und schlapp. Ich glaube, das lag daran, dass ich schon so viele unangenehme Überraschungen hatte verarbeiten müssen, seit wir hier waren. Jetzt hatte ich keine Kraft mehr.

Frau Staudacher war mittlerweile aus der Nachbarbox durch die Stallgasse zu mir gekommen. Sie legte mir die Hand auf die Schulter. „Nimm's nicht so schwer, Jana", sagte sie. „Reiten ist doch immer schön!"

Ich nickte. Im Kopf wiederholte ich den Satz „Reiten ist doch immer schön".

Ich sagte mir ihn auf, während ich Liz sattelte und auch noch, als ich sie auf den Reitplatz vor der Halle führte.

„Reiten ist doch immer schön", murmelte ich noch, als ich meinen Fuß in den Steigbügel stellte und aufsaß.

Dann war es nicht mehr nötig.

Wenn ich im Sattel sitze, ist die Welt in Ordnung, ganz gleich, was vorher war.

Erst ritt ich ein paar Runden, um warm zu werden, dann probierte ich verschiedene Hufschlagfiguren aus. Später machte ich Dressur-Übungen. Als mir einmal eine Piaffe ganz besonders gut glückte, sah ich aus dem Augenwinkel, dass Moritz mir zusah.

Insgesamt ritt ich bestimmt über zwei Stunden. Dann versorgte ich Liz und schlüpfte danach natürlich zu meinem Liebling in die Box. Es war kurz vor fünf und heute wollte ich den Verbandswechsel auf keinen Fall verpassen.

Miranda begrüßte mich mit ihrem lieben, leisen Wiehern. „Na, geht's dir schon besser?", fragte ich. Sie beugte ihren Kopf zu mir und legte ihr Maul auf meine Schulter. Wie ich das genoss! So dicht bei ihr zu stehen und zu fühlen, dass wir uns mochten! Ich streichelte ihren Hals und murmelte irgendwelche sinnlosen freundlichen Dinge in ihr Ohr. Ohne nachzudenken, genau so, wie ich es vorhin schon beschrieben habe. „Wird es dir schon langweilig im Stall, du süße Zuckerschnecke …?"

Miranda gefiel es. Aber ich hätte trotzdem besser mein Gehirn einschalten und ein bisschen auf meine Formulierungen achten sollen. Denn genau in dem Moment, als ich zu Miranda „Oh, du kleine Knuddelmaus" sagte, kam natürlich Moritz mit dem Medizinkoffer an.

Er öffnete die Tür, grinste und fragte: „Meinst du mich?"

Bahhh! Da stieg sie wieder in mir auf, diese Mischung aus Ärger und Peinlichkeit, die mich immer ergriff, wenn er mir gegenüberstand. Dieses zwickende, unangenehme Kratzen. Das „Moritz-Gefühl" – so würde ich es in Zukunft nennen. Voller Ärger sah ich ihn an. „Natürlich nicht!"

Er lachte. Nicht gemein. Nein, ganz vergnügt und die Fältchen tanzten an beiden Seiten seines Mundes. „Hab ich mir fast gedacht!"

Ich sagte nichts. Ich verzog den Mund ein wenig und beschloss abzuwarten.

Moritz stellte jetzt den Koffer an die Boxenwand. „Einer muss den Huf anheben und einer den Verband abwickeln – was willst du?", fragte er.

„Huf anheben", sagte ich. Das mit dem Verband musste ich ja erst noch lernen. Wenn es um die Gesundheit von Miranda ging, wollte ich nicht leichtsinnig sein.

Moritz nickte.

Ich stellte mich neben Mirandas Vorderhuf. Es fühlte sich ein bisschen komisch an, denn natürlich flüsterte ich ihr sonst immer beruhigende Sachen zu, wenn ich das Bein anhob, beim Hufauskratzen zum Beispiel. Aber nach diesem peinlichen Knuddelmaus-Auftritt würde ich ganz bestimmt nicht noch mal unbedacht vor mich hin brabbeln! Ich fasste den Huf so sanft wie möglich an und hielt ihn fest.

Miranda schnaubte. Da schlüpften die Worte ganz von selbst aus meinem Mund: „Ja, schon gut, du liebe gute Miranda, ganz still ... wir tun dir nichts." Sofort wurde sie ruhig. Na also, dachte ich, da ist doch gar nichts Lächerliches dabei.

Moritz sagte auch nichts mehr. Das heißt doch,

er sagte etwas, aber nichts Spöttisches. „Wenn du den Huf hältst, steht sie viel ruhiger als bei mir."

Da konnte ich es ihm zurückzahlen! „Du musst ihr eben ein paar Kosenamen zuflüstern! Oder fallen dir keine ein?"

Moritz lachte. „Nicht so gute wie dir!", meinte er dann. Er löste die Klemme und begann ganz behutsam den Verband abzuwickeln. „Im Ernst. Als ich gestern den Huf gehalten habe, lief das lang nicht so gut. Ständig musste ich ihn wieder absetzen, und das ist blöd, weil ja kein Dreck in die Wunde kommen darf ... Bei dir habe ich das Gefühl ... ich weiß nicht ... als ob du irgendeine besondere Verbindung zu ihr hast." Er sah mich zweifelnd an. „Klingt das komisch oder verstehst du, was ich meine?"

Ich fand es toll, dass ihm das aufgefallen war. „Ich verstehe es total. Vielleicht liegt es daran, dass ich sie schon von Geburt an kenne." Ich kicherte. „Also von ihrer Geburt an, nicht von meiner."

Er sah erstaunt auf. „Ehrlich?"

„Ja." Während er weiterwickelte, erzählte ich ihm von unserem ersten Urlaub auf dem Staudacher-Hof. Gleichzeitig lugte ich immer in Richtung Huf. Ich fürchtete mich ein bisschen davor, die Wunde zu sehen. Aber es war gar nicht schlimm. Man sah kaum noch etwas außer einer kleinen roten Stelle.

Moritz säuberte alles und trug frische Wundcreme auf, dabei hörte er konzentriert zu, was ich über Lulus und meine erste Reitstunde erzählte. Miranda hielt absolut still. Ihr konnte es ja egal sein, ob ich blöde Kosenamen erfand oder vom ersten Reiterhof-Sommer erzählte. Hauptsache, Stimme und Tonfall waren richtig.

„So", meinte Moritz schließlich und ich stellte den frisch verbundenen Huf sanft ab.

„Frau Staudacher meint ja, dass es morgen wieder gut ist und du anfangen kannst, sie zu bewegen."

„Echt?"

Moritz nickte.

Wow!, dachte ich. Dann würden die nächsten Tage noch besser werden als der heute! Morgens unterrichten, nachmittags auf Miranda reiten, keine Wanderungen – super!

Wir misteten dann noch gemeinsam Mirandas Box aus. Moritz holte mit der Schubkarre frisches Heu, und gerade als ich schwungvoll hineinstechen wollte, um eine ganze Ladung in die Box zu katapultieren, beugte sich Moritz plötzlich über die Fuhre.

„Halt!", rief er und hob abwehrend die Hand in meine Richtung. Dann beugte er sich tiefer und zog mit spitzen Fingern etwas Glitzerndes zwischen den Heuhalmen hervor.

„Guck mal ...", er prustete ein bisschen und

streckte seine Hand in meine Richtung, „… wer zieht denn so was Scheußliches an!?"

Zwischen seinem Daumen und Zeigefinger baumelte ein Ohrring. Also, genauer gesagt: mein Ohrring. Einer von diesen Mega-Glitzer-Dingern, die mir Lilian geschenkt hat und die ich seither im Verborgenen gehütet habe wie einen geheimen Schatz. Wie kam der hierher … und … wie um alles in der Welt bekam ich ihn wieder zurück?

Ich konnte ja jetzt schlecht sagen: „Ich! Ich ziehe so was Scheußliches an!" Ganz abgesehen davon, dass es gar nicht stimmte. Ich *besaß* ja nur so etwas „Scheußliches". Die Ohrringe anzuziehen, hatte ich mich noch nie getraut.

Moritz hob sich den Ohrring jetzt an sein Ohrläppchen und posierte in bester Top-Model-Manier vor mir. „Und?", fragte er mit süßlich verstellter Stimme „Wie seh ich aus?"

„Geht so", antwortete ich schlecht gelaunt. Er sollte nicht meinen, ich fände das auch noch witzig! Gleichzeitig versuchte ich mich daran zu erinnern, wann ich den Ohrring zuletzt gesehen hatte. In Monkewitz' Wohnung! Als ich auf Knien durch die Wohnküche gerutscht war und den Schmuck zusammengesammelt hatte. Da hatte ich ihn ins Schmuckkästchen gestopft.

Und dann?

Moritz alberte weiter herum. „Ich habe eben noch nicht das Passende an", meinte er jetzt und griff nach dem Rand seines T-Shirts, um es wie einen Rock zu schwenken. „Aber mit meinem neuen Minirock wirkt der Ohrring doch hinreißend!"

Ich seufzte nur und versuchte, mich genauer zu erinnern. Als ich alles eingesammelt hatte, war ich in den Stall geflüchtet. Zu Miranda. Ich konnte mich genau daran erinnern. An ihr Wiehern. An ihre Kristallkugel-Augen. Aber an mein Schmuckkästchen?

Ich erinnerte mich weder daran, es in der Hand gehalten zu haben, noch daran, dass ich es irgendwo eingesteckt hatte.

„Lag da nur der eine Ohrring?", fragte ich Moritz.

„Ja. Wieso? Hättest du gern noch mehr von diesem Gruselzeug?" Er sprach jetzt wieder mit normaler Stimme. Er hatte es wohl aufgegeben, sich mit mir gemeinsam über den Ohrring lustig zu machen.

Trotzdem brach ich das Thema ab. Moritz nach dem Schmuckkästchen zu fragen, würde nicht weiterhelfen.

„Weißt du was?", sagte er jetzt. „Ich schenk ihn den kleinen Mädchen, die mögen doch so Zeug."

Erst wollte ich um Hilfe schreien. Denn das war eine entsetzliche Vorstellung: mein Schmuck in den Händen dieser Quälgeister!

Vor meinem inneren Auge erschienen kleine schmutzige Finger, die Schokoreste in die Fassung der Strasssteine schmierten. Was für ein Albtraum! Ich schüttelte den Kopf, um ihn wieder loszuwerden. Und dabei fiel mir etwas viel Besseres ein. „Gib her", sagte ich ganz locker zu Moritz. „Ich bring ihn Ida mit."

Auf die Minute

Ich habe ja schon viel über Träume und ihre Erfüllung nachgedacht, aber ich bin noch auf keine Regel gestoßen, die erklärt, wann etwas wahr wird. Meine einzige Vermutung ist: Bei Albträumen klappt es öfter.

Ein gutes Beispiel dafür ist diese Horrorvorstellung, die ich im Stall hatte: Leonie, Sarina und Ida, die meinen Schmuck begrabbeln.

Ich kam vom Stall nach Hause, kletterte die Leiter nach oben und war mittendrin im Horror-Schocker: Mein schwarz-grau-hellrosa Shirt schlackerte als bodenlanges Abendkleid um Tims Mini-Schwester Sarina herum. Leonie hielt den zweiten der großen Glitzerohrringe genau so in ihren schmierigen Fingern, wie ich es mir vorhin ausgemalt hatte, und der Rest des Schmucks baumelte um Idas Hals.

„Was macht ihr da?", schrie ich, bevor ich noch ganz oben war.

„Habt ihr sie nicht mehr alle?"

Das war natürlich ein Fehler. Die drei sahen zwar stockstarr zu mir herüber und waren bereit, sofort alle meine Habseligkeiten wieder abzutreten – aber Mama hatte mich auch gehört.

„Schrei doch nicht so! Jana, was ist denn los?"

„Sie haben einfach meine ..." Ich brach ab. Ich konnte doch Mama nicht erzählen, dass ich diese Sachen besaß! Ich biss die Lippen aufeinander und suchte nach einer besseren Taktik.

Ida sah mich erst erstaunt an, dann kapierte sie alles. Auf ihrem Mund entstand ein leichtes Grinsen: „Mama ..."

„Halt sofort die Klappe, du Mistvieh!", zischte ich.

„Mama ..."

„Noch ein Ton und ich erzähle Emily aus deiner Klasse, dass du noch mit diesen Filztieren spielst!"

Ha! Jetzt war sie still. Emily war eine super-unangenehme, frühreife Ziege, die sich selbst zur Chefin der Grundschulkinder ernannt hatte und keine Gelegenheit ausließ, jemanden zu ärgern.

„Was ist da oben los?", rief Mama.

Ida und ich antworteten in schönster Eintracht: „Nihiiiichts!", während wir uns gleichzeitig Blicke zuwarfen, die eines tollwütigen Bullterriers würdig gewesen wären.

„So und jetzt gebt ihr das alles her!", flüsterte ich.

Sarina schlüpfte aus dem Shirt, Leonie zuppelte an dem Ohrring. Auch Ida zog sich ein paar Ketten über den Kopf.

„Wo habt ihr das überhaupt her?"

„Lag alles im Heu!", schimpfte Ida. „Wir haben es nirgends weggenommen. Nur gefunden. Du hast überhaupt kein Recht zu schimpfen!"

Sie reichte mir auch noch das Schmuckkästchen und ich begann, meine Sachen darin zu verstauen.

„Außerdem kannst du froh sein, dass Frau Staudacher nichts mitgekriegt hat. So kleines Zeug im Heu! Wenn dass die Pferde aus Versehen verschlucken! Das ist gefährlich."

Ich machte „Pfff", obwohl es zweifellos stimmte, was Ida da sagte. Sie sollte bloß nicht meinen, dass sie sich besser mit Pferden auskannte als ich.

Die drei tuschelten sich gegenseitig irgendetwas zu und kletterten dann nacheinander die Leiter hinunter. Mir war es nur recht, dass sie verschwanden.

Ich verstaute Schmuck und Shirt in meinem Regalfach hinter den Unterhosen und ließ mich aufs Bett fallen. Unter dem Kopfkissen knisterte es. Ich schob meine Hand darunter und fühlte die Postkarte. Mir wurde ganz warm ums Herz. Ich ließ meinen Kopf tief ins Kissen sinken und schloss meine Augen. *Jana + Tim*. Morgen ...

Zwei Liebesfilmtraum-Durchläufe später setzte ich mich auf.

„Genug geträumt!", sagte ich laut und deutlich

in den leeren Raum hinein. Ich musste ein bisschen über mich selbst grinsen, denn bisher war ich ja immer die große Verteidigerin der Träume gewesen.

Aber es ging nicht anders. Noch einmal so ein seelisches Auf und Ab wie bei der Ankunft gestern würde ich nicht ertragen. Diesmal würde ich planen. Das Gute war: Diesmal konnte ich das auch! Schließlich verfügte ich über alle relevanten Daten.

Ich nahm meinen College-Block vom Bord und mein Federmäppchen.

Dann malte ich 3 Spalten. Die erste war für die Uhrzeit, die anderen beiden für Tim bzw. für mich.

Vorne trug ich 17:00 Uhr ein.

In Tims Feld kam: Zug kommt in Kempten an.

In mein Feld: Verbandswechsel in Mirandas Box.

Tim und Manfred würden vielleicht zehn Minuten brauchen, bis sie im Auto saßen, dann noch einmal 20 Minuten, bis sie auf dem Staudacher-Hof ankamen, dachte ich.

Also trug ich ein: 17:30 Uhr: Ankunft Staudacher-Hof.

Wie lange brauchten Moritz und ich für den Verbandswechsel? Allenfalls eine Viertelstunde.

Eigentlich hatte ich ein bisschen zu wenig Platz über „17:30 Uhr" gelassen und ich musste das „17:15 Uhr" ziemlich quetschen, aber es ging schon. „Verlassen des Stalls", schrieb ich dahinter in meine Spalte.

Ich sah den Plan an und war zufrieden. Zeitlich würde alles klappen.

Tim würde dann ja auch erst einmal seine Mutter begrüßen, seine Sachen in die Wohnung bringen – und mich vielleicht nach einer weiteren Viertelstunde suchen.

Bis dahin wäre ich schon längst wieder in Mirandas Box. Das schrieb ich auf meine Seite auf Höhe von 17:30 Uhr: „Heimliche Rückkehr in den Stall". Und da würde ich dann auf ihn warten. Ganz allein! Der Plan war perfekt! Ich steckte den Plan zur Postkarte unter mein Kopfkissen und legte mich drauf und war glücklich.

Der nächste Tag begann auch wunderbar. Mama und Papa verabschiedeten sich mit dem Hinweis, dass sie sich eine lange Tour ausgesucht hatten und erst gegen 18:00 Uhr zurück sein würden.

Ich half wieder beim Unterricht, nahm Moritz an die Longe und träumte dabei kein bisschen, sondern lobte jede Menge. Mittags durften wir bei Friedmanns Hühnchen essen, Ida blieb dort und ich ritt nachmittags auf Liz. Perfekt!

Und was den Verbandswechsel betraf, toppten wir meinen Zeitplan sogar! Frau Staudacher kam am nächsten Abend um 17:00 Uhr nämlich auch in Mirandas Box.

„Macht mal den Verband ab", sagte sie. „Kann gut sein, dass wir gar keinen neuen brauchen!"

Ich hob Mirandas Huf an, Moritz wickelte, alles lief wie am Schnürchen. Als der Ballen dann freilag, sagte Frau Staudacher: „Na also! Sieht doch prima aus!" Sie lächelte uns zu. „Damit ist die Behandlung abgeschlossen." Sie verstaute die Verbandsachen in ihrer Tasche und wir gingen zu dritt aus dem Stall. Ich sah auf die Uhr: 17:05 Uhr. Wunderbar! Da hatte ich genug Zeit, nachher alleine zurückzulaufen.

Als Frau Staudacher die große Tür aufschob, sagte sie zu mir: „Morgen kannst du anfangen, Miranda wieder ein bisschen zu bewegen."

„Klasse!", jubelte ich. Vor Freude boxte ich Moritz in die Schulter, er wich lachend aus und legte dann seinen Arm um meinen Hals und tat so, als wolle er mich in den Schwitzkasten nehmen. Also, es tat nicht wirklich weh. Nein, eigentlich fühlte sich sein Arm ganz gut an. Stark und warm. Ich bemühte mich gar nicht, mich wieder zu befreien, sondern lachte auch – allerdings nur sehr kurz. Denn gerade als wir so halb umarmt auf dem Hof standen, kam ein Auto den Lindenweg herabgefahren. Ein Volvo. Friedmanns Volvo.

Aber ... wieso denn jetzt?

War das schon...?

Es war! Als der Wagen näher kam, sah ich Tim ganz deutlich auf dem Beifahrersitz. Sofort schubste ich Moritz' Arm von meinen Schultern. Er konnte mich doch nicht einfach so umarmen! Was sollte jetzt Tim denken? Dass ich einen Freund hatte? Ich blitzte Moritz wütend an.

Sofort verschwand das fröhliche Lachen aus seinem Gesicht. „Was ist denn?", fragte er. Seine Stimme klang ziemlich ratlos. Ja, wenn ich mich jetzt daran erinnere, klang sie sogar ein bisschen verletzt.

Aber damals achtete ich gar nicht darauf. Ich dachte nur noch an Tim. Am liebsten wäre ich zum Auto gerannt und hätte die Tür zur Rückbank aufgerissen und geschrien: „Das ist nur ein Missverständnis, zwischen mir und Moritz läuft nichts!" Zum Glück fiel mir vorher wieder ein, dass ich ja einen Plan hatte, damit unser Wiedersehen unbeobachtet über die Bühne ging. Anstatt zum Auto zu rennen, versteckte ich mich jetzt lieber hinter Moritz.

„Wie? Was machst du eigentlich?", fragte Moritz noch mal eine Stufe verständnisloser. Er drehte seinen Kopf und schaute über die Schulter nach hinten, wo ich hinter seinen Knien kauerte. „Was machst du da unten?" Unter normalen Umständen hätte diese Frage in mir das blöde Moritz-Gefühl ausgelöst. Jetzt war es mir egal. Hauptsache, Tim entdeckte mich nicht mit einem anderen Jungen.

„Jana?", fragte Frau Staudacher und da musste

ich wohl oder übel wieder hinter Moritz' Rücken hervorkriechen.

Zum Glück war das Auto jetzt so weit gefahren, dass ich nicht direkt in Tims Blickfeld stand.

„Ja?", sagte ich und machte ein paar Schritte nach rechts hinter das Stalltor, sodass man mich von Friedmanns Parkplatz aus nicht mehr sehen konnte.

„Ach, da bist du! Es ist wegen Miranda. Sie stand jetzt zwar nur ein paar Tage, trotzdem solltest du morgen ganz langsam beginnen. Erst führst du sie nur ein paar Runden im Kreis, dann reitest du. Nicht mehr als eine Stunde. In Ordnung?"

Ich nickte. Dabei strengte ich mich an, möglichst zuverlässig auszusehen. Frau Staudacher sollte wissen, dass sie mir vertrauen konnte – und dann sollte sie gehen. Und zwar schnell!

Aber sie tat es keineswegs. Ganz im Gegenteil.

„Jaaaa", seufzte sie, „jetzt wollen wir mal hoffen, dass nicht wieder so ein dummer Unfall passiert. Ich hätte eben mit der anderen Gruppe nicht ausreiten sollen. Es war alles noch so feucht vom Regen am Vortag." Sie atmete tief durch. „Aber die Kinder haben es sich so gewünscht und es war ja der letzte Tag ihrer Reiterferien!" Frau Staudacher begann, irre umständlich zu erklären, wie sie das Für und Wider gegeneinander abgewogen hatte und dass es auch hätte gut gehen können, aber dass man grundsätzlich doch lieber vorsichtig sein sollte ...

Ich musste mich unheimlich anstrengen, um weiterhin freundlich zu gucken. Ich wollte, dass sowohl Frau Staudacher als auch Moritz jetzt schleunigst verschwanden, damit ich in Mirandas Box Stellung beziehen konnte!

Ich nickte eilig und sagte: „Ja ... genau ... lieber vorsichtig sein."

Jetzt legte Frau Staudacher auch noch ihren Arm um meine Schultern!

„Drum ist es ja gut, wenn du dich den Rest der Woche um Miranda kümmerst. Dann kann nichts passieren!"

Jaja, dachte ich.

Wollte sie denn jetzt nicht endlich gehen?

„Gut", sagte ich, „aber jetzt ..."

„Weißt du, Jana", strahlte sie mich an, „es ist schon toll, eine Schülerin wie dich zu haben ..."

Jaja, dachte ich wieder. Ich freute mich ja, dass sie mich lobte. Aber musste es gerade jetzt sein? Ich hippelte von einem Fuß auf den anderen.

„Hast du es eilig?"

Ich nickte.

„Warum?"

Irgendeine Begründung musste her.

„Ich ... äh ... ich habe versprochen, beim Kochen zu helfen."

„Na, dann ab mit dir!"

Ich ließ mir das nicht zweimal sagen und drehte auf dem Absatz um.

„Ciao!", hörte ich eine Jungs-Stimme und schaute mich noch mal um. Ach ja, Moritz.

Kurz trafen sich unsere Blicke. Er guckte enttäuscht. Vielleicht hatte er gedacht, wir könnten noch was zusammen machen, aber darüber wollte ich jetzt nicht nachdenken. „Ciao", antwortete ich schnell und düste zu unserer Wohnung. Vor der Tür stoppte ich dann aber. Unser Auto stand schon da. Mama und Papa waren also von ihrer Tour zurück. Wenn ich jetzt hineinginge, wäre es möglich, dass ich tatsächlich helfen musste. Meine Mutter hatte eigentlich immer so nervige Ideen wie Tisch decken oder Salat waschen.

Ich drückte mich also nur an die Wand und sah zurück zum Stall. Da standen Frau Staudacher und Moritz immer noch und palaverten!

Wenigstens hatte sie mich nicht weiter beobachtet, ich stand hier völlig unbemerkt. Zur Sicherheit duckte ich mich hinter unser Auto, um dort zu warten, bis die beiden gingen.

Es dauerte.

Und dauerte.

Fünf Minuten waren schon um. Immer wieder sah ich zu Friedmanns Haustür hinüber. Wenn Tim jetzt herüberkam, um mich zu suchen? Sollte ich dann aufspringen, wie so ein Clown aus der Schachtel oder lieber hinterm Auto sitzen bleiben und warten, dass er vorbeiging? Und wenn er mich dann entdeckte? Das wäre ja megapeinlich.

Ich hörte mich selber seufzen. Dann schaute ich wieder zum Stall. Zum Glück! Frau Staudacher ging über den Hof in ihr Haus und Moritz lief zu den Ferienwohnungen. Ich duckte mich noch ein bisschen tiefer, sodass er mich garantiert nicht sehen konnte. Dann hörte ich seine Schritte und kurz später, wie eine Tür ins Schloss fiel. Geschafft!

Ich atmete durch.

Und dann ging ich schwebend, sanft und luftig leise wieder zurück. Ich summte vor mich hin und die Elfe in meinem Bauch erwachte. Als ich in Mirandas Box angekommen war, streckte sie sanft die Flügel aus.

Nach diesem kurzen Moment absoluten Glücks stand ich dann anderthalb Stunden im Stall und Tim kam nicht. Er kam auch nicht, als ich nach dem Abendessen im Matratzenlager auf ihn wartete. Die einzige, die irgendwann die Treppe hinaufkletterte, war Ida.

„Aber warum denn?", moserte sie.

„Ida! Es ist halb zehn!", krächzte Mama.

„Na und?"

„Friedmanns wollen auch irgendwann mal ihre Ruhe haben! Du kannst doch nicht die ganze Nacht dort drüben sitzen."

„Das stört überhaupt keinen."

Sie war jetzt oben angekommen. Mich beachtete sie gar nicht. Mit oberbeleidigtem Gesicht ließ sie sich neben mich in den Kuscheltierhaufen fallen. „Da drüben sind alle viel netter!", murmelte sie.

Ich seufzte. Wem sagte sie das! *Da drüben* ... Auf einmal wurde mir klar, dass Ida den ganzen Abend in Tims Nähe verbracht hatte. Sie musste wissen, was er gemacht hatte. Vielleicht gab es ja eine Erklärung dafür, dass er nicht gekommen war!

Aber wie sollte ich die aus Ida herauskitzeln?

Verhandlung im Dunkeln

„Ida?"

„Hmm?"

„Schläfst du schon?"

„Nee." Eine Hasenpfote traf meine Nase. Vielleicht war es auch ein Elefantenrüssel oder ein Teddybärbein, so genau konnte ich das im Dunkeln nicht erkennen.

„Wieso?"

Ich antwortete nicht gleich. Es war schließlich riskant, Ida ins Vertrauen zu ziehen, und ich brannte wirklich nicht darauf, irgendwelche Geheimnisse mit ihr zu teilen.

„Kannst du schweigen?"

„Klar!"

„Psssst. Nicht so laut!"

„Ist es so geheim?", zischte Ida begeistert.

„Nein. Es ist eigentlich überhaupt nicht geheim." Ich war sauer. Ich hatte die ganze Sache falsch angefangen. Ich hätte viel beiläufiger fragen sollen. Zum Beispiel beim Zähneputzen so nebenbei.

„Was denn?"

„Du warst doch den ganzen Nachmittag bei Sarina und Leonie."

„Ja. Aber wir haben nicht mit den Filzfiguren gespielt!", antwortete sie entrüstet. „Wir haben voll coole Top-Model-Bilder gemalt, ich kann sie dir zeigen, wenn du willst."

„Eure Top-Model-Bilder sind mir piepegal."

„Was denn dann?"

Jetzt war sie so neugierig, dass sie jedem meiner Worte viel zu viel Bedeutung beimaß. Mist.

„Ich wollte eigentlich nur wissen, ob Tim irgendwas erzählt hat."

„Wovon?"

„Das weiß ich doch nicht!"

„Hmm."

„Was hat er denn gemacht?"

„Gemacht? Eigentlich gar nichts."

„Irgendetwas muss er doch gemacht haben!"

„Er saß halt rum und hatte einen Kopfhörer auf."

„Sonst nichts?"

„Versteh ich nicht, wieso dich das interessiert und wieso das geheim sein soll."

Sie drehte sich auf die andere Seite. Will sagen, es raschelte, ich bekam erst einen Ellbogen, dann einen Löwenschwanz in die Seite. Ich drehte mich auch zur Wand. Das Gespräch hatte nichts gebracht.

„Jetzt!"

Wieder spürte ich ein plüschiges Irgendwas im Gesicht. Ida hatte sich im Bett aufgesetzt und rief triumphierend: „Jetzt hab ich's kapiert!"

Ich krampfte mich in meinem Bett zusammen. Bitte lass sie es nicht kapiert haben!!!!, murmelte eine tonlose Stimme in meinem Kopf. Vergeblich.

„Du bist verliebt!", brüllte Ida.

„Geht's noch lauter?" Ich streckte mich und zog das Dachfenster zu. Wenn die das nebenan auch geöffnet hatten? War es möglich, dass Tim alles gehört hatte?

Ida begann jetzt, komplett albern herumzukichern. Die Bettdecke wackelte so, dass das plüschige Irgendwas gegen meine Backe klopfte.

„Habt ihr euch schon geküsst?", rief sie ungefähr ein Milli-Dezibel leiser und machte dann so laute Knutschgeräusche, dass man eher an einen heiß gelaufenen Staubsauger als an einen Kuss denken musste. Wie bescheuert war ich gewesen, als ich sie nach Tim gefragt hatte! Jetzt würde es morgen der ganze Reiterhof wissen.

„Nein!", rief ich möglichst bestimmt. Aber ich konnte selbst hören, dass mein „Nein" nur klang wie: „bitte sag's niemandem!"

„Jana ist verliehiebt! Jana ist verliehibt!", fing dieses Biest jetzt tatsächlich an zu singen. Ich spürte die Wut. Grell und kratzig. Und diese Wut gab mir die nötige Kraft. Ich setzte mich selber auf.

„Ida, du miese Ratte! Wenn du auch nur ein Sterbenswörtchen weitererzählst, dann ..." Ja, was dann? „Dann ..." Ich konnte zwar in der Dunkelheit nichts sehen, aber ich spürte förmlich, wie ein Grinsen auf ihrem Gesicht entstand, weil sie mich in der Tasche hatte. „Dann sag ich Emily ..."

„Geht nicht", antwortete Ida total gelassen.

„Wieso?"

„Weil ich dann Mama die Sache mit dem T-Shirt erzähle."

„Du bist so was von blöd!"

Eine Zeit lang war es still. Ich starrte ins Dunkle und ärgerte mich. Zuerst. Dann musste ich wieder daran denken, dass Ida Tim gesehen hatte. Mehrere Stunden lang! Sie musste doch irgendetwas wissen!

Ich beschloss, meine Taktik zu ändern.

„Ida?"

„Hmm?"

„Wenn du mir einen Gefallen tust, dann schenke ich dir ein Päckchen Filzdinger."

„Zwei!"

Diese gierige Ratte! Das war doch wieder typisch!

„Gut. Zwei."

„Was soll ich machen?"

„Überleg noch mal, ob er nicht irgendetwas Interessantes gesagt hat."

„Hmmm", meinte meine kleine Schwester. Sie

klang auf einmal ganz anders. Nicht mehr lauernd, sondern absolut diensteifrig. Ich merkte, dass sie es toll fand, Mitwisserin zu sein.

„Vielleicht hat er ja auch gesagt, was er morgen vorhat ..."

Früher waren wir manchmal frühmorgens zum Bäcker geradelt, um Semmeln zu holen. Das wäre auch eine Gelegenheit, ihn allein zu treffen, bevor wir dann beim Reitunterricht unausweichlich aufeinandertreffen würden. Vor allen andern! Vor Moritz. Irgendwie machte mich dieser Gedanke noch nervöser.

„Ja! Hat er gesagt: Er will baden gehen!"

„Baden?" Wieso das denn? Wir waren doch auf einem Reiterhof!

„Ja, weil doch keiner da ist, der mit ihm in einer Gruppe reiten kann."

„Was?" War ich etwa keiner?, dachte ich sauer. Aber ich verkniff es mir, meinen Spion anzumeckern, sondern sagte sehr freundlich: „Wieso kann ich nicht mit ihm reiten?"

„Na, du gibst Moritz doch Longenstunden."

„Aber nachmittags!", rief ich verzweifelt.

„Mmmhhkrm", kam es aus dem Kissen-Plüsch-Berg.

„Nachmittags kann er doch mit mir reiten!"

„Ich glaub nicht, dass er mitgekriegt hat, dass du nachmittags Zeit hast."

„Du hast es ihm nicht gesagt?!"

„Ich wusste doch gar nicht, dass du verliebt bist und dass das wichtig ist. Ich hab nur gesagt, dass du Longenstunden gibst, und er hat gesagt, wenn es keine Fortgeschrittenen-Gruppe gibt, geht er den ganzen Tag ins Freibad."

Peng! Das saß.

Da hatte ich mir ja ein tolles Eigentor geschossen. Jetzt würde ich Tim also nicht mal beim Reiten sehen! Dabei hätten wir zu zweit sogar Ausritte machen können. Das hätte Frau Staudacher erlaubt! Und dann wären wir allein gewesen. Wir zwei auf der Wallsteinhöhe. Die Pferde hätten wir an einen Baum gebunden und wären zusammen auf den Aussichtsturm gestiegen. Der warme Wind hätte mit meinen Haaren gespielt und ...

Und ich Idiot hatte das alles höchstselbst vermasselt, weil ich es so toll fand, Reitlehrerin zu spielen!

Es gab nur eine Lösung: Ich musste Moritz wieder loswerden. Und zwar bevor Tim sich zum Baden absetzte.

Am nächsten Morgen zitterten mir die Knie, bevor ich überhaupt aufgestanden war. Mir war auch ein bisschen übel. Eigentlich fühlte ich mich so, als hätte ich einen Luftballon verschluckt. Ich war kurz vorm Platzen und gleichzeitig hätte ich nicht sagen können, was da jetzt Besonderes in mir drin war: nur heiße Luft.

Ich überlegte ewig hin und her, ob ich mein dunkel- oder mein hellblaues Schlabber-T-Shirt anziehen sollte und entschied mich dann für hellblau.

Da Schminken und Schmuck ja beim Reiten nicht so passten, kämmte ich mir stattdessen minutenlang die Haare. Das Frühstück konnte ich vergessen. Zu der vielen heißen Luft passte rein gar nichts mehr in meinen Bauch.

Ich sagte „Tschüss", verließ die Wohnküche und zog draußen vor der Tür meine Reitstiefel an. Natürlich schielte ich dabei schon zu Friedmanns Tür. Aber sie war noch zu.

Ich wartete nicht auf Ida und auch nicht auf Moritz, sondern ging allein zum Stall. Als ich dort stand, bekam ich wieder wackelige Knie. Ida kam angerannt. Dann Moritz. Friedmanns Tür war immer noch zu.

„Hallo!", sagte Moritz irgendwo ganz in meiner Nähe. Seine Stimme erinnerte mich an mein Hauptproblem. Wie wurde ich ihn heute los? Erst mal reagierte ich überhaupt nicht und sah ihn nicht einmal an. Ich musste Friedmanns Tür im Auge behalten. Ja! Jetzt öffnete sie sich.

Sarina kam, dicht gefolgt von Leonie. Und dann … Dann ging die Tür wieder zu. Zum Glück! Ich hatte noch etwas Zeit. Ich atmete tief durch und Moritz bekam seine Begrüßung. „Hallo", nuschelte ich.

„Wie viele Longenstunden machen wir eigentlich noch?", fragte er.

Ich blinzelte, um ihn scharf zu stellen. Hatte er gefragt, wie viele? Na! Vielleicht war das die Lösung! „Ach, ich weiß nicht, eigentlich brauchst du doch gar keine mehr", sagte ich mal so.

In diesem Moment kam Frau Staudacher bei uns an. Sie hatte alles gehört.

„Meinst du, Jana? Kann er schon in der Abteilung mitreiten?", fragte sie interessiert.

Mein Herz klopfte. Das klappte ja wie geschmiert! Besser als ich es je hätte planen können. Ich nickte heftig. „Klar! Er hat alles total gut begriffen und sitzt echt gut im Sattel."

„Tatsächlich?" Sie sah Moritz beeindruckt an. „Das ging aber schnell! Du sitzt sicher im Sattel und kannst auch von Schritt in Trab wechseln?"

Moritz sah etwas verwirrt zu mir. „Ich glaube nicht...", begann er. Da unterbrach ich ihn schon. „Ja, das kann er!"

Frau Staudacher schien sich nicht ganz sicher zu sein. „Na ja", meinte sie dann begütigend, „wir können es heute ja einfach ein bisschen langsamer angehen und einfache Übungen machen. Dann reitet Moritz also mit der Gruppe zusammen. Was machst du, Jana?"

Und in diesem Moment ging Friedmanns Tür von Neuem auf! Das musste Tim sein! Schnell!

„Kann ich mit Tim zusammen ausr..."

Jetzt kam er aus der Tür.

„Was? Kannst du was?", hakte Frau Staudacher nach.

„Kann ich mi..."

Tim trug Shorts, T-Shirt und megadicke Kopfhörer auf den halblangen Haaren. Über der Schulter hatte er einen Rucksack, aus dem eine Badematte ragte. Er sah cool aus, irre cool.

„Was denn, Jana?"

„Am liebsten würde ich ..."

Ich weiß. Ich hätte zu ihm rennen sollen. Oder zumindest rufen. Oder ihm winken. Es wäre alles möglich gewesen. Ich hätte ihn nur fragen müssen, ob er mit mir einen Ausritt macht, und dann ...

Aber ich traute mich nicht.

„Nichts", sagte ich.

„Wie nichts?"

Tim schlappte quer über den Hof zu dem Schuppen, in dem die Gäste-Fahrräder standen. Er wippte ein bisschen im Takt von irgendeiner Musik, die wir nicht hören konnten und schaute kein einziges Mal zu uns herüber. Dann schwang er sich aufs erste Rad und fuhr den Lindenweg hinauf.

„Ich mache heute Vormittag einfach nichts!", antwortete ich gepresst, und dann lief ich zu unserer Ferienwohnung, so schnell es ging, ohne dass es auffällig war. Ich hatte Tränen in den Augen. Viele Tränen. Und die sollte keiner sehen.

Zu Hause saß meine Mutter vor der Tür und zog sich gerade die Wanderschuhe an. „Was ist?"

„Nichts."

„Hilfst du heute nicht beim Reitunterricht?"

Ich wollte so schnell wie möglich an ihr vorbei, drum fasste ich mich kurz: „Nicht mehr nötig."

„Und warum reitest du nicht allein?"

„Wo denn?", fuhr ich sie an. „Auf dem Platz sind ja schon die ganzen Babys und in die Halle geht bei diesem Sonnenschein ja wohl kein Mensch!" Meine Stimme zitterte ein wenig und leider fiel das meiner Mutter auf.

Anstatt mich vorbeizulassen, begann sie zu trösten: „Ach, Jana, und jetzt hast du nichts zu tun?" Ich schüttelte den Kopf und versuchte wieder, an ihr vorbeizuhuschen, da begann sie zu strahlen: „Weißt du, das hat doch auch schöne Seiten: Jetzt kannst du doch mit uns zum Wandern!"

„Was?" Ich muss sie angestarrt haben wie einen Walfisch im Hochgebirge. Glaubte sie tatsächlich, mich damit aufheitern zu können? Mit Wandern? Für mich ließ das nur einen Schluss zu: Mit dieser Frau war jede Kommunikation sinnlos. Ich drehte mich weg.

„Wir gehen heute auf den Aggenstein! Soll ich dir Bilder zeigen?"

„Mama! Ich hasse Wandern!"

„Aber gestern ..."

„Gestern!", zischte ich verächtlich und kletterte die Leiter hinauf. Ich warf mich auf mein Bett. Ich zog das Kissen über den Kopf. Irgendetwas pikste in meine Nase. Ach ja, die Postkarte. *Jana + Tim*. Ich wollte es nicht sehen und schleuderte die Karte weit weg.

Bikini-Träume

Jetzt lag ich bereits zum dritten Mal in diesem Urlaub auf meinem Bett und starrte sinnlos die drei Holzbalken an. Ich konnte nicht mal tagträumen. Jedenfalls nichts Schönes.

Nennt man das überhaupt Tagträume, wenn sie etwas anderes zeigen, als man will? Kann man Tag-Albträume haben? Wenn ja, dann hatte ich welche. Fürchterliche. Ich sah immer, wie Tim im Freibad ankam und mit irgendwelchen Mädchen quasselte. Natürlich nicht mit ungeschminkten Mädchen in alten T-Shirts. Sondern mit aufgestylten Mädchen in tollen Bikinis. Dabei war das ja eigentlich totaler Quatsch. Tim kannte ja in Mühlberg genauso wenig Leute wie ich.

Trotzdem kam dieses Bild immer wieder. Es machte mich ganz kirre. Es pikste im Bauch, als hätte ich Kastanienschalen verschluckt. Am liebsten hätte ich diese Mädchen niedergeboxt. Ich schlug auch ein paarmal mit der Faust in die Luft, aber das war natürlich sinnlos. Schließlich pfefferte ich mein Kissen gegen die Wand und schrie: „Es reicht!"

Dann zog ich all meine schicken Sachen an, knipste die Ohrringe an, packte meinen Bikini ein und radelte los. Hinterher. Ins Freibad.

Ehrlich gesagt, war mir beim Losfahren noch nicht klar, was das eigentlich werden sollte. Aber während ich strampelte, merkte ich, dass das Unternehmen gar nicht so blöd war. Im Freibad konnte ich ihn begrüßen, ohne dass jemand dabei war. Also ohne jemanden, den wir kannten.

Blieb nur die Frage, wie ich erklären sollte, dass ich so urplötzlich im Freibad auftauchte, anstatt Reitunterricht zu geben. Das fiel ja sofort auf. Eigentlich musste ich dann zugeben, dass ich ihm hinterhergefahren war. Das würde ich aber niemals machen, bevor ich nicht sicher wusste, dass er auch in mich verliebt war. Es war kompliziert. Ich hätte wohl lieber den Tag mit Miranda verbringen sollen, ihre Nähe hätte mir sicher wieder etwas gesunden Menschenverstand eingehaucht. Ich wäre ruhig geworden und hätte die Bikini-Mädchen vergessen. Doch dafür war es jetzt zu spät.

Als ich in die Straße zum Freibad einbog, wusste ich immer noch nicht, wie genau ich vorgehen sollte. Ich fuhr auf das Kassengebäude zu und war enttäuscht. Ich konnte nicht mal sehen, ob er drin war, weil das Freibad von einem Drahtzaun mit Hecke umgeben war.

Ich stellte mein Rad ab und grübelte herum. Na ja. Ich könnte ganz kurz hineingehen, gucken, wo er war und dann wieder verschwinden.

Und was hätte ich davon? 2,50 Euro weniger. So viel kostete das Bad nämlich Eintritt. Außerdem bestand die Gefahr, dass er mich entdeckte. Wobei Gefahr vielleicht das falsche Wort war. Es bestand die große Wahrscheinlichkeit, dass er mich entdeckte. Das Bad war nämlich

1. ziemlich klein und

2. an der Anzahl der abgestellten Fahrräder zu urteilen, ziemlich leer.

Ich sah mir die Fahrräder genauer an. Da war es schon: ein blaues Rad, das genau so aussah wie meines. Eindeutig ein Gästerad der Staudachers. Jetzt wusste ich zumindest, dass er drin war.

Und dieses Wissen ließ mir einfach keine Ruhe. Ich drehte nicht um und radelte zurück, nein, ich schloss mein Rad ab und fing dann an, am Zaun entlangzugehen. Vielleicht fand ich ja eine Stelle, an der man hineinschauen konnte. Und wenn ich dann gesehen hatte, dass er ganz alleine war, dann konnte ich ja beruhigt die Bilder aus meinem Kopf vertreiben, wieder auf den Hof radeln und den Tag mit Miranda verbringen.

Ich marschierte los. Beim Kassenhaus musste ich mich zwischen Wand und Busch hindurchquetschen. Dahinter war der Zaun voll und ganz in einer Hecke verschwunden, man konnte kein bisschen sehen. Aber nach etwa 200 Metern hörte die Hecke auf. Ich war an der Rückwand des Freibad-Kiosks. Und direkt neben dem Kiosk konnte man prima durch die Maschen des Drahtzauns spicken. Ich sah die Kiosk-Terrasse, dahinter einen Grünstreifen, das Becken und dann die ganze Liegewiese. Freie Sicht!

Es waren nicht besonders viele Leute da. Ich entdeckte Tim schnell, er lag nahe am Becken.

Er hatte die coolen Sachen ausgezogen und trug seine Badehose. Die kannte ich vom vergangenen Jahr. Jetzt sah er wieder viel mehr aus wie der Tim, der durch meine Träume spukte. Ich begann, leicht zu zittern.

Ehrlich gesagt, sah er ein bisschen einsam aus, wie er da auf seinem Handtuch lag und verloren nach rechts und links schaute. Außerdem: kein Bikini-Mädchen weit und breit. Niemand, mit dem er Federball spielen konnte, und offensichtlich hatte er auch ein Buch vergessen. Er sah so aus, dass ich mir vorstellen konnte, dass er sich freuen würde, wenn ich jetzt auch ins Freibad kam.

Vielleicht, dachte ich, war er nur deswegen nicht zum Reiten gekommen, weil er mich auch nicht vor so viel Publikum begrüßen wollte. Vielleicht war es ein Zeichen an mich gewesen, dass er mit Badematte an uns vorbeimarschiert war. Er hatte mich ins Freibad locken wollen. Bestimmt!

Auf einmal war ich mir ganz sicher. Denn wenn es nicht so wäre, hätte er ja ausschlafen können! Aber er wollte sichergehen, dass ich ihn mit seiner Badematte sehen würde, damit ich wusste, wohin ich kommen konnte, um ihn alleine zu treffen.

Ich wollte schon durch die Büsche zurückkriechen, da stand er auf. Ging er schwimmen? Aber warum ließ er dann die Kopfhörer auf?

Tim schlenderte in demselben wippenden Gang wie heute Morgen am Becken vorbei, über den Grünstreifen – und kam direkt auf mich zu! Kurz bekam ich keine Luft mehr. Er hatte mich entdeckt! Oder? Ich drückte mich rechts hinter einen Busch. Es war ein gutes Versteck, weil das Blätterwerk sehr dicht war. Allerdings sah ich jetzt nichts mehr. Nur wackelnde Zweige. Ich schob meinen Kopf hin und her und fand dann direkt über meiner Nase ein Guckloch. Mein Herz schlug heftig. Ich sah fast die ganze Liegewiese – aber keinen Tim. Er musste schon näher sein. Wahrscheinlich rechts von meinem Busch, aber so scharf um die Ecke konnte ich nicht gucken.

Nach vier Atemzügen wagte ich es, schob meinen Kopf am Busch vorbei und spickte um die Ecke.

Tim stand seelenruhig am Kiosk vor der Tafel mit den Preisen, dann stellte er sich an die kurze Schlange. Als er kurz darauf zwei Schritte vorrückte, konnte ich ihn trotz aller Verrenkungskünste nicht mehr sehen. Die Kiosk-Wand war zwischen uns.

Mein Atem wurde ruhiger. Was ich beobachtet hatte, war rundum gut. Ich würde es tun. Ich würde jetzt auch ins Freibad gehen. Aber was sollte ich sagen? Ich schloss die Augen und atmete drei Mal tief durch. Dabei nahm ich mir fest vor, jetzt gleich an der Hecke zurückzuschleichen, dann an der Kasse zu zahlen, ins Freibad zu gehen und dann ganz einfach mit der Wahrheit anzukommen. „Hallo, Tim! Ich habe gesehen, dass du ins Freibad geradelt bist, da bin ich nach dem Reiten auch gleich gekommen." Das war doch voll in Ordnung.

Ich musste nur noch warten, bis er wieder zu seinem Platz gegangen war. Jetzt konnte ich unmöglich einfach so am Zaun vorbeimarschieren, da sah er mich ja. Ich öffnete die Augen.

Und dann passierte es.

Genau in dem Moment, als ich die Augen wieder öffnete, kam Tim hinter der Kiosk-Mauer hervor, in der Hand hatte er eine Portion Pommes. Er war keine drei Meter entfernt.

Vor Schreck duckte ich mich in den Busch hinein. Der wackelte so heftig, dass auf der anderen Seite ein Ast über Tims Schulter streifte. Er zuckte zusammen und dabei fiel ihm das Wechselgeld aus der Hand.

Puhhh!, dachte ich – noch mal gut gegangen! Er hat mich nicht entdeckt.

Aber dann – mir wird jetzt noch schlecht, wenn ich daran denke –, dann kam aus dem Nichts genau so ein Bikini-Mädchen angeschlendert, wie es den ganzen Vormittag durch meinem Tag-Albtraum gespukt war. Es war dunkelblond, so groß wie Tim und bestimmt zwei Jahre älter als ich. Es bückte sich, hob das Wechselgeld wieder auf, reichte es Tim, lächelte und sagte irgendetwas, dass ich hinterm Zaun nicht genau verstand. Ich hörte nur den Klang der Stimme und der war tussig bis eklig.

Tim lächelte. Die Härchen auf seinem Arm schimmerten, als er ihr die Hand entgegenstreckte. Er nahm die Kopfhörer ab und sagte auch irgendetwas. Aber nicht mal ihn verstand ich. Denn jetzt hatte ich schon so ein Rauschen in den Ohren, wie ich es öfters habe, wenn ich wütend werde. Und dann – als eigentlich die Zeit für ein freundliches nettes Geld-zurück-Geben vorbei war und jeder wieder seine eigene Sache hätte machen sollen –, dann schlenderten die beiden gemeinsam zu Tims Platz zurück!

Ich japste nach Luft, so gemein fand ich das!

Wäre ich nicht gewesen, dann wäre ihm das Geld ja gar nicht aus der Hand gefallen. Dann hätten sich die beiden nie kennengelernt. Am liebsten hätte ich ihnen hinterhergerufen: „Das zählt nicht!" Aber wahrscheinlich hätten sie es nicht einmal gehört, so vertieft waren sie schon in ihr Gespräch. Ich tastete mich an der Rückwand des Kiosks entlang, kroch an der Hecke vorbei, ließ mich von Brennnesseln brennen und von Ästen piksen und schrappte dann auch noch an der Wand des Kassenhäuschens meinen Unterarm auf.

Aber all das Piksen und Brennen war nichts gegen den stechenden Ärger in mir drin. Ich schloss mein Rad auf und strampelte zurück. Es ging ewig lang bergauf. Zum Glück! Denn heftig in die Pedale zu treten – das tat mir jetzt richtig gut.

Blaue Flecken

Ich gebe zu, ich hatte ein paar Tränen in den Augen, als ich in den Hof einbog. Die können aber auch vom Fahrtwind gekommen sein oder von der Anstrengung. Alles sah etwas verschwommen aus. Aber daran lag es nicht, dass ich zuerst nicht kapierte, was ich sah.

Ruby war an einen der Ringe vorm Stall festgebunden. Und die kleinen Mädchen führten ihre Pferde in den Stall. Hörten sie schon auf? War es so spät? Ich sah auf die Uhr: 11:13 Uhr.

Komisch, sonst ritten sie doch bis mittags!
Und wo war Frau Staudacher? Und Moritz ...
Als ich so weit war, beschlich mich zum ersten Mal ein ungutes Gefühl. Um nicht zu sagen: eine böse Vorahnung. Wie war es Moritz in der Reitstunde ergangen? Mir fiel ein, was er alles noch nicht konnte: Er wusste ja noch nicht mal richtig, wie man ein Pferd lenkte. Es war äußerst fraglich, ob er sich im Sattel hatte halten können, wenn Frau Staudacher antraben ließ. Hatte sie deswegen früher aufgehört? Ich ließ meinen Blick über den ganzen Hof streifen. Da sah ich sie.

Moritz humpelte in seine Wohnung. Frau Staudacher ging stützend neben ihm her. Ein brennender Blitz fuhr durch mich hindurch: Ihm war etwas passiert.

Ich ließ das Fahrrad fallen und wollte zu ihm rennen. Ihn fragen, wie es ihm ging und was wehtat. Und mich entschuldigen. Aber nach zwei Schritten stoppte ich wieder.

Weil ich mich so genierte!

Moritz und Frau Staudacher würden mich fragen, warum ich behauptet hatte, Moritz sei schon gut genug für die Abteilung. Ja, und was sollte ich denn da antworten?

Ich wollte nicht mehr zu ihm rennen. Ich wollte lieber im Erdboden versinken. Ganz leise hob ich das Fahrrad wieder auf und schob es langsam zum Schuppen. Als ich es dort abgestellt hatte, waren Moritz und Frau Staudacher in der rechten Ferienwohnung verschwunden.

Ich schlich über den Hof zu unserer Wohnung. Ich schämte mich so! Wie hatte ich nur so blöd sein können, keinen Moment darüber nachzudenken, was meine dämliche Flunkerei für Moritz bedeutete!

Gerade als ich den kleinen Weg zu unserer Wohnungstür erreicht hatte, öffnete sich die rechte Wohnungstür. Frau Staudacher kam heraus.

Ich erstarrte. Den Blick fest auf den Boden gerichtet.

„Jana!" So hatte ihre Stimme noch nie geklungen. So scharf und schnittig. Wie ein Knall mit der langen Peitsche, die in der Reithalle stand, die Frau Staudacher aber nie benutzte.

„Ja?" Meine Stimme dagegen klang wie der letzte Rest Wasser, der in den Abfluss gurgelt. Total schwach und mutlos.

„Was hast du dir nur dabei gedacht?"

„Wobei?" Das war jetzt so leise, dass ich mich selbst kaum hörte.

Frau Staudacher kam vier Schritte näher. Sie stand genau neben mir.

„Wobei?!", wiederholte sie ärgerlich. „Warum hast du gesagt, Moritz sei gut genug, um in der Abteilung mitzureiten? Der arme Kerl! Er ist vom Pferd gefallen und hat sich richtig wehgetan. Ich vermute, eine Prellung. Das war unverantwortlich!"

Ich spürte ihren Blick auf meinem Scheitel, aber ich traute mich nicht, den Kopf anzuheben.

„Und ich habe mich auf dich verlassen! Ich habe gedacht, du kennst dich so gut aus, dass ich dir einen Reitschüler überlassen kann! Das war ein Fehler."

Ich spürte einen dicken Kloß im Hals. Einen ganz dicken, der immer noch weiter anschwoll. Es tat weh, Frau Staudacher so schlimm enttäuscht zu haben!

„Du bist einfach noch nicht so weit. Ich werde

noch mal mit deinen Eltern reden müssen. Und alleine reiten darfst du auch nicht mehr."

Es fühlte sich so an, als ob der Kloß im Hals platzte. Als sei er eine übervolle Wasserbombe gewesen und das Wasser schoss jetzt mit Macht aus jeder Ritze meines Gesichts hervor. Ich musste Augen und Mund fest zusammenkneifen, um nicht loszuheulen.

„Die Mädchen warten auf mich", hörte ich Frau Staudacher irgendwo über mir sagen. „Wir sehen uns noch." Und dann klapperten ihre Schritte davon.

Ich stürzte in unsere Wohnung. Ich schaffte es nicht einmal mehr, die Treppe hinaufzuklettern. Ich warf mich unten aufs Sofa und heulte.

Irgendwann hatte ich keine Tränen mehr, sondern Hunger. Ich schmierte mir ein Brot, setzte mich an den Tisch und bemühte mich, nichts zu denken, während ich aß. Da streckte Ida den Kopf zur Tür rein. Ich schaute sie nicht mal an.

„Und????", fragte sie.

Ich kaute weiter.

„Habt ihr euch jetzt geküsst?????"

Ich reagierte nicht.

„Weißt du, was in der Reitstunde passiert ist? Moritz ..."

„Merkst du nicht, dass ich alleine sein will? Hau ab!"

Ida stöhnte: „Echt, mit dir kann's ja keiner aushalten", sagte sie. „Ich esse drüben bei Friedmanns."

Normalerweise hätte mir Idas Bemerkung nichts ausgemacht. Aber jetzt schon. Mit mir konnte es keiner aushalten. Sie hatte ja so recht. Auf mich konnte man sich nicht verlassen. Mir konnte man kein Pferd anvertrauen.

Ich schniefte laut. Ich setzte mich aufs Sofa und boxte die Kissen vor Wut. Ich lief im Kreis durch die Küche und kickte mit dem Fuß gegen ein zerfleddertes Micky-Maus-Heft, das Ida dort hatte liegen lassen. Ich sah lange aus dem Fenster und dachte daran, wie wir im vergangenen Jahr dort vorne auf dem Reitplatz so viel Spaß gehabt hatten: Lulu, Tim und ich.

Dann schniefte ich wieder.

Und dann beschloss ich, zu Frau Staudacher zu gehen und mich zu entschuldigen.

Ich suchte sie in dem kleinen Büro im Bauernhaus. Die Tür war geschlossen, ich klopfte.

„Herein!"

Ich öffnete die Tür. Sie knarzte. Es kam mir sehr laut vor. Aber wahrscheinlich lag das daran, dass Frau Staudacher so still war. Sie sah mich nur an. Sehr ernst. Das kannte ich gar nicht, sonst hatte sie immer gelacht und nette Sachen gesagt.

„Was ist?"

Ich musste mich erst einmal räuspern. Mein Hals war plötzlich trocken wie ein Staubsaugerrohr.

„Ich möchte mich entschuldigen."

Sie nickte. „Das finde ich gut", sagte sie. Ich wollte schon erleichtert durchatmen, aber da fiel mir auf, dass sie mich immer noch so erwartungsvoll ansah. Ich guckte fragend zurück.

„Ja, dann fang mal an", meinte sie.

„Wie?"

„Mit der Entschuldigung! Ich dachte, du wolltest mir erklären, wie das passieren konnte."

Ich schluckte. Was sollte ich denn jetzt sagen?

„Aber bei der Wahrheit bleiben, bitte!"

Auch das noch! Die Wahrheit! Ich sah Frau Staudacher zögernd an. Dann holte ich tief Luft, guckte auf den Boden und sagte so schnell wie möglich: „In Wahrheit war es so, dass ich lieber mit Tim ausreiten wollte, als Moritz Unterricht zu geben."

„Und warum hast du mir das nicht gesagt?"

Jetzt sah ich wieder auf. Frau Staudachers Gesicht war schon viel freundlicher. Ja, warum hatte ich das nicht gesagt? Erst jetzt merkte ich, dass nichts dabei gewesen wäre. Dass ich lieber mit Tim ausritt, als Moritz Longenstunden zu geben, war ja ganz normal! Das hatte ja eigentlich gar nichts mit Verliebtheit zu tun.

„Ich ... ich weiß auch nicht ...", stammelte ich.

„Ich hätte das doch verstanden!", sagte Frau Staudacher. Sie stand jetzt auf, ging um den Schreibtisch herum und stellte sich dicht zu mir. „Außerdem wollte Tim ja gar nicht reiten. Hast du nicht mit ihm darüber geredet?"

Ich schüttelte den Kopf.

„Wie auch immer. Du bist nicht alleine schuld. Es wäre natürlich meine Aufgabe als Reitlehrerin gewesen, nachzuprüfen, ob das wirklich stimmt, was du behauptest. Ich habe meine Pflicht genauso versäumt wie du." Sie lehnte sich an den Schreibtisch. „Also, was machen wir beide jetzt, um unser Versäumnis wiedergutzumachen?" Jetzt lächelte sie ein bisschen!

„Morgen gebe ich ihm wieder Longenstunden!"

„Sehr gut!", meinte Frau Staudacher. „Und dann kannst du ja vielleicht am Nachmittag mit Tim ausreiten. Das hätte ich dir sowieso auch für heute vorgeschlagen. Mir war ja klar, dass du das willst!"

Ich nickte.

„Und wenn du mir versprichst, in Zukunft ehrlich und verantwortungsvoll zu sein, erlaube ich dir auch wieder, alleine zu reiten. Aber nur hier auf dem Hof!"

Ich nickte heftig.

„Gut. Dann lass uns darauf die Hand geben."

Ich reichte ihr die Hand und strahlte wie die August-Sonne. Alles war wieder gut!

„Danke!", sagte ich laut. „Vielen Dank." Dann wollte ich nach Hause rennen.

„Halt! Noch eins", rief mir Frau Staudacher hinterher. „Du solltest zu Moritz gehen und dich bei ihm entschuldigen! Er hat ja am meisten unter deiner albernen Flunkerei zu leiden."

„Natürlich!", rief ich zurück. „Das mache ich. Sofort!"

Ich war voll euphorisch und dachte, bei Moritz würde es mit der Entschuldigung genauso leicht gehen wie bei Frau Staudacher. Aber von wegen!

Es lief miserabel. Und das war auch kein Wunder. Moritz wusste ja nicht, wie schön Ausritte waren, und für ihn hörte es sich natürlich so an, als wollte ich einfach lieber etwas mit Tim machen als mit ihm (was ja ganz eigentlich auch wieder stimmte).

Er lag bäuchlings auf seinem Bett und blätterte in einem Fußball-Magazin, während ich auf ihn einredete.

„So", sagte er dann und sah gelangweilt auf. „Tim. Ist das der alberne Angeber mit den XXL-Kopfhörern?"

„Er ist nicht albern!", rief ich empört. „Er ist total nett. Er hört eben gern Musik, drum …"

„Jaja", unterbrach mich Moritz, „schon kapiert. Er ist total nett und du reitest lieber mit ihm, und drum ist es ja auch nicht weiter schlimm, dass ich mir ein paar kleine blaue Flecken und eine Prellung geholt habe. Ich bin ja auch nicht so cool ..."

„Nein!", rief ich. „Du verstehst mich total falsch. Es ging ums Reiten! Um einen Ausritt ins Gelände. Du weißt nicht, was das bedeutet, weil du es noch nie gemacht hast! Es ist das Schönste, was ich kenne. Und allein darf ich ja nicht, aber mit Tim schon."

„Aha", murmelte Moritz nur und schaute wieder auf seine Fußballbilder. „Und deswegen hast du dir auch diesen potthässlichen Glitzerkram in die Ohren gesteckt?"

„Welchen potthässl..." Ich fasste mir an die Ohrläppchen. Lilians Ohrringe! Dann sah ich auf meinen Bauch. Das blasslila Shirt! Ich trug ja immer noch mein stylishes Freibad-Outfit!

„Wirklich!", flüsterte ich jetzt.

„Jana, ich hab schon alles verstanden, du kannst jetzt einfach gehen."

Aber das wollte ich natürlich nicht. Nicht so. Ich wollte, dass er mich wieder nett fand. Dass er mich wieder anlächelte. Dass ich mich nicht fühlen musste wie die letzte miese, verlogene Zicke.

„Moritz, morgen gebe ich dir auch wieder Unterricht. Ich habe ja darüber nachgedacht, es war total blöd von mir. Aber so ist das eben, wenn man so pferdeverliebt ist wie ich." Ich setzte mich neben ihn auf die Matratze.

Er seufzte und machte mir ein bisschen Platz.

„Wenn du wirklich willst", meinte er. „Aber nur dann. Ich muss nicht unbedingt reiten lernen. Ich kann genauso gut schwimmen gehen oder Rad fahren."

Jetzt schaute ich ihn entgeistert an. Wollte er tatsächlich Radfahren mit Reiten vergleichen? Jungs benahmen sich schon sehr komisch. „Wieso machst du dann hier Urlaub, wenn du gar nicht reiten willst?"

Moritz zuckte unwillig mit den Schultern. „Meine Eltern wollten eben unbedingt ins Allgäu. Aber es war nichts mehr frei. Hier hat wohl kurzfristig jemand abgesagt, drum sind wir gekommen. Dass das auch ein Reiterhof ist, war meinen Eltern egal."

Er klappte das Heft zu und sah mich an. „Und was ich will, ist ihnen offensichtlich auch egal. Ich finde nämlich weder Pferde noch Allgäu besonders prickelnd."

„Also, dafür, dass du Pferde nicht besonders prickelnd findest, verstehst du dich aber ganz schön gut mit ihnen", meinte ich.

Jetzt lächelte er! Die kleinen Falten erschienen.

„Na ja, wenn ich schon mal da bin, mache ich das Beste draus. Außerdem sind es ja nur fünf Tage."

„Bleibt ihr denn nicht die ganze Woche?"

„Nee, morgen gegen Abend ist Abfahrt." Er verdrehte die Augen. „Meine Eltern wollen auf dem Rückweg uuuuunbedingt noch zwei Tage auf das fantaaaaastische Klassik-Musik-Festival in Bad Ich-weiß-nicht-wo." Er stöhnte. „Ich verstehe echt nicht, warum es ihnen so wichtig ist, dass ich mit ihnen verreise, wenn meine Wünsche sowieso nicht zählen. Dann hätten sie es doch ohne mich viel angenehmer!" Er warf einen genervten Blick in Richtung Leiter.

Ich nickte verständnisvoll. Mit anstrengenden Eltern kannte ich mich aus. „Meine sind auch komisch", sagte ich.

Jetzt lächelte er noch mehr. „Scheint bei den nettesten Kindern vorzukommen!"

Ich lächelte zurück. Das war ja ein richtiges Kompliment gewesen.

„Und was soll an deinen Eltern komisch sein?", fragte er. „So wirken sie eigentlich ganz nett."

„Ganz nett? Findest du sie nicht peinlich? Hast du noch nie diese Papageienstimme gehört, mit der meine Mutter uns immer zum Essen ruft? Also, ich denke, dass noch die kleinste Fliege im Stall erschrickt und sich fragt, was diese verrückte Frau eigentlich will!"

Moritz musste ein bisschen kichern, und daran erkannte ich, dass er sie tatsächlich schon mal gehört hatte.

„Also, eine schrille Stimme finde ich jetzt nicht so schlimm wie einen Zwangsurlaub", meinte er schließlich.

„Aber Zwangswandern!", konterte ich. „Meine Eltern haben nichts Besseres zu tun, als Ida und mich jeden Tag zu fragen, ob wir wandern wollen! Sie merken noch nicht einmal, dass wir Wandern furchtbar finden."

„Wie? Sie merken es nicht mal?" Er musste lachen.

„Nein. Stell dir vor, sie glauben, sie tun uns damit einen Gefallen."

Auf einmal hatte sich die Stimmung um 180 Grad gedreht. Es war total gemütlich in Moritz' Lager. Er legte seine Zeitschrift weg und setzte sich auf und stopfte ein Kissen zwischen die Wand und seinen Kopf.

„Magst du auch eins?"

Ich nickte und er streckte mir eines entgegen. Dann saßen wir da und quatschten.

Bis ich das Quietschen hörte. Es kam von draußen. Moritz hatte nämlich die Luke im Dach offen gelassen.

Das war eindeutig eine Fahrradbremse. Was konnte das Quietschen einer Fahrradbremse im Hof bedeuten? Genau! Es bedeutete, dass Tim zurück war.

Augenblicklich wurde ich nervös. War er es wirklich? Ich wollte es unbedingt wissen.

Aber die Luke im Dach über Moritz' Bett ging auf die andere Seite hinaus, und irgendwie wäre es ja auch komisch gewesen, wenn ich jetzt einfach aufgestanden wäre, hinausgeguckt und mich dann wieder neben ihn gesetzt hätte. Ich lauschte angestrengt, ob ich vielleicht Schritte hörte, oder Tims Stimme, aber da war nichts.

„Ich muss mal aufs Klo", sagte ich daher und stieg die Leiter hinunter. Unten schlich ich dann leise zum Küchenfenster. Von hier aus konnte ich wunderbar über den ganzen Hof schauen.

Und ich hatte recht! Tim schlenderte vom Fahrradständer zu seiner Wohnung.

Nein. Was machte er denn jetzt?

Er hielt an und schaute zu seiner Wohnung hinüber. Da rannten gerade Sarina, Leonie und Ida hinaus und flitzten weiter in Richtung Stall. Bestimmt wollten sie beim Füttern helfen.

Tim wartete, bis die Mädchen verschwunden waren, und dann machte er einen zögernden Schritt, dann noch einen ... und dann bog er tatsächlich zu unserer Wohnungstür ab. Nicht zu seiner!

Er klopfte bei mir!!!

Mein Herz raste. Was sollte ich denn jetzt tun? Die Sache war ja klar! Und eigentlich wunderbar! Tim hatte auch auf eine Gelegenheit gewartet, mich alleine zu treffen. Und jetzt, wo die Mädchen im Stall verschwunden waren, glaubte er, unsere Zeit wäre gekommen! Ich musste unbedingt rüber.

Aber was sollte ich Moritz sagen? „Ähmm. Ich

geh kurz rüber ...", sprudelte es da schon ganz laut aus meinem Mund. Die Worte kamen viel schneller, als ich überhaupt darüber nachdenken konnte. „Ich muss ... ich muss das Abendessen machen. Habe ich meinen Eltern versprochen. Tschüss!"

Dann wollte ich zur Wohnungstür. Aber irgendetwas fühlte sich komisch an. Ich spürte etwas hinter mir, einen Schatten. Ich guckte zurück. Und da stand Moritz!

Sein Blick war genau dorthin gerichtet, wo ich noch vor ein paar Sekunden hingestarrt hatte. Auf unsere Wohnungstür. Und auf den *albernen Angeber*, der davor stand.

„Abendessen machen. Verstehe", sagte Moritz mit ganz kratziger Stimme.

„Ja klar!", behauptete ich und merkte selber, wie dünn und blöd meine Stimme klang.

Moritz schnaufte nur verächtlich.

„Das hat nichts mit Tim zu tun!", erklärte ich jetzt noch. Wie bescheuert ich klang! So unaufrichtig. Und blöd. Und trotzdem nahm ich es nicht zurück.

„Weißt du was, Jana", sagte Moritz und sah mich an wie eine verabscheuungswürdige Fliege. „Du kannst Abendbrot machen, mit wem du willst, das geht mir echt sonstwo vorbei. Aber mir die ganze Zeit irgendwelche Lügen aufzutischen, finde ich voll daneben."

Er drehte sich um und kletterte die Leiter nach oben.

Eigentlich wollte ich ihm hinterherrufen. Ich öffnete auch den Mund. Aber es kam nichts raus. Alles, was mir einfiel, wäre wieder eine Lüge gewesen.

Chipskrümel und Traumscherben

Ich beschloss, das Problem mit Moritz auf später zu vertagen, und raste aus der Tür. Ein komisches Ziehen im Magen erinnerte mich daran, wie gemein und unfair ich eben zu ihm gewesen war, doch darum konnte ich mich jetzt nicht kümmern.

Ich sprintete um die kleine Hecke herum zu den drei Steinplatten, die zu unserer Eingangstür führten. Hier wurde ich langsamer. Auf einmal wurde alles so ... wie soll ich sagen ... watteweich und schwummrig.

Meine Beine fühlten sich nicht mehr wie meine Beine an, sondern wie Götterspeise, der Boden nicht mehr wie ein Boden, sondern wie eine Luftmatratze. Alles schien zu wackeln und zu schwanken und ich hörte nur den donnernden Rhythmus meines eigenen Herzens. Bumm, bumm, bumm.

Da stand er. Ich sah seinen Rücken. Die Schulterblätter zeichneten sich unter dem weißen T-Shirt ab. Über dem Halsausschnitt sah ich den braun gebrannten Nacken. Jetzt hob er gerade den rechten Arm, als wolle er nochmals klopfen. Dann zögerte er, ich hörte ein leichtes Seufzen und er drehte sich um.

„Jana!"

Es klang gleichzeitig erschrocken und erfreut. Ein roter Schimmer huschte über sein Gesicht, bevor er zu lächeln begann.

Er war unsicher!

Die Elfe in meinem Bauch spannte ihre Flügel und flatterte und flatterte. Er war unsicher! Das konnte ja nur bedeuten, dass er auch verliebt war. Sonst wurde ein 15-jähriger Junge doch nicht einfach so rot!

„Hallo", sagte ich überglücklich. Ich wollte einen Schritt auf ihn zumachen, meine Hand um seinen Nacken legen, den Kopf sanft zu mir ziehen. Ich sah das alles genau vor mir ... und trotzdem blieb ich wie angeklebt stehen.

„Hallo", sagte ich nochmals und es klang ganz anders, als ich eigentlich wollte. Leise und schüchtern, und ehrlich gesagt hatte ich das Gefühl, dass ich jetzt selber rot wurde.

„Hm", machte Tim und stieg von einem Fuß auf den anderen.

Darauf konnte man ja irgendwie gar nicht antworten. Also lächelte ich nur zurück. Ich spürte, wie mein Hals eng wurde. Was sollte ich denn tun, außer lächeln?

Da hörte ich Geräusche vom Stall herüber. Das Quietschen der großen Tür, Mädchenstimmen. Die Kleinen waren im Anmarsch!

Das holte mich in die wirkliche Welt zurück.

„Komm, wir gehen schnell rein", sagte ich und schob Tim zur Tür. Ich öffnete und dann standen wir durch eine sichere Hauswand getrennt allein zu zweit in der Wohnküche unserer Ferienwohnung. Eigentlich gar nicht schlecht.

„Geh schon mal hoch", sagte ich. „Ich hol uns noch ein paar Chips"

Tim kletterte die Leiter hinauf und ich atmete tief durch. Ich hatte das mit den Chips nur gesagt, um noch einmal kurz alleine zu sein und mich etwas zu beruhigen. Ich schloss die Augen und sagte mir, dass eigentlich alles prima war. Niemand war in unserer Wohnung. Tim war rot geworden – ein eindeutiges Zeichen. Jetzt musste doch alles klappen!

Dann öffnete ich die Augen wieder, holte eine Tüte Chips aus dem Küchenschrank und kletterte nach oben.

Tim saß auf meinem Bett und hatte einen Zettel in der Hand, den er interessiert las. Das sah ich schon, als ich noch mit beiden Füßen auf der zweitobersten Sprosse stand. Erst konnte ich mir nicht erklären, was das für ein Blatt Papier war und woher er es hatte. Dann knickte die obere Hälfte herunter, weil Tim es nur unten festhielt.

Ich erkannte drei Spalten und meine eigene Handschrift. Es war der Ablaufplan für unsere Wiederbegegnung!

„Oh Gott!", brach es aus mir heraus, und dann dachte ich kurz, dass ich rückwärts die Leiter hinunterfallen würde.

Das Fallen war nur ein Gefühl. Meine Hände hatten sich zum Glück noch rechtzeitig um das Geländer geklammert. Unten auf dem Holzboden landeten nur die Chips.

„Moment ...", sagte ich und wollte nach unten, die Chips holen und vor allem: verschwinden.

„Ach, lass doch die Chips", sagte Tim und sah auf. Er war jetzt auf einen Schlag ganz anders. Von wegen rot, von wegen unsicher. Er grinste.

Gut. Es war ein nettes Grinsen. Aber irgendwie sah es auch ein bisschen angeberisch aus.

„Du hast dir ja genau überlegt, wie wir uns wiedersehen sollen!" Seine Stimme war genau wie das Grinsen. Nett. Aber auch hochmütig.

Ich nickte, machte den letzten Schritt auf die Empore hinauf und ließ mich auf Idas Seite des Matratzenlagers fallen.

Mir war ganz beklommen zumute, weil es so peinlich war, dass er den Plan gelesen hatte. Ich fühlte mich kindisch und am liebsten hätte ich mich vor Tim versteckt.

„Ich habe auch viel darüber nachgedacht", sagte Tim und rutschte zu mir herüber. Ich wollte mich immer noch verstecken. Aber ich war eingeklemmt zwischen ihm und der Wand.

Er legte seinen Arm um meine Schultern.

Mir ging das alles zu schnell. Ich wollte etwas sagen. Gar nichts Böses. Nur „Warte noch" oder „Moment" oder so.

Aber bevor ich mich auch nur entschieden hatte, was, presste er schon seinen Mund auf meine Lippen.

Ich war richtig froh, dass im selben Moment unten die Wohnungstür geöffnet wurde.

„Hallo! Ida, Jana! Wir sind zurühück!!!!" Mamas laute Krächz-Stimme schreckte Tim auf. Er ließ mich los.

Erleichtert holte ich Luft. Tim bemerkte das gar nicht. Er grinste mich mit so einem siegesgewissen Grinsen an. Als hätte er gerade ein wichtiges Turnier gewonnen. „Dann geh ich wohl jetzt lieber. Sollen wir uns heute Abend an der Linde treffen?"

Ich machte gar nichts, ich sah ihn nur verwirrt an. Offensichtlich nahm er das als Absage.

„Dann morgen, okay?"

Jetzt nickte ich schwach.

„Morgens musst du ja Unterricht geben, aber nachmittags können wir zusammen ausreiten!"

Ich nickte wieder.

„Ich schlaf sowieso lieber aus", murmelte er

noch vor sich hin. Dann gab er mir ganz schnell einen Kuss auf die Wange und kletterte die Leiter hinunter.

Ich hörte noch, wie er unten erst in die heruntergefallene Chipstüte trat, „Mist" murmelte und dann meinen Eltern total fröhlich zurief: „Hallo, Frau Ludwig, hallo, Herr Ludwig". Als Nächstes fiel die Wohnungstür ins Schloss und ich ließ mich mit einem Seufzer rückwärts auf die Matratze fallen.

So begann die nächste Runde Dachbalken-Anstarren.

Aber wirklich begreifen konnte ich trotzdem nicht, was da gerade eben passiert war.

Eigentlich hatte ich mir doch genau das gewünscht. Oder? Warum hatte sich dann alles so komisch angefühlt? Irgendwie falsch. Warum war ich nicht glücklich?

Nur weil er den doofen Ablaufplan gelesen hatte? Den hatte er ja offensichtlich gar nicht schlimm gefunden.

„Jana, du spinnst!", sagte ich zu mir selber.

Ich setzte mich auf. Ich beschloss, jetzt einfach mal eine Zeit lang nicht über Tim nachzudenken. Das führte ja sowieso nirgends hin.

Ich wollte mich ablenken. Was wäre da besser, als Zeit mit Miranda zu verbringen!

Ich kletterte die Leiter hinunter. Vor mir breiteten sich Chipskrümel aus. Aus dem Bad hörte ich die Dusche rauschen, da war offensichtlich Mama oder Papa.

Schnell schlich ich mich raus, bevor sie mich aufhalten konnten.

Zwei Minuten später marschierte ich mit dem Sattel über dem Arm durch den Stall. Schon als ich Mirandas leises Wiehern hörte, wusste ich, was der größte Fehler des Tages gewesen war: nicht auf Miranda zu reiten. Wie hatte ich dieses ganze Chaos veranstalten können, nur um Tim alleine zu treffen, während hier im Stall das liebste Pferd der Welt auf mich wartete? Hier war die Welt doch komplett in Ordnung. Ich musste doch gar nicht da draußen einem Jungen hinterherrennen!

Ich schob mich zu ihr in die Box und begrüßte sie mit leisem Flüstern. Miranda beschnupperte meine Schulter.

Ich putzte sie, kratzte die Hufe aus, sattelte sie und führte sie auf den sonnigen Reitplatz. Ich hielt mich ganz an Frau Staudachers Anweisungen und führte sie zuerst nur ein paar Runden im Schritt über den Platz. Es schien ihr überhaupt keine Mühe zu bereiten.

Dann stieg ich auf – und es war, als hätte ich sie am Tag zuvor das letzte Mal geritten. Wir verstanden uns blind. Manchmal hatte ich echt das Gefühl, dass sie auf meine Hilfen reagierte, bevor ich sie überhaupt gab!

Ich vergaß die ganzen Jungs-Geschichten und genoss nur das Reiten! Wir begannen mit ein paar einfachen Hufschlagfiguren, dann übte ich ein bisschen leicht traben.

Ich kam in so eine gelassene Stimmung. Das Zittern in Bauch und Beinen ließ nach und die herumflitzenden Gedankenfetzen verlangsamten sich.

Mit der Zeit konnte ich richtig schöne, langsame zusammenhängende Sätze denken. Zum Beispiel: „Es ist ja eigentlich nichts Schlimmes passiert!"

Oder: „Das war nur komisch, weil es der erste Kuss war, morgen wird alles besser."

Nach einer Stunde leichter Übungen spürte ich sogar schon Vorfreude. Morgen, dachte ich, morgen wird es so, wie ich es mir vorgestellt habe.

Später, nach dem Chipskrümel-Anschiss, den megalangweiligen Wanderberichten und einem kleinen Kampf mit Ida um den letzten Schokopudding, lag ich ganz zufrieden im Bett.

Da spürte ich ausnahmsweise mal kein Plüschtier auf der Nase, sondern warmen Atem an meinem Ohr.

„Und?", flüsterte Ida. „Habt ihr euch jetzt geküsst?"

Erst antwortete ich nicht.

Ida stupste mich. „Sag schon!"

Da öffnete ich die Augen und sagte feierlich in die Dunkelheit hinein: „Ja!"

„Wow!", kam es von rechts. Meine kleine Schwester klang abgrundtief beeindruckt.

Das war der eine kurze Moment, in dem ich wirklich dachte, alles sei gut.

Spion im Sattel

Das stimmte natürlich kein bisschen. Gleich beim Aufwachen entdeckte ich ein neues Problem. Und natürlich hing dieses Problem mit Moritz zusammen und selbstverständlich sorgte es bei mir für ein schlechtes Gewissen und das blöde Moritz-Gefühl.

Es war ja so, dass Frau Staudacher dachte, dass ich jetzt wieder Longenstunden geben würde. Aber ich wusste ja gar nicht, ob Moritz kommen würde. Besser gesagt: Ich war mir ziemlich sicher, dass er nach unserer Begegnung gestern *nicht* kommen würde. Wie sollte ich das Frau Staudacher erklären? Ich hatte ihr doch versprochen, dass ich mich bei Moritz entschuldigen würde!

Mir war reichlich beklommen zumute, als ich neben Ida zum Stall trottete.

Ida dagegen war bestens gelaunt und zischte mir mit wichtiger Miene zu: „Macht ihr heute was zusammen? Einen Liebespaar-Ausritt?"

Warum hatte ich ihr nur jemals etwas von mir und Tim erzählt?

Ich stöhnte laut. Dann blieb ich stehen, fest entschlossen, wenigstens das Ida-Problem ein für allemal zu lösen. „Das geht dich alles überhaupt nichts an! Wehe, du erzählst irgendjemandem davon!"

„Wovon denn?", hörte ich eine quäkende Stimme hinter mir.

Es war Sarina, Tims kleine Schwester. Und Leonie, die größere, fragte: „Warum geht uns das nichts an?"

Auch das noch!

„Darum!", schimpfte ich, drehte den Kleinen meinen Rücken zu und stapfte zum Stall.

Wirklich sicher fühlte ich mich nicht. Diese kleinen Ungeheuer taten ja den ganzen Tag nichts anderes, als sich irgendwelchen Tratsch weiterzuerzählen.

Vor dem Stall mussten wir dann ziemlich lang auf Frau Staudacher warten. Auch von Moritz fehlte jede Spur. Mir wurde immer unbehaglicher. Natürlich konnte ich erst mal so tun, als wüsste ich nicht, warum Moritz nicht zum Reiten kam. Aber dann würde Frau Staudacher mich bestimmt in seine Wohnung schicken, um nachzusehen, und das ... also das wollte ich nun wirklich nicht.

Schließlich kam Frau Staudacher im Laufschritt vom Bauernhaus herübergerannt. Seltsamerweise trug sie keine Reitsachen, sondern Jeans und eine rot-lila Bluse. „Kinder, macht es euch etwas aus, wenn wir den Unterricht auf nachmittags verschieben?", rief sie noch im Laufen.

Gerettet! Ich seufzte erleichtert. Meinetwegen konnten wir den Unterricht gern auf den St. Nimmerleinstag verschieben. Dann würde wenigstens nie ans Licht kommen, dass ich die Entschuldigung bei Moritz nicht hingekriegt hatte.

„Es ist nämlich so, dass Katrin doch noch kommt und ich sie in einer halben Stunde in Kempten am Bahnhof abholen soll", erklärte Frau Staudacher.

„Katrin, au ja!", rief Leonie. Ida und Sarina hüpften wie zwei Flummis in die Höhe. Die Kleinen freuten sich riesig. Ich fand es auch klasse, dass Katrin kam, aber zeigte es nicht so. Es gab ja auch wirklich genug andere Sachen, die mich beschäftigten …

„Gut, dann fahre ich jetzt gleich los", meinte Frau Staudacher, lächelte einmal in die Runde und drehte sich wieder um. Ich lehnte mich an die Wand und genoss die Ruhe, die sich jetzt in mir ausbreitete.

Da sah Frau Staudacher noch einmal zu mir zurück. „Du sagst Moritz Bescheid. In Ordnung?"

Kurz erschrak ich. Aber nur kurz. Dann nickte ich gelassen.

Natürlich hatte ich nicht vor, ihm irgendetwas mitzuteilen, aber ich empfand mein Nicken nicht als Lüge. Moritz würde ja sowieso nicht kommen. Es war gar nicht nötig, ihm Bescheid zu geben. Das redete ich mir zumindest ein.

„Und dann kannst du natürlich hier auf dem Reitplatz alleine reiten. Miranda wartet ja schon auf dich", meinte Frau Staudacher noch, bevor sie endgültig zu ihrem Auto ging.

Genau!, dachte ich. Miranda wartet! Ich stieß mich von der Wand ab und ging direkt in die Sattelkammer.

Kurze Zeit später führte ich die geputzte und gesattelte Miranda zum Reitplatz. Ich blinzelte in die Sonne und war sehr zufrieden mit der Welt. „Eigentlich sind doch jetzt alle Probleme gelöst, oder?", wisperte ich Miranda zu.

Sie schnaubte freundlich. Ich schob die Stange zurück, die den Reitplatz abtrennte, und führte sie auf den Sand.

Dann saß ich auf und ließ Miranda erst einmal ein paar Runden im Schritt gehen. Es war herrlich.

Ich begann wieder mit leichtem Traben und einfachen Dressurübungen. Springen wollte ich noch nicht, wegen des Ballentritts. Darum entschied ich mich nach einer halben Stunde noch für Stangenübungen. Dabei legt man anstelle der Hindernisse einfach Stangen auf den Boden und versucht, den richtigen Absprungpunkt zu finden.

Dabei stellte ich mir dann vor, ich sei bei einem großen Springturnier.

Zuschauer überall, ich selbst in Jackett und Bluse. Aus dem Lautsprecher tönte: „Jana Ludwig, die Favoritin ist am Start. Ihre Wunderstute Miranda in allerbester Verfassung. Wir sind gespannt, was die beiden uns zeigen werden."

Ich trieb Miranda an. Sie fiel in Trab, wir hielten auf das erste „Hindernis" zu. „Der Oxer", tönte es aus dem Lautsprecher, „Miranda findet den perfekten Punkt zum Absprung. Hervorragend genommen! Und es geht weiter zum Doppelrick."

Wieder trieb ich Miranda an, ich ließ die Zügel lockerer, um ihr genug Raum für den kleinen Sprung zu geben, Miranda sprang ab – und gerade als wir flogen, nahm ich ganz außen am Augenwinkel etwas Komisches wahr.

Später habe ich mich oft darüber gewundert, warum ich sofort merkte, dass etwas nicht stimmte. Denn ich hatte in diesem Moment noch nichts wirklich erkannt, nur eine Bewegung wahrgenommen. Ich wurde ganz konfus und vergaß, die Zügel nach der Landung fester zu nehmen. Stattdessen drehte ich meinen Kopf ganz weit, um zu sehen, was da an der Hofeinfahrt los war.

Miranda trabte munter weiter. Dabei war ich eigentlich auf Schritt eingestellt. Alles, was ich tat, passte gar nicht mehr zu ihren Bewegungen. Trotzdem beugte ich meinen Kopf noch weiter nach hinten – und im Fallen erkannte ich dann, was das Komische war. Oder besser gesagt, wer: das Bikini-Mädchen.

Es radelte quer über den Staudacher-Hof zu Friedmanns Wohnung. Anstelle des Bikinis trug es megaknappe Shorts und ein T-Shirt, das genauso von der Schulter rutschte, wie meines es tun sollte, wenn ich es jemals wieder anziehen würde.

Boing! Und dann dachte ich erst mal nicht mehr über diese schreckliche Entdeckung nach, sondern rieb mir nur noch den schmerzenden Po.

Miranda kam vom anderen Ende des Reitplatzes zu mir herübergetrabt, blieb vor mir stehen und schnaubte aufmunternd. Ich rappelte mich auf. „Man soll eben nicht zwei Sachen gleichzeitig machen", murmelte ich und humpelte zwei Schritte auf sie zu. Dann musste ich mich erst einmal ein bisschen an sie lehnen und ausruhen.

Nein!, schoss es mir im nächsten Moment durch den Kopf. Nicht ausruhen! Was machte das Mädchen? Ich schaute zu den Ferienwohnungen hinüber. Tim war aus der Tür gekommen. Sie standen vorm Eingang und quatschten. Mir stockte der Atem. Das konnte doch nicht stimmen!

Er hatte wieder die coolen Klamotten an. Der Kopfhörer hing um seinen Hals und über einer Schulter hing sein Rucksack. Wollte er irgendwohin? Eine Badematte lugte nicht daraus hervor.

War er mit dem Mädchen verabredet? Aber zu mir hatte er doch gesagt, dass er heute mit mir ... und dass er vormittags lieber ausschlafen würde? Was hatten sie vor?

Jetzt schob das Mädchen sein Rad zurück und Tim schlenderte neben ihr her zum Schuppen.

Als sie fast dort angekommen waren, sah ich, wie aus Friedmanns Wohnung drei kleine Gestalten huschten und sich hinter den Büschen versteckten. Die Äste wackelten wie in einem Hurrikan und immer wieder tauchte ein Gesicht über der Hecke auf. Wirklich unauffällig war das nicht.

Ich schaute wieder zur anderen Seite. Tim nahm sich auch ein Rad und setzte sich drauf. Nebeneinander radelten sie los. Also doch.

Ich spürte einen seltsamen Schmerz in meinem Hals. Es war so, als presste mir jemand die Gurgel zu. Wie konnte er nur so etwas Gemeines tun! Mich küssen, sich mit mir verabreden, mich großspurig angrinsen und dann ... dann ... mit diesem doofen Mädchen davonradeln!

Wohin wollten die überhaupt?

Jetzt waren sie schon auf der Straße. Man konnte sie noch gut sehen, weil es ja zuerst bergan ging. Doch wenn sie erst einmal oben auf der Kuppe angelangt waren, würde ich nichts mehr mitkriegen.

Aber ich wollte wissen, wohin sie fuhren! Nein, ich wollte nicht nur, ich *musste* es wissen. Schließlich hatte ich ein Jahr lang von diesem Jungen geträumt und gestern hatte er mich geküsst! Da hatte ich doch ein Recht darauf zu erfahren, was er jetzt mit diesem Mädchen machte!

Ich starrte den beiden hinterher. Neben der Straße verlief ein kleiner Reitweg, den hatten Staudachers extra angelegt, um mit ihren Schülern Ausritte zu machen. Bis zur Kuppe verlief er parallel zur Straße. Miranda stand fix und fertig gesattelt neben mir.

Ich weiß nicht. Ich habe nicht lange überlegt. Genau genommen habe ich gar nicht überlegt. Es war so klar, was ich tun musste.

Ich nahm Miranda am Zügel, führte sie vom Reitplatz herunter auf den Hof und stieg auf.

Ich ließ sie im Schritt bis zum Anfang des Reitweges gehen. Als ich dort angekommen war, konnte man Tim und das Mädchen schon nicht mehr sehen. „Los, Miranda, hinterher", flüsterte ich, dann trieb ich sie an und ritt im Trab bis zur Kuppe hinauf.

Von hier oben hatte man einen weiten Rundumblick. Noch nie war mir das so aufgefallen wie jetzt – obwohl meine Mutter immer ganz ergriffen „Schaut euch das an!" hauchte, wenn wir über die Kuppe rollten. Auf der einen Seite ging es in den Wald, hier verlor sich der Reitweg recht schnell im grünen Dickicht. Auf der anderen Seite aber führte die kleine Straße weiter zu der großen Linde, mit der Ida und ich immer das Wer-sieht-sie-zuerst-Spiel machten. Dort mündete sie in die etwas größere Landstraße. Das graue Band konnte man kilometerweit sehen. Immer weiter schlängelte es sich durch grüne Weiden bis zur Schnellstraße nach Kempten.

Noch vor der Linde sah ich sie. Man konnte die flatternden blonden Haare des Mädchens gut erkennen und das blendende Weiß von Tims T-Shirt. Aber sie wurden schnell kleiner.

Mein erster Impuls war, Miranda die Sporen zu geben und hinterherzugaloppieren.

„Los, Miranda!", lag mir schon auf der Zunge. Aber dann stoppte ich mich. Auf einer Straße zu galoppieren, war Schwachsinn. Schlecht für die Hufe und gefährlich wegen der Autos.

Die beiden waren jetzt bei der Linde angekommen und sausten sehr schnell den Hang hinab.

Ich hatte überhaupt keine Chance.

Ich sah noch zu, wie sie die Einfahrt des nächsten Bauernhofes querten, dann wendete ich und ließ Miranda im Schritt den Hügel hinab zum Staudacher-Hof gehen.

Ich biss mir auf die Lippen. Fest. So fest, dass es wehtat. Ich ärgerte mich. Und zwar so, dass es mich fast zerriss. Warum machte Tim das? Und warum machte ich so einen Schwachsinn wie diese Verfolgungsjagd!

Auf einmal wurde mir bewusst, was ich da eigentlich angestellt hatte: Ich war gegen Frau Staudachers ausdrückliches Verbot alleine ausgeritten. Und das, wo ich ihr versprochen hatte, mich vernünftig und vertrauenswürdig zu benehmen!

Es war nicht zu fassen, wie bescheuert ich mich benahm.

Ich stöhnte laut und Miranda horchte erstaunt auf. Da musste ich ein bisschen lächeln. Immerhin eine, die mit mir fühlte! Na ja, sagte ich mir. Es war ja nichts passiert. Ich war auf jeden Fall vor Frau Staudacher wieder auf dem Hof und niemand würde jemals mitkriegen, dass ich unerlaubterweise im Gelände gewesen war.

Ich fühlte mich irgendwie leer. Also, mir fiel einfach nichts mehr ein. Ich hatte genug von dem Flatterbauch und der Beschattung von den verschwurbelten Gedanken an Tim, die sich in meinem Kopf zu immer neuen Knäueln verknoteten.

Eigentlich wollte ich mit alldem nichts mehr zu tun haben.

„Am besten vergesse ich ihn einfach", sagte ich zu Miranda. Und irgendwie kam mir das auch wie eine gute Idee vor. Ihn einfach vergessen, dann wäre alles gelöst. Ich würde mir noch ein paar schöne Reittage machen und im kommenden Sommer vielleicht selber in ein Zeltlager gehen. Meine Freudinnen Lilian und Sara fuhren schon in diesem Jahr mit. Das wäre doch auch was für mich.

Da bäumte sich Miranda plötzlich aus dem Nichts heraus auf und wieherte laut. „Aohhhhah!", schrie ich und spürte nur, wie ich zum zweiten Mal an diesem Tag durch die Luft flog. Aber viel heftiger!

Und der Aufprall war viel schmerzhafter! Ich plumpste direkt auf eine knollige Wurzel und sie bohrte sich direkt in die Stelle, auf die ich vor gefühlten zehn Minuten schon mal gefallen war. Oaahhh! Tat das weh!

Mühsam rappelte ich mich auf. Wo war Miranda? Au! Auch mein Arm tat weh. Vor allem wenn ich mich draufstützte. Aber immerhin sah ich Miranda. Ein paar Meter weiter stand sie und sah zu mir zurück.

Das beruhigte mich. Es wäre schrecklich gewesen, wenn sie auf die Landstraße galoppiert wäre. Alles Mögliche hätte passieren können!

Ich stand auf und schnalzte ihr aufmunternd zu. Doch sie blieb stehen. Das fand ich komisch. Überhaupt: Irgendetwas an ihr wirkte anders als vorher. Der Blick! Das war es. Sie sah mich mit einem Blick an, den ich nicht kannte. Mit einem Blick, der mir wehtat. Wirklich: körperlich weh. Es war wie ein Messerschnitt in die Brust.

Die dunklen Kristallkugeln, in denen ich sonst herrliche Welten gesehen hatte, blieben dunkel.

Als hätte jemand einen Vorhang davor gezogen. Sie sahen so klagend aus, dass ich jetzt zu ihr rannte, ohne darauf zu achten, wie sehr mein Hintern und Arm schmerzten.

„Miranda, ist was passiert?"
Sie schnaubte.

Und dann fiel es mir auf: Sie hob den rechten vorderen Huf an. Den, der verletzt gewesen war? Der Schmerz in meiner Brust wurde schneidender. Hatte ich sie überfordert? War der Ausritt zu weit gewesen? Hatte mir Frau Staudacher auch deswegen verboten, ins Gelände zu gehen, weil sie Miranda schonen wollte? Das schlechte Gewissen war schlimmer als alle Schmerzen. Ich beugte mich hinunter und sah mir den Ballen an. Aber hier schien alles in Ordnung zu sein. Von der Wunde sah man nichts mehr. Ich wollte den Huf schon loslassen, da sah ich es: Unten im Huf steckte eine Scherbe. Eine dicke grüne Scherbe. Wie der Boden einer Weinflasche.

Im ersten Moment wollte ich sie herausziehen. Aber dann fiel mir zum Glück ein, dass Leandro bei uns daheim in der Reitschule einmal einen Nagel im Huf stecken hatte und dass unser Reitlehrer erklärt hatte, dass man den ja nicht alleine herausziehen dürfe, erst wenn der Tierarzt da war. Weil es vielleicht furchtbar bluten würde und weil Dreck und Krankheitserreger in die Wunde kamen.

Jetzt fielen mir lauter schreckliche Dinge ein: Die Wunde konnte sich entzünden und das Pferd konnte krank werden, und wenn man es zu spät merkte, würde es vielleicht sogar sterben.

„Miranda!", flüsterte ich tonlos. „Miranda, hoffentlich ist es nicht zu schlimm!"

Das einzig Gute war, dass ich durch diese Erinnerung genau wusste, was zu tun war. Ich musste Miranda auf den Hof führen und dann den Tierarzt benachrichtigen. Ich schluckte. Wenn ich es mir genau überlegte, musste ich wohl erst Frau Staudacher benachrichtigen und die würde dann den Tierarzt …

Ich zwang mich, nicht daran zu denken, wie es sein würde, Frau Staudacher zu erzählen, dass ich trotz des Verbots mit Miranda ins Gelände geritten war. Jetzt hatte ich erst mal Wichtigeres zu tun. Ich nahm den Zügel und redete Miranda gut zu „Komm, Miranda, komm, ich bring dich nach Hause." Miranda marschierte auch brav los, aber kaum setzte sie den rechten Vorderhuf auf den Boden, wieherte sie kläglich und blieb stehen.

„Miranda! Komm! Wir müssen doch! Und es ist gar nicht weit!", sagte ich schluchzend und zerrte am Zügel.

Sie wieherte und warf den Kopf nach hinten.

„Es ist gut für dich, glaub mir!"

Miranda blieb stehen. Ich schluchzte und legte meinen Kopf an ihren Hals. Ich streichelte sie und sprach ihr gut zu und nach einer Weile gelang es mir, sie zu einem nächsten Schritt zu überreden. Aber so würde es ewig dauern! Ich musste sie unbedingt auf den Hof bringen. Hilfe konnte ich nicht holen – da hätte ich sie allein lassen müssen. Und Frau Staudacher war ja auch gar nicht da.

Ich ließ mein Gesicht in Mirandas warme, weich duftende Mähne sinken und heulte. Es tat gut zu heulen und in diesen warmen, dunklen feuchten Pferdehaaren fühlte ich mich sicher. Ich wäre am liebsten ganz hinabgetaucht in eine andere weiche dunkle Welt, in der es nach Pferden duftete.

Irgendwann fühlte ich eine Hand auf meinem Rücken. Erschrocken fuhr ich herum. Vor mir stand ein dunkelhaariger, stupsnäsiger Junge.

„Ist was passiert?", fragte Moritz. Seine Stimme klang ziemlich kühl. Aber das war mir in diesem Moment egal.

„Ja!", schluchzte ich auf und dann erzählte ich ohne Punkt und Komma, was passiert war. Also fast alles.

Schwierige Geständnisse

Es tat so gut, nicht mehr allein mit meinem Problem zu sein! Unter Schniefen und Schnäuzen berichtete ich von der Glasscherbe und von dem absoluten Geländeverbot. Davon, dass ich mich sowieso schon so vor Frau Staudacher genierte und wie gefährlich so eine Wunde am Huf sein konnte. Es war ein ziemliches Durcheinander, was ich da so von mir gab, aber Moritz hörte sich alles geduldig an und zauberte sogar eine Packung Taschentücher aus seiner Hosentasche. Ich wischte mir die feuchten Wangen ab und schluchzte: „Wenn Miranda jetzt auch so eine gefährliche Entzündung bekommt?"

Moritz besah sich Mirandas Huf. „Na ja, du hast doch gesagt, dass so was passieren kann, wenn man die Scherbe herauszieht. Das hast du ja nicht getan."

Ich nickte. „Aber trotzdem ..."

„Quatsch!", bestimmte er. „Du hast es genau richtig gemacht. Jetzt bringen wir sie heim und holen den Tierarzt. Dann wird das schon wieder."

Es tröstete mich total, was er sagte. Oder besser:

Es tröstete mich, *wie* er es sagte. Es klang zwar so, als sei ich ein bisschen hysterisch, aber eben auch so, als würde ganz sicher nichts Schlimmes passieren. Beziehungsweise: als würde Miranda nichts Schlimmes passieren. Was mich betraf, sah es anders aus.

„Frau Staudacher reißt mir den Kopf ab", murmelte ich leise.

Dazu sagte Moritz erst einmal nichts. Dann fragte er ganz nüchtern: „Warum bist du denn ausgeritten?"

„Weil ... ich ...", weiter wusste ich nicht. Ich stöhnte. „Weil ich total bescheuert bin!"

Moritz kapierte, dass ich nicht darüber sprechen wollte. „Aha", sagte er mit gespieltem Ernst. „Darum also."

Dann stellte er sich neben Miranda und flüsterte ihr ins Ohr. Ganz aufmerksam hörte sie ihm zu. An einem anderen Tag wäre ich jetzt bestimmt sauer geworden. Ich hätte mich geärgert, dass einer, der gerade mal zwei Reitstunden gehabt hatte, meinte, er könne besser mit Miranda umgehen als ich, die ich sie schon seit ihrer Geburt kannte. Aber jetzt war ich viel zu erschöpft, um mich über so etwas zu ärgern.

Ganz abgesehen davon, konnte er es ja! Miranda legte ihren Kopf so auf seine Schulter, wie sie es nur bei Leuten tut, denen sie vertraut. Jetzt nahm Moritz sie fest am Zügel, schnalzte ein bisschen und zog. Miranda machte einen Schritt und noch einen. Dann blieb sie schnaubend stehen und warf den Hals nach hinten.

„Jaaa", murmelte Moritz begütigend, „nur die Ruhe." Er klopfte ihr sanft den Hals. Zu mir sagte er: „Mit viel Geduld schaffen wir es bestimmt. Es ist ja nicht so weit. Aber wahrscheinlich solltest du ihr gut zureden. Du kennst sie doch viel besser!"

Ich schluckte. Ich hatte ja gerade gesehen, dass er die Sache mindestens genauso gut machte wie ich. „Wenn du meinst", nuschelte ich und kam einen Schritt näher.

Ich legte meine Hand auf Mirandas weiches Fell. Wie schön warm sie sich anfühlte! Dann wisperte ich ihr alles mögliche Zeug ins Ohr, nahm den Zügel in die Hand und ging langsam los. Und siehe da! Diesmal kam sie mit. Sie lahmte zwar entsetzlich, aber sie ging!

Ich konzentrierte mich ganz aufs Führen. Ich wollte nur an den nächsten Schritt denken. So gelang es mir ein bisschen, den Ärger, der mir bevorstand, auszublenden. Allerdings nur ein bisschen. Zwischendurch schob sich das Bild einer furchtbar enttäuschten und ärgerlichen Frau Staudacher vor mein inneres Auge. Dann musste ich die Zähne fest aufeinanderbeißen, um nicht laut aufzuschluchzen.

Trotzdem drang irgendwann ein ganz komischer

Laut aus meinem Hals. So ein dunkles Gurgeln. Irgendwo zwischen Schluckauf und Heulen.

Moritz schaute auf. Ohne dass ich irgendetwas erklären musste, meinte er: „Wir können ja sagen, dass ich dabei war."

„Wie?"

„Ja. Wir sagen: Du wolltest ein bisschen ins Gelände, und damit du nicht alleine warst, bin ich nebenhergejoggt. Frau Staudacher hat doch nicht gesagt, dass der andere auch reiten muss!"

„Das würdest du für mich tun?"

„Klar!"

Ich sah ihn genauer an. Seine Augen waren so freundlich. Es lag ein ganz warmer Schimmer darin. „Das ist echt total nett von dir."

Jetzt grinste er verlegen.

Zum ersten Mal seit er da war, fiel mir auf, dass er Sporthose, ein Fußball-Trikot und Laufschuhe trug.

„Was hast du überhaupt gemacht? Ich meine: Warum warst du da plötzlich auf dem Reitweg?"

„Ich war tatsächlich joggen", sagte Moritz, „aus lauter Langeweile."

Nebeneinander gingen wir durch den Wald.

Bald konnte man zwischen den Baumstämmen schon das Bauernhaus erkennen. Der hässliche Nachtfalter fing an zu schwirren wie eine wild gewordene Bestie. Wenn Frau Staudacher nicht glauben würde, dass Moritz dabei war? Wenn sie mich mit ihren blauen Augen durchdringend anschauen würde und fragen: „Wirklich?" Und was würde Katrin sagen?

Auf einmal wusste ich, dass ich es nicht konnte. Ich würde es nicht schaffen, Frau Staudacher anzulügen. Nicht mit diesem riesigen schlechten Gewissen!

Ich fand ja selbst, dass ich es ganz und gar nicht verdiente, ungeschoren aus dieser Sache herauszukommen.

„Moritz?"

„Hm?"

„Ich sag ihr die Wahrheit."

Erst sah er mich nur erstaunt an. Dann sagte er: „Du bist schon ein bisschen komisch."

Ich sagte nichts.

„Aber nicht nur komisch", meinte er dann. Er grinste. „Mir fällt das richtige Wort nicht ein. Aufrecht, genau. Du bist aufrecht. Das finde ich gut."

Ich grinste auch. Aber garantiert schief. Denn dass ich nicht aufrecht war, hatten die vergangenen Tage ja zur Genüge gezeigt.

Ich war durch Büsche geschlichen, um Tim heimlich zu beobachten, ich hatte gelogen, um mich aus Moritz' Wohnung zu verkrümeln, ich hatte Frau Staudacher Sachen versprochen und nicht gehalten. Ich war kein Stück aufrecht gewesen. Leider.

Wir hatten gerade das Hoftor erreicht, als Frau Staudachers Wagen langsam an uns vorbeifuhr und vor dem Bauernhaus anhielt.

Meine Schritte wurden wackelig.

Frau Staudacher stieg aus und holte ihren großen Korb von der Rückbank. Als sie sich wieder aufrichtete, sah sie uns. „Hallo, ihr zwei! Habt ihr Miranda ein bisschen in den Wald geführt? Das hat ihr bestimmt gefallen." Sie nickte uns zu und wollte mit dem Korb im Haus verschwinden. Katrin war auch bereits ausgestiegen, winkte uns lächelnd zu und verschwand im Haus.

Ich wollte sie aufhalten und auch wieder nicht.

Da öffnete Moritz schon seinen Mund. „Halt!", rief er. „Miranda ist verletzt!"

„Verletzt?" Frau Staudacher schob den Korb zurück ins Auto und eilte zu uns herüber. „Sie lahmt", stellte sie fest. „Aber die Verletzung war doch ausgeheilt!?"

„Sie ist in eine Scherbe getreten", erklärte ich. Meine Stimme klang anders, als sie sollte. Ein bisschen jammernd, ein bisschen japsend, ich musste an einen ertrinkenden Frosch denken.

„Tsss!", machte Frau Staudacher und stöhnte auf. „Jetzt ist gerade der Ballentritt verheilt und dann ..." Sie beugte sich hinunter und hob den Huf an. „Ihr habt sie stecken lassen. Sehr gut! Großes Lob! Ich rufe gleich den Tierarzt an." Sie zog das Handy aus der Jackentasche, und während sie nach der Nummer scrollte, fragte sie ganz beiläufig: „Wie ist es denn überhaupt passiert?"

Jetzt hatte ich das Gefühl, dass dieser ertrinkende Frosch in meiner Kehle saß. Er saß darin und wollte die Worte nicht hindurchlassen, die ich sagen musste. „Ich bin den Weg vom Hügel heruntergeritten. Ganz langsam im Schritt. Und dann ... auf einmal ... ich weiß nicht genau, wie ... Miranda hat sich aufgebäumt, laut gewiehert und mich abgeworfen. Ich weiß nicht mehr genau, wie alles hintereinander passiert ist. Als ich mich dann wieder aufgerappelt habe, stand sie ein paar Meter weiter und guckte nur so traurig."

Frau Staudacher sah mich sehr ernst an. „Siehst du!", sagte sie. „Wie gut, dass du nicht allein warst! Stell dir vor, du hättest dich verletzt! Ohne Moritz wärst du verloren gewesen. Man muss immer zu zweit sein, wenn man ausreitet." Sie nickte bekräftigend, sah dann wieder auf ihr Handy und drückte auf den grünen Knopf.

„Aber ...", begann ich.

Doch genau in diesem Moment meldete sich Moritz zu Wort. „Genau! Deswegen hat Jana mich auch gefragt, ob ich mitkomme."

Frau Staudacher nickte nochmals, während sie sich den Hörer ans Ohr drückte.

„Aber ...", sagte ich. Doch jetzt ging offenbar der Tierarzt ans Telefon.

„Hallo, Dr. Wenk! Meine Miranda ist in eine

dicke Scherbe getreten. Die machen besser Sie raus, das könnte stark bluten ... Wann können Sie da sein?"

„Aber ich ...", hörte ich mich selbst ein drittes Mal sagen, allerdings war da niemand, den mein Geständnis interessiert hätte. Ich schloss kurz die Augen und atmete tief durch. Sollte ich jetzt ehrlich sein oder nicht? Ich wollte es doch eigentlich. Ich wollte doch endlich klar Schiff machen.

Ich wartete, bis Frau Staudacher fertig telefoniert hatte. Als sie das Handy wieder einsteckte, holte ich Luft. Dann fiel mir auf, dass dann ja Moritz als Lügner dastehen würde. Ich stockte.

Und in dieses Stocken hinein meinte Frau Staudacher: „Bringt sie in ihre Box. Es wäre schön, wenn ihr ein bisschen bei ihr bleibt, bis der Tierarzt kommt. Ich bin mir sicher, dass sie sich dann besser fühlt." Sie lächelte uns an. „Wenn man krank ist, mag man doch ein bisschen beschützt werden und ich selbst habe noch so viel zu tun." Dann nahm sie ihren Korb und ging.

Moritz und ich brachten Miranda in den Stall. Moritz trug den Sattel in die Sattelkammer und ich rieb sie trocken. Als Moritz zurückkam, standen wir einfach nur da und redeten Miranda gut zu.

„Jetzt war ich doch nicht aufrecht", sagte ich irgendwann zu Moritz.

„Hä?" Er sah mich an. Dabei zuckten seine Nasenlöcher vor Verwunderung. „Wieso?"

„Ich hab's ihr nicht gesagt."

Jetzt stöhnte er. „Also ehrlich, Jana. Das wäre Blödheit gewesen und nicht Aufrichtigkeit. Das sollte man nicht verwechseln." Ich muss ihn ziemlich unsicher angeschaut haben. Denn jetzt hob er zur Bekräftigung seine Hand und legte sie auf meine Schulter. Er schüttelte mich ein bisschen. „Wirklich, Jana!"

Die Hand ließ er dann liegen. Ich spürte, dass seine Augen meinen Blick suchten. Ich fühlte auch ein leises Flattern im Bauch, und darum wusste ich, dass es jetzt gar nicht mehr um Aufrichtigkeit oder um Miranda und ihre Verletzung ging. Jetzt ging es um uns.

Ich schüttelte seine Hand nicht ab. Aber ich sah ihn dabei nicht an. Und gesagt habe ich erst recht nichts. Dabei hätte ich das doch tun müssen. Ich war doch in Tim verliebt und nicht in Moritz! Oder nicht?

Der Tierarzt hat mich dann aus dieser Situation gerettet. Er kam mit einer dicken Tasche und blendender Laune in die Box marschiert. Frau Staudacher ging neben ihm.

Er besah sich den Huf, zog mit einer Art Pinzette die Scherbe heraus, stillte das Blut mit Mull, desinfizierte und verband die Wunde und schrieb dann noch ein Rezept. Es ging so schnell und routiniert, dass ich es überhaupt nicht verstand. Dieses kurze „Ah ja, ein Nageltritt" sollte jetzt alles gewesen sein? Und das, wo ich so aufgeregt gewesen war? Wo für mich die Welt einmal untergegangen, dann wieder aufgetaucht und dann wieder untergegangen war?

Ich staunte noch immer, als sich Dr. Wenk von uns verabschiedete. „Wird ein paar Tage dauern, bis ihr sie wieder reiten könnt", sagte er gutmütig, „aber hier im Stall mangelt es ja nicht an schönen Reitpferden." Frau Staudacher begleitete ihn zum Auto, und gerade als ich dachte, dass ich jetzt wieder mit Moritz allein sein würde und die Zeit gekommen war, zu ihm aufrichtig zu sein, da hatte er es schon selber gespürt. Glaube ich zumindest.

Er sah mich mit so einem melancholischen Blick an und sagte: „Ich geh dann auch."

Ich nickte. Kaum war er aus dem Stall draußen, ließ ich meinen Kopf in Mirandas Mähne sinken. Mir war zum Heulen zumute.

Wie im Film

Ich weiß nicht, wie lange ich so dastand. Ich hatte meinen Kopf in Mirandas Mähne vergraben und dachte an Moritz.

Wie nett er war. Und für ihn schien es ganz einfach zu sein, immer das Richtige zu tun. Ich konnte nicht mal einen Fehler gestehen, wenn ich es mir vornahm.

„Ach, Miranda", seufzte ich und natürlich antwortete sie mit einem lieben leisen Wiehern.

Als es verklungen war, hörte ich Schritte in der Stallgasse.

Kam Moritz zurück? Quatsch, sagte ich mir, er war jetzt bestimmt zu Hause beim Mittagessen. Kaum hatte ich das gedacht, verspürte ich selber Hunger.

„Ich geh auch mal", flüsterte ich Miranda zu, klopfte ihr noch einmal den Hals und wandte mich zum Tor der Box.

Ich erschrak. Da stand jemand auf der anderen Seite! Jetzt öffnete sich die Tür. Ich blinzelte. Goldflitter schimmerte vor meinen Augen. Es war Tim!

„Was machst denn du hier?", schoss es aus meinem Mund.

Er legte die Stirn in Falten und sah mich verblüfft an. „Wir wollten doch heute Nachmittag zusammen ausreiten?! Schon vergessen?"

„Äh ..." Ich musste mich total konzentrieren, um den Sinn seiner Antwort zu erfassen. Genau. Gestern Nachmittag. Tim hatte mich geküsst. Und gesagt, dass wir heute zusammen ausreiten sollten. „Ja, stimmt", murmelte ich.

Er grinste. „Du nimmst Miranda und ich Liz, oder?" Er schob sich in die Box hinein und kam näher.

Es war genau wie in meinem Traum. Ich kannte all seine Bewegungen. Ich wusste auch genau, wie meine Rolle ging. Ich musste jetzt den Kopf heben und ihm in die Arme fallen. Dann musste ich ihn leidenschaftlich küssen. Ich hatte das schon tausendmal vor mir gesehen!

Aber jetzt stand ich nur da und sah stocksteif zu, wie er auf mich zukam. Ich fühlte etwas, das gar nicht zu meinem Liebesfilmtraum passte: Ich wollte nicht. Nicht jetzt, nicht hier, einfach gar nicht.

Tim war mittlerweile so nah, dass ich die braunen Sprenkel in seinen grünlichen Augen sehen konnte. Und sein Gesicht kam noch näher.

Ich schluckte. „Tut mir leid", presste ich dann hervor. „Ich will nicht."

Dann schob ich ihn einfach zur Seite und ging.

Er muss ziemlich verdattert gewesen sein, jedenfalls sagte er gar nichts. Erst als ich schon fast am Ende der Stallgasse angekommen war, rief er mir hinterher: „Aber wieso denn? Was ist denn los?"

„Ich bin einfach nicht verliebt. Nicht in dich!" Ich lief in den Vorraum und sah, wie sich drei Köpfe hinter einem Heuballen duckten. „Wir haben uns nicht geküsst!", schrie ich ihnen zu, „und wir werden es auch nicht mehr tun!"

Ich bin dann den ganzen Nachmittag spazieren gegangen. Allein. Ich habe mir die Berggipfel angeschaut und sie ganz schön gefunden. Ich bin durch die Wiesen gestreift und habe Wolken beim Wandern beobachtet. Ich habe darüber nachgedacht, dass es auch ganz schön blöd sein kann, wenn die guten Träume in Erfüllung gehen. Frau Trautmann kam mir in den Sinn. Meine Lehrerin, die immer gesagt hatte, dass das Träumen so wichtig sei. *Ja, wofür eigentlich?*, dachte ich jetzt. Diese ständige Träumerei hatte mich völlig in die Irre geführt. Wenn ich nicht immer diesen blöden Liebesfilm vor Augen gehabt hätte, wäre mir bestimmt früher aufgefallen, dass Tim gar nicht der Richtige war.

Sie musste das irgendwie anders gemeint haben. „Ohne Träume keine großen Ziele, keine guten Taten, keine tollen Aufsätze", murmelte ich vor mich hin. Da merkte ich zum ersten Mal, dass die Träume, die Frau Trautmann gemeint hatte, gar nicht davon handelten, was einem Tolles geschah, sondern davon, was man selber machte. Diesen Gedanken fand ich so neu und gut, dass ich gerne mit jemandem darüber geredet hätte.

Also nicht mit irgendjemandem. Sondern um es klar zu sagen: mit Moritz.

Überhaupt gab es da noch eine ganze Menge anderer Dinge, die ich ihm gern gesagt hätte. Wenn er jetzt hier auftauchen würde, dachte ich, das wäre klasse. So wie auf dem Reitweg! Ich würde seine Hand auf meiner Schulter spüren, mich umdrehen – und in seine Augen schauen! Ich schloss die Augen und stellte es mir vor. Bestimmt würde ich mich dann trauen, ihm zu sagen, dass …

Ich riss ein Büschel Grashalme ab und dann kapierte ich es. Das war ja genau das, was Frau Trautmann gemeint hatte. Man musste davon träumen, ein Mensch zu sein, dem es egal war, was die anderen von ihm dachten. Der sich traute, das zu tun, was er für richtig hielt. Ich warf die Grashalme weg und rannte zum Hof zurück.

Ob er in der Wohnung war? Oder joggen? Oder … Plötzlich schoss ein heißer Schmerz durch meinen Bauch hindurch. Nichts oder! Ich wusste ja, was er machte! Er fuhr ab! Heute gegen Abend! Das hatte er doch gesagt! Weil seine Eltern auf dieses komische Klassik-Musik-Festival wollten.

Ich lief schneller. Wie viel Uhr war es überhaupt? Was bedeutete „gegen Abend"?

Außer Atem kam ich oben auf der Kuppe an. Ich sah den Hof. Die Ferienwohnungen waren noch vom Bauernhaus verdeckt.

Ich lief weiter. Wie bei unserer Ankunft vor fünf Tagen spähte ich dabei immer nach einem Auto, das vor Monkewitz' Wohnung stehen sollte. Stehen *musste*. Bitte! Bitte! Es durfte einfach nicht weggefahren sein.

Ja! Jetzt sah ich es. Erleichtert machte ich ganz kurz Pause, um Atem zu schöpfen. Da passierte etwas Schreckliches: Das Auto fuhr los. Erst schob es sich rückwärts aus der Parkbucht, dann wendete es in einem großen Halbkreis und fuhr langsam zur Hofausfahrt.

„Halt!", schrie ich und rannte schon wieder.

Das Auto kam mir jetzt direkt entgegen. Ich winkte mit beiden Armen. Ich sah Moritz auf der Rückbank.

„Moritz!", rief ich.

Aber das Auto fuhr weiter, ich musste zur Seite springen. Im Schritttempo rollte es an mir vorbei. Dabei konnte ich genau sehen, wie Moritz sich zu seinem Vater vorbeugte und aufgeregt mit den Armen fuchtelte. Aber der Vater schüttelte nur unwillig den Kopf. Moritz warf sich ärgerlich nach hinten in den Sitz. Aber das sah ich nur noch durch die Heckscheibe: ein dunkler Hinterkopf, der zurückschnellte.

Dann gab Moritz' Vater Gas.

Mir traten Tränen in die Augen.

Der Weg und das Auto verschwammen, aber ich erkannte, wie sich das rechte hintere Fenster öffnete und sich ein Arm herausschob. Moritz winkte, bis das Auto hinter der Kuppe verschwand.

Langsam ging ich heim. Ich weiß gar nicht, ob meine Eltern schon vom Wandern zurück waren oder nicht. Ich kann mich auch nicht erinnern, ob die Kleinen irgendwo lauerten und kicherten, oder ob Frau Staudacher die Schubkarre über den Hof schob – keine Ahnung. Ich ging in unsere Ferienwohnung, kletterte die Treppe hinauf und ließ mich aufs Bett fallen.

Es knisterte an meinem Ohr.

Zuerst dachte ich an den Ablaufplan oder die Postkarte und wollte das Stück Papier schon weit weg schleudern. Aber es war ein anderer Zettel, von so einem Werbe-Notizzettelblock, wie sie in den Ferienwohnungen lagen. Die Schrift darauf kannte ich nicht.

Wir sind schon los, las ich. *Aber ich finde, wir sollten uns wiedersehen*. Und darunter standen eine Handynummer und eine E-Mail-Adresse.

So. Und bevor ich jetzt zum ultimativen, richtigen, wunderbaren Happy End komme, erzähle ich erst noch, wie der Urlaub zu Ende ging. Tim habe ich so gut wie gar nicht mehr gesehen. Einmal kam er mit der blonden Schönheit von irgendwo angeradelt und einmal bin ich ihm auf dem Hof begegnet. Da hat er weggeguckt. Mit Absicht. Und auch so, dass ich es merken sollte.

Das fand ich ehrlich gesagt ziemlich albern. Wir hätten uns doch aussprechen können und wieder gute Freunde werden. Aber so? Am meisten ärgerte mich, dass er sich nicht mal nach Lulu erkundigte, wo wir doch in den vergangenen Jahren so viele schöne Sommerferientage zu dritt verbracht hatten.

Na ja. Ich habe diesen ganzen Ärger in Mirandas Ohr geflüstert, die ich natürlich jeden Tag im Stall besuchte und sie hat mich so gelassen und friedlich angeschnaubt, dass ich begriff, dass Tim den Ärger nicht wert ist.

Miranda selbst hat sich sehr schnell erholt. Am Tag unserer Abreise konnte sie schon wieder richtig gut auftreten und eine Woche später hat Frau Staudacher mir eine E-Mail geschickt, in der stand, dass sie vollkommen wiederhergestellt ist.

Gut. Und jetzt kommt's. Es ist ein halbes Jahr später passiert. Im Winter, als Moritz mich in München besuchte.

Da sind wir zusammen ins Kino gegangen. Tatsächlich habe ich keine Ahnung mehr, wovon der Film handelte. Ich musste mich nämlich während der ganzen Vorführung auf meinen Bauch konzentrieren. Auf die Elfe darin, die so wild flatterte, dass mir richtig schlecht wurde und ich Angst hatte, mich übergeben zu müssen. Zweimal wollte ich das Kino verlassen. Aber dann hätte ich meine Hand aus Moritz' Hand nehmen müssen, und das wollte ich noch viel weniger. Also habe ich bis zum Schluss ausgehalten.

Als wir dann aus dem Kino kamen, war es draußen schon dunkel. Moritz ließ meine Hand noch immer nicht los. Die kalte Luft tat mir gut – und der Elfe auch. Sie flatterte jetzt ganz sanft und das kitzelte an meinem Bauchnabel und das Kitzeln war schön.

Wir marschierten durch Schneematsch und Feierabendverkehr. Abgase vermischten sich mit der Dämmerung und ein Auto brauste so nah an mir vorbei, dass das Pfützenwasser auf meine Jeans spritzte. Das war mir alles egal. Ich spürte von außen Moritz' Hand und von innen die Elfenflügel und mehr wollte ich nicht wissen oder spüren oder denken.

Erst an der Bushaltestelle. Denn da zeigte die rote Digitalanzeige, wie viel Minuten es noch dauerte, bis der Bus kam. Und der Bus würde Moritz zum Bahnhof bringen und dann würde er aus meinen Leben verschwinden, bis wir uns in den Sommerferien wiedersehen würden.

„4" stand da, und nachdem ich geblinzelt hatte „3". Und der Gedanke, den ich jetzt hatte, war: Mist!

Ich drehte mich ganz schnell zu Moritz. „Wir bleiben zusammen, in Ordnung?"

„Klar bleiben wir das", sagte er.

Ich stellte mich auf die Zehenspitzen und schob mein Gesicht näher an seines heran.

„2" sah ich im Augenwinkel. Das machte mich ganz verzweifelt. Ich wollte ihn doch noch küssen! Schnell!

Also kniff ich die Augen zu und machte es einfach. Ich drückte meinen Mund ganz fest auf seinen. So fest, dass er erst nach hinten stolperte und dann nach Luft schnappen musste.

Mist, dachte ich schon wieder. So hatte ich das doch nicht gewollt.

Ich ließ ihn los und seufzte laut. Zu allem Überfluss sprang die Anzeige jetzt auf „1". Ich fühlte mich hundeelend.

Das war doch ein total verkorkster Abschied! Das sollte doch ganz anders sein!

„Ach, Moritz ...", fing ich an

Aber Moritz lächelte. Nicht spöttisch, nicht überheblich, sondern ganz, ganz warm. Und als die Digitalanzeige auf „0" sprang und das Spritzwasser des bremsenden Busses mein noch trockenes Hosenbein traf, legte er seine Hände auf meine Wangen und küsste mich. Ganz, ganz sanft. Ganz, ganz ruhig und mit aller Zeit der Welt.

Zwei Stunden später ist dann zum Glück noch ein Zug gefahren.

Sonja Kaiblinger

Liebesstress im Wilden Westen

Strickrosie forever

Erwachsene haben einfach keinen blassen Schimmer, wie es ist, dreizehn zu sein. Wie es sich anfühlt, an der Schwelle des Erwachsenwerdens zu stehen und bei jedem Stück Kleidung, das man trägt, achtgeben zu müssen, dass es weder kindisch, dämlich oder wie von Marke „Oma handgemacht" aussieht. Oder noch schlimmer, alles drei zusammen.

Aber das ist noch lange nicht alles in Sachen ungeschriebener Schulgesetze, wie ich aus Erfahrung berichten kann. Um schiefe Blicke zu vermeiden, sollte die Schülerin von heute außerdem keine Bommelchen, Rüschchen, Herzchen oder Schleifchen tragen. Unter den Begriff „No-Go" fallen ebenso alle Kleidungsstücke mit Glitzergarn, die so aussehen, als käme man gerade frisch vom Teekränzchen der kleinen Schwester.

Dann wären da noch Tiermotive. Wobei ich den Punkt schon zu Beginn hätte erwähnen müssen, denn Klamotten mit Tiermotiven sind so ziemlich das größte Fettnäpfchen, in das man in der 7a treten kann. Sie sind peinlicher, als beim Frühstück einen so heftigen Lachanfall zu bekommen, dass einem Milch aus der Nase schießt. Sogar peinlicher, als beim Spicken erwischt zu werden.

Heute Morgen war mir die Sache mit den modischen Gesetzen noch nicht ganz so klar, als ich in das Strickungetüm von Tante Hertha geschlüpft bin. Um ehrlich zu sein, kreisten meine Gedanken um Annabell, während ich mich durch meinen Kleiderschrank gewühlt habe. Und wenn ich an Annabell denke, kann es schon mal passieren, dass ich alles um mich herum vergesse.

Annabell ist übrigens eine wunderschöne rabenschwarze Friesenstute und das Pferd, auf dem ich seit einem Jahr Reitunterricht bekomme. Zu Beginn haben mich ihr sturer Dickschädel und ihr Stockmaß von fast 1,65 Meter schon etwas abgeschreckt. Aber Annabell hat sich als geduldiges Reitpferd erwiesen und mir alle Anfängerfehler verziehen.

Inzwischen habe ich auf ihr die Prüfung zum kleinen Hufeisen bestanden und kann es kaum erwarten, auf Annabell mein erstes Turnier zu bestreiten.

Wie ihr euch unschwer vorstellen könnt, gelten Reitstunden, Pferdeposter und Spielzeugpferde in unserer Klasse als genauso uncool wie Strickpullover. Was auch der Grund war, weshalb ich meine Reit-Besessenheit nicht an die große Glocke hing, als ich letzten Sommer die Schule wechselte.

Nur Jasmin wusste Bescheid. Jasmin, die alle kurz Jassy nennen, ist meine beste Freundin und genauso verrückt nach Pferden wie ich. Und weil wir uns blind verstehen, würde sie über meine heutigen Klamotten auch nie ein Wort verlieren – im Gegensatz zu den Jungs in unserer Klasse. Jungs wie Tom.

„Rosie! Jassy!", ruft Tom uns quer über den Schulflur zu, während Jassy sich mit einer Gruppe Zehntklässler unterhält. Jassy ist nämlich seit Ewigkeiten heimlich in Sven aus der Schulband *Rocking Roses* verknallt. Und da die gestern in der Turnhalle aufgetreten sind, hat Jassy nun eine perfekte Gelegenheit, um Sven und seine Band anzuquatschen. Ich stehe bloß daneben, um Jassy moralische Unterstützung zu geben.

Dass Tom uns entdeckt hat, gefällt mir gar nicht. Dazu müsst ihr nämlich wissen, dass es nicht die Mädchen sind, die einen aufziehen, wenn man in peinlichen Klamotten zur Schule kommt. Nein, diesen Job erledigt Tom. Vermutlich liegt das daran, dass er die siebte Klasse wiederholt und somit fast zwei Jahre älter ist als Jassy und ich. Was ihm noch lange nicht das Recht gibt, sich über Jüngere wie uns lustig zu machen, findet Jassy. Aber das ist Tom ziemlich egal.

„Nerv uns nicht und hau ab, Tom!", fange ich ihn ab, bevor er sich über Jassys Flirt lustig machen kann. Jassy beachtet Tom nicht eine Sekunde, sondern hängt an Svens Lippen, der gerade etwas von „HAMMER-Gig" und „MEGA-Stimmung" erzählt.

„Ich nerve nicht, Rosie. Ich habe Gangaufsicht", kontert Tom und wirft einen strengen Blick auf Yvonne und Frank, beide Mitglieder von Svens Band. „Es ist mein Job, aufzupassen, dass niemand heimlich Zigaretten raucht." Jetzt heften sich seine grünen Augen an meinen Pullover. „Oder die Klamotten der Zweitklässler klaut."

Zuerst habe ich keine Ahnung, was er meint. Erst als ich an mir hinabblicke, wird mir klar, dass ich in Tante Herthas Geburtstagsgeschenk stecke: in einem Strickpullover mit zwei Delfinen als Motiv, die vor dem Hintergrund einer untergehenden Sonne einen Luftsprung vollführen. Und als ob das noch nicht reichen würde, bilden die Schnauzen und Flossen ein oberkitschiges Herz, worüber in rosa Schrift „Dolphins forever" steht.

Um Himmels willen! Hatte ich denn mein Hirn abgeschaltet beim Anziehen? Oder Tante Hertha beim Kaufen?

Jetzt gilt es, Haltung zu bewahren. „Also, ich ... finde mein Outfit schön", flunkere ich und spüre, wie die Röte in meine Wangen schießt. Wenn man blond ist, wird man leider ständig rot. „Delfine sind übrigens sehr intelligent. Jedenfalls klüger als du, das wette ich."

Tom grinst als Antwort. Seine Arme hat er hinter dem Rücken verschränkt, was mich ein wenig beunruhigt. Was hat er vor? Für eine Sekunde glaube ich schon, dass er wegen meines fiesen Kommentars zur Ohrfeige ausholt, aber im nächsten Augenblick rückt Tom von mir ab.

„Na dann, mach's gut, Strickrosie", verabschiedet er sich und klopft mir kameradschaftlich auf den Rücken. Noch bevor ich mich über den eben erfundenen Spitznamen „Strickrosie" aufregen kann, macht er kehrt und hat es plötzlich eilig, von mir wegzukommen.

Puh. Erleichtert stelle ich mich neben Jassy und Sven. Das ist ja glimpflich ausgegangen. Scheint, als wäre ich unserem Klassenclown Tom gerade noch mal entkommen. Anders als damals, als er einen Luftballon zum Pupskissen umfunktioniert hat. Oder in der Bastelstunde meinte, die Klebstoffreste an meinem Tisch wären Popel.

„Das ist übrigens Rosalie, meine beste Freundin", stellt mich Jassy Sven und seinen Freunden vor und zieht mich in die Mitte der Clique. „Aber wir alle nennen sie –"

„Strickrosie", prustet Yvonne plötzlich los, die Sängerin der *Rocking Roses*. Kichernd fummelt sie an meinem Rücken herum und zieht einen Zettel ab, der mit Tesafilm dort geklebt haben muss.

Was zum …?

Wie ist das Ding denn auf meinen Rücken gelangt?

Mein Herz pocht mir bis zum Hals, als sich in meinem Kopf drei fette Buchstaben formen: TOM! Dieser Mistkerl! Kein Zweifel, der Zettel auf meinem Rücken geht auf sein Konto! Unwirsch reiße ich ihn Yvonne aus der Hand.

Auf dem Blatt springt mir ein mit Bleistift gezeichneter Delfin entgegen, der aussieht wie das Tier auf meinem Pulli. Bis auf den kleinen Unterschied, dass auf dem Rücken des Delfins jemand reitet – und zwar ich. Auf einem gesattelten und aufgezäumten Delfin sitzt eine unverkennbare Comic-Version meiner selbst. Darunter steht, in verschnörkelter rosa Schrift „Strickrosie forever".

Ich glaube, ich bekomme eine Megakrise!

„Lass mal sehen." Grinsend zieht mir Sven das Blatt aus der Hand. „Oh. Das ist ja dasselbe Motiv wie auf deinem Pulli."

„Wirf das Comic weg, Sven", hilft mir Jassy und stemmt vor ihrem Schwarm die Hände in die Hüften. „Rosie kann nichts für ihr heutiges Outfit. Sie ... ähm ... kam gestern von einem dreiwöchigen Abenteuer-Trip aus Afrika zurück und ihre anderen Klamotten sind alle in der Wäsche."

„Drei Wochen in Afrika? Coole Sache", nickt Sven. Lächelnd reißt er Toms Comic in kleine Schnipsel und streut es in den Abfalleimer. „Aber eins muss man dem Zeichner lassen: Talent hat er allemal."

„Jassy, es tut mir so leid", jammere ich, als Jassy und ich am Nachmittag zwischen den Sonnenblumenfeldern ausreiten. „Ich habe deinen Flirt mit Sven zerstört. Er und seine Freunde müssen mich für die totale Pappnase halten. Eine Pappnase mit katastrophalem Modegeschmack."

Noch Stunden später, nachdem ich in den Stall geradelt bin und Annabell gefüttert und gesattelt habe, liegt mir Toms Streich im Magen wie ein Klumpen Kohle. Jassy reitet dagegen gut gelaunt auf ihrem Pinto-Schulpferd Johnny neben mir her, während ich eine Stimmung verbreite, wie sonst nur am Tag vor einer Mathe-Arbeit.

„Quatsch, Rosie", macht mir Jassy Mut und führt ihren Johnny in den Schritt, als wir in ein Wäldchen gelangen. „Jeder weiß doch, was für ein Ekelpaket Tom ist. Außerdem ist Sven total cool. Er würde nie über dich lästern."

„Aber seine Freunde würden." Ich seufze und kraule Annabells rabenschwarze Mähne. „Ich bin nun mal nicht die Coolste der Schule. Es hapert ja nicht nur an den Klamotten, sondern am Gesamtpaket Rosalie Scheuermann."

Das ist keineswegs übertrieben. Zusätzlich zu den Delfinen auf dem Pulli und meinem Oma-Vornamen verdonnert mich Mama einmal pro Woche zum Blockflöten-Unterricht, dem langweiligsten Instrument unter der Sonne. Außerdem fährt sie mich täglich in einem klapprigen VW Käfer zur

Schule, nennt mich vor allen Mäuselinchen und reicht mir mein Pausenbrot mit abgeschnittener Kruste in einer *Schneewittchen und die sieben Zwerge*-Tupperbox.

„Ach, Rosie. Das liegt doch nicht an dir, sondern an deinen Eltern. Deine Mum weiß einfach nicht, was heutzutage angesagt ist", überlegt Jassy.

Ich schweige und denke über Jassys Worte nach, während Annabell unter mir fröhlich schnaubt, als könnte sie spüren, dass ich mich heute nicht ganz wohlfühle und Aufmunterung brauche. Ihre sanften Bewegungen und das Knacksen der Äste unter ihren Hufen beruhigen mich.

„Die Rosie, die ich kenne, ist das tollste Mädchen weit und breit", macht Jassy weiter, als keine Antwort von mir kommt. „Und wunderhübsch, mit ihren stahlblauen Augen und blonden Haaren."

Ich werde ein wenig rot. Meine Haare sind fein, trocken und sehen die meiste Zeit aus wie Annabells Boxenstroh. Wenn ich mich im Sommer zu lange in der Sonne aufhalte, hellen sie so sehr auf, dass ich aussehe wie ein Albino – während sich der Rest von mir eher in Richtung Tomate verfärbt.

Jassys Vater hingegen ist Marokkaner, was ihr eine perfekte olivfarbene Haut, schimmerndes Haar und mandelförmige Augen beschert hat. Und als ob das noch nicht reicht, ist sie eine begabte Westernreiterin und sieht im Sattel aus wie Penelope Cruz in diesem Hollywoodstreifen. Da soll noch mal einer sagen, die Welt sei gerecht.

„Plus – du bist begabt, was Tiere angeht", spinnt Jassy ihre Lobeshymnen weiter. „Annabell hat ihre Sturheit in null Komma nichts abgelegt, seit du sie reitest. Während sie sich bei den neuen Schülern immer noch benimmt wie die Diva vom Dienst. Das kann doch kein Zufall sein."

Diesmal kann ich wirklich nicht widersprechen. Dass ich ein gutes Händchen für Pferde besitze, habe ich früh entdeckt. Diese majestätischen Vierbeiner haben mich schon fasziniert, als ich kaum über den Weidenzaun gucken konnte.

„Ich glaube, es wird Zeit, dass die Leute die echte Rosie kennenlernen", schließt Jassy ihre kleine Rede, als wir den Feldweg zurück zum Stall nehmen. „Und zwar meine coole, hübsche, nette Freundin, die Pferdeflüsterin. Was hältst du davon?"

Ich lache und reite voran durchs Gatter. Manchmal übertreibt Jassy ein wenig und niemand wird so recht aus ihr schlau. So wie neulich, als sie behauptet hat, Sven aus der Schulband sehe aus wie dieser blonde Elf aus Herr der Ringe. Dass er in Wahrheit Segelohren wie dieses Monster namens Gollum hat, hab ich für mich behalten und mir ein Lachen verkniffen.

„Die echte Rosie kennenlernen? Wie stellst du

dir das denn vor?" Heute muss ich Jassys liebenswerte Spinnereien einfach infrage stellen. „Ich kann mich nicht einfach so verändern. Jeder in unserer Schule kennt mich."

„Dann müssen wir dafür sorgen, dass du neue Freunde gewinnst", murmelt Jassy und gleitet elegant aus ihrem wuchtigen Westernsattel. Ihre Augen schimmern, so wie immer, wenn sie etwas ausheckt.

Ich bin nicht sicher, ob mir das gefällt. „Okay", antworte ich zögernd, ohne den leisesten Schimmer, was Jassy ausbrütet. Sogar Annabell setzt einen verdatterten Blick auf, und als Jassy wegsieht, zucke ich ratlos mit den Schultern.

Als wir Johnny und Annabell versorgt haben und am Gatter zur Koppel lehnen, lässt meine Freundin endlich die Katze aus dem Sack.

„Sieh mal: die Moonlight Ranch", beginnt Jassy unvermittelt und drückt mir eine Broschüre in die Hand. Darauf ist ein abgelegenes Haus inmitten einer Hügellandschaft abgebildet, das aussieht wie ein waschechter Westernsaloon. Passend dazu macht das Papier einen vergilbten Eindruck, als hätte es tatsächlich hundert Jahre auf dem Buckel.

„Die Moonlight Ranch. Und die steht in ... äh, Texas?", rate ich ins Blaue.

Jassy knufft mich in die Seite. „Quatsch. Die

Moonlight Ranch liegt kaum zwei Stunden von hier. Meine Eltern schicken mich dieses Jahr wieder ins Westerncamp."

„Ach ja." Endlich klingelt es bei mir. Kurz hatte ich vergessen, dass Jassy jeden Sommer in ein Westerncamp fährt. Dort macht sie für zwei Wochen nichts anderes, als mit Cowboyhut durch Kornfelder zu reiten und abends Würstchen über dem Lagerfeuer zu grillen.

„Und weißt du was?", meint Jassy und tippt mit dem Finger auf die Broschüre. „Dieses Jahr kommst du einfach mit."

„I... Ich? Ich soll mit dir mitkommen?" Jassys Angebot haut mich aus den Socken. In den vergangenen Jahren habe ich nie darüber nachgedacht, sie auf die Moonlight Ranch zu begleiten – da bin ich lieber mit Mama und Papa in die Ferien gefahren. Aber nun, mit dreizehn, kann ich mir nichts Besseres vorstellen, als Urlaub mit meiner besten Freundin zu machen.

Jassy grinst verschwörerisch und schwingt sich lässig auf den Koppelzaun. „Nein. Nicht du. Die neue Rosie wird stattdessen mitkommen. Die, die so unsagbar cool ist, dass ihr niemand jemals einen Zettel auf den Rücken kleben würde." Jassy hält sich theatralisch die Hand aufs Herz. „Außer einen mit: Rosie, meine Traumfrau, heirate mich!"

Mich überkommt ein Lachanfall. Die Idee, einen Heiratsantrag auf den Rücken geklebt zu bekommen, finde ich so belämmert, dass ich gar nicht frage, was Jassy mit der „neuen Rosie" meint.

Ist ja auch egal. Inzwischen macht sich ohnehin ein ganz anderes Bild in meinem Kopf breit: meine beste Freundin und ich, die auf dem Rücken von wunderschönen Pferden in den Sonnenuntergang reiten. Dabei merke ich kaum, dass der Klumpen Kohle in meinem Magen langsam auf Krümelgröße schrumpft.

Traumgirl neu zugestiegen

„Ich verstehe wirklich nicht, wie die paar Klamotten für zwei Wochen reichen sollen." Etwas ratlos steht Mama vor meinem Rucksack, der vor uns am Bahnsteig liegt. „Dein Gepäck reicht ja nicht mal für ein Wochenende."

Zugegeben, Mama hat recht, was die Klamottenknappheit angeht. Ganz nach Jassys Anweisungen und ohne den blassesten Schimmer, was sie mit mir vorhat, habe ich tatsächlich nur Reitstiefel, Reithelm, Unterwäsche und Socken für die Moonlight Ranch eingepackt. Auch wenn ich mir beim besten Willen nicht vorstellen kann, dass es dort als cool gilt, in Unterwäsche zu reiten. Wohl eher als plemplem.

„Was ist mit dem Pyjama aus Disneyland?", holt Mama zum nächsten Versuch aus. „Mit den kleinen Goofy-Motiven? Hast du den eingepackt, Rosalie? Der ist aus Flanell, superwarm und –"

Unsagbar angesagt, ergänze ich in Gedanken, bei einer Pyjamaparty mit Achtjährigen.

„Eingepackt", stoppe ich sie mitten im Satz und schultere den Rucksack, bevor sie noch auf die Idee kommt, darin nach dem rosa Teil zu kramen.

„Wenn doch was fehlen sollte, leihe ich Rosie was von mir", ergänzt Jassy, die gerade mit zwei Koffern heranrollt, jeder riesig genug, um ein Pony darin zu verstecken. „Aber jetzt müssen wir los! Der Zug wartet nicht."

Ich nicke. Gut, dass Jassy endlich aufgetaucht ist. Lange hätte Mama mir meine Lügen nicht mehr abgekauft. Zum Abschied drücke ich Mama noch einen kleinen Abschiedskuss auf die Wange. Mama presst mich fest an sich und würde mich am liebsten gar nicht gehen lassen. Dabei ist es doch absolut normal, dass jemand in meinem Alter auch mal alleine in den Urlaub fährt.

Jassy hat es gut. Weil sie eine ältere Schwester namens Samira hat, sind es ihre Eltern gewohnt, dass Mädchen auf eigenen Beinen stehen. Somit bleibt Jassy die rührselige Abschiedsszene erspart.

„Na, die tränenreiche Szene war ja preisverdächtig", spottet Jassy, als ich mich losgelöst habe und Mama ein wenig niedergeschlagen aus der Bahnhofshalle dackelt.

Sie hat ja recht. Ein wenig tut Mama mir aber doch leid, weil ihr Mäuselinchen nun für längere Zeit nicht zu Hause ist. Aber ich komme ja wieder. Und ich habe Papa und ihr immerhin versprochen, jeden Abend anzurufen.

„Nun gut, Rosie", beginnt Jassy mit feierlicher Stimme, als sich der Zug in Bewegung setzt und wir es uns im Abteil gemütlich gemacht haben. „Bist du bereit, den Plan zu hören, den ich mir für dich ausgedacht habe? Den Plan, der diesen Trip zum Urlaub deines Lebens machen wird?"

„Sagst du mir nun, warum ich meine Klamotten daheimlassen musste?", frage ich lahm und beobachte, wie Jassy einen großen Briefumschlag aus ihrem Rucksack zieht. Auf dem Umschlag steht in dicken Buchstaben „GEHEIM! Operation Rosie".

„Ich habe zwei Wochen für die Vorbereitung gebraucht", flüstert Jassy und sieht prüfend aus dem Abteil, als wäre sie neuerdings beim Geheimdienst. „Du wolltest doch deine Chance, um neue Freunde zu finden. Hier hast du sie." Sie reicht mir den Umschlag. „Wenn wir nach Plan vorgehen, wirst du dich vor Freunden kaum retten können."

Hä? Was soll denn das bedeuten?

Vollkommen verwirrt schlage ich die Mappe auf und betrachte die Tabelle auf der ersten Seite. Scheint, als hätte Jassy in den letzten Wochen nicht nur unseren Trip auf die Moonlight Ranch geplant, sondern auch mein neues Leben.

Name: Rosalie Scheuermann
Alter: 15
Kennzeichen: perfektes Styling

Hobbys: u. a. Westernreiten, Jungs daten, Tiefseetauchen, in einer Band namens *Rocking Roses* singen –

„Jassy! Meinst du damit ... ich soll mich für jemand anderen ausgeben?" Ich knalle das Blatt auf den leeren Sitz neben mir. „Nichts davon ist wahr. Ich bin erst dreizehn, kann nicht Westernreiten, hatte noch nie eine Verabredung, bei den *Rocking Roses* bin ich bestenfalls Zuhörerin und ich hab Angst vorm Tauchen. Als wir neulich in Sport einen Kopfsprung machen mussten, bin ich so krass auf den Bauch geplatscht, dass mich der Bademeister retten kam."

„Auf der Moonlight Ranch gibt's doch weit und breit keinen Sprungturm", winkt Jassy ab und wedelt dabei mit den Händen. „Außerdem sind das alles bloß ein paar Tricks, um Eindruck zu schinden. Und jetzt lies weiter."

Oje. Es gibt noch eine zweite Seite. Darauf steht, dass sich Rosalie nach den neuesten Trends kleidet, einer angesagten Mädchenclique angehört und das Amt der Schulsprecherin und der Chefredakteurin der Schülerzeitung innehat. Dazu kommen außerschulische Aktivitäten wie Schauspielunterricht in der Theatergruppe. Bei Rosalies Darbietung der Julia in *Romeo und Julia* hat das Publikum Rotz und Wasser geheult.

„Was gäbe ich jetzt dafür, tatsächlich Profischauspielerin zu sein", murmele ich böse und erinnere mich, wie ich bei der echten Aufführung von *Romeo und Julia* als Baum verkleidet die Kulisse spielen musste. Schlimmer dran war nur Heiner, den sie gelb angemalt und als Sonne in die Luft gehievt hatten. Vielleicht hätten sie ihn vorher fragen sollen, ob sein Magen schwindelerregende Höhen verträgt ...

Aber nun scheint es, als würde die Moonlight Ranch noch größere Fettnäpfchen für mich bereithalten. „Oh Jassy! Das klingt alles furchtbar anstrengend", seufze ich und reibe mir die Stirn. Langsam kommen mir Zweifel, ob diese Reise wirklich so eine gute Idee war. Ich hätte die kommenden zwei Wochen auch auf Annabells Rücken verbringen und durch blühende Felder galoppieren können. Ob mich mein Reitschulpferd wohl schon vermisst?

„Quatsch. Du musst mitmachen! Ich habe alles aufwendig für dich geplant! Und meinen ganzen Kleiderschrank für dich im Gepäck", bettelt Jassy und späht in die Ablage, wo ihre beiden Riesenkoffer in den Netzen hängen. „Und nicht nur meinen. Sondern auch den meiner Schwester."

Samira ist für den Sommer zu Jassys und Samiras Oma nach Marrakesch geflogen. Somit konnte Jassy den Kleiderschrank ihrer Schwester unbemerkt plündern, ohne dass Samira je davon Wind bekommen wird. Das war ziemlich großartig.

Denn Samiras Garderobe ist nicht nur modisch und schön, man sieht darin auch glatt zwei Jahre älter aus.

„Na gut", gebe ich mich geschlagen. Würde ich aussteigen, würde Jassy bis in alle Ewigkeit schmollen.

„Ich bin dabei. Aber nur unter einer Bedingung!"

„Ja?"

Verlegen knete ich meine Hände. „Du verpasst mir auch noch einen neuen Namen", murmele ich. „Ich finde Rosalie einfach uncool."

Jassy grinst. „Lässt sich einrichten. Hm ... wenn es doch nur einen coolen Spitznamen für Rosalie gäbe, der ein wenig nach Western klingt. Rosa, Rosie, Salie ... Sally!"

„Sally?" Ich weiß nicht, ob ich so heißen will.

„Klar!" Jassy hingegen schon. „Klingt nach echtem Western-Mädchen! Am besten verpassen wir dir auch noch eine Tante in Texas und eine Vergangenheit als Cowgirl in der Prärie." Nun ist Jassy nicht mehr zu stoppen. „Ich sehe schon. Das wird absolute Spitze!"

„Das wird eine absolute Katastrophe", jammere ich eine halbe Stunde später auf der Zugtoilette. „Jeder wird denken, wir haben Karneval in den Sommer verlegt."

Mein Spiegelbild sieht aus wie eine völlig Fremde. Statt den kurzen Hosen, mit denen ich in den Zug eingestiegen bin, trage ich jetzt ausgefranste Jeans, Stiefel mit Absatz und einen Gürtel mit wuchtiger Schnalle, die alleine locker fünf Kilo wiegt. Passend dazu hat mich Jassy in eine von Samiras Blusen gesteckt und die Enden in der Taille verknotet. Zum Glück bauscht sich der Stoff um die Oberweite auf und täuscht mehr Busen vor, als ich mit meinen dreizehn Jahren tatsächlich besitze.

Doch die Klamotten sind längst nicht alles. Meine feinen Haare wurden mithilfe einer Dose Haarspray zu lockeren Zöpfchen geflochten, während mein Gesicht mit einer Tonne Schminke zugekleistert ist. Besonders gegen den rosaroten Lippenstift habe ich protestiert, aber das hat Jassy nicht interessiert. Das Outfit wäre sonst „aus dem Zusammenhang gerissen". Na ja, was soll ich dagegen sagen?

„Katastrophe? Du siehst Hammer aus! Wie ein waschechtes Cowgirl", versichert mir Jassy und stopft ihr Schminkzeug zurück in den Kulturbeutel. „Aber jetzt raus hier. Zugtoiletten sind echt der widerlichste Ort der Welt."

Womit sie recht hat. Um ihren Plan in die Tat umzusetzen, mussten wir aus dem Abteil verschwinden, weil eine Horde Jungs zugestiegen war. Der älteste, ein Typ mit grünen Haaren namens Jo, hat Jassy zugezwinkert, ihr von seiner

Tüte Chips abgegeben und erzählt, dass er mit seinen Kumpels auf dem Weg zu den *Mördertomaten* sei, einer Rockband, von der ich noch nie im Leben gehört habe.

Bis auf einen Typ namens Igel, der gefragt hat, ob es okay sei, wenn er seine Füße auf meine Armlehne legt, hat niemand Notiz von mir genommen. Trotzdem – fürs Umkleiden habe ich mich lieber doch aus dem Staub gemacht.

„Und vergiss nicht", erinnert mich Jassy, bevor sie die Tür zu unserem Abteil aufschiebt, „du bist fünfzehn. Selbstbewusst. Und das tollste Mädchen der Schule. Sag es immer wieder vor dich hin. Klar?"

„Wie oft denn noch? Das funktioniert nie!", zische ich. Jassy hat wohl zu viele Highschool-Komödien im Fernsehen geguckt. „Ein bisschen Schminke und ein gefälschter Lebenslauf machen mich nicht automatisch zum Star der –"

Mitten im Satz breche ich ab, denn vier Augenpaare kleben sich an mir fest. Die Jungs im Abteil haben schlagartig aufgehört, sich über den neuen Song ihrer Lieblingsband zu unterhalten, und starren mich an, als wäre ich der Star der *Mördertomaten* höchstpersönlich.

„Ha... hallo", begrüßt uns Igel und lässt wie vom Blitz getroffen seine dreckigen Turnschuhe von meiner Armlehne gleiten.

„Wa... warst du nicht vorhin mit einem anderen

Mädchen unterwegs? Dieser Rosalie?", richtet sich Jo an Jassy, ohne den Blick von mir zu lösen. Während er spricht, wischt er sich die Chipskrümel von den Mundwinkeln, als hätte er plötzlich Manieren entwickelt.

Ich fasse nicht, was hier geschieht. Liegt es daran, dass diese Jungs etwas belämmert sind, oder sehe ich tatsächlich komplett anders aus? Kann es sein, dass Jassys Plan tatsächlich funktioniert? Dass mich diese Jungs nicht wiedererkennen?

Ich beschließe, es darauf ankommen zu lassen. „Ich fürchte, Rosalie hat eben den Zug verlassen", erkläre ich, schlage die Beine übereinander und wippe mit den Stiefeln. „Aber das macht nichts. Denn dafür bin ich ja zugestiegen."

Das Einmaleins des Westernreitens

„Und? Denkst du, Jo ruft dich an?", will Jassy wissen, als wir ihre zentnerschweren Koffer über die Bahnhofsrampe rollen.

„Wird er", grinse ich. „Aber nicht mich. Sondern Herrn Klaasen, meinen Blockflöten-Lehrer."

Jassy kichert. „Du hast Jo Herrn Klaasens Nummer gegeben?"

Ich zucke mit den Schultern. „Vielleicht werden sie ja Freunde. Immerhin stehen beide auf Musik. Wenn auch nicht unbedingt auf dieselbe."

„Hat er dir denn gar nicht gefallen? Er war begeistert von dir! Als du von deiner Karriere als Sängerin der *Rocking Roses* erzählt hast, ist er vor Ehrfurcht erstarrt."

Ehrlich gesagt fand ich Jo ziemlich doof.

Jassy will das zwar nicht hören, aber in Wahrheit finde ich so gut wie alle Jungs etwas minderbemittelt. Exemplare wie Tom haben mir die Lust auf einen Freund gründlich und dauerhaft verdorben.

Deshalb fände ich es auch überhaupt nicht schlimm, für immer Single zu bleiben. Anstatt zu heiraten, könnte ich eine Farm für kranke Pferde in Australien eröffnen. Dort würde ich tagein, tagaus nichts anderes tun, als allein durch einsame Landschaften zu reiten und wunde Pferdeknöchel zu bandagieren. Und alle Jungs könnten mir gestohlen bleiben.

Als ich Jassy von dieser Idee erzählt habe, hat sie zuerst gefragt, ob ich mir den Kopf gestoßen habe. Danach hat sie verkündet, dass ich noch viel zu jung sei, um Jungs für immer abzuschwören.

Ich habe nichts erwidert. Wenn es um Jungs geht, ist es sinnlos, mit Jassy zu diskutieren. Immerhin hatte Jassy schon zwei feste Freunde und muss sich auch nicht ständig mit Gemeinheiten vom Blödmann Tom herumplagen.

Warum es Tom ausgerechnet auf mich abgesehen hat, weiß auch Jassy nicht genau. Wir haben allerdings die Theorie aufgestellt, dass Jungs riechen können, wenn man Angst vor ihnen hat. Vielleicht sollte die Wissenschaft das mal erforschen.

Wenn wir auch in Sachen Jungs nicht gleich ticken, beim Thema Pferde schwimmen Jassy und ich voll und ganz auf derselben Wellenlänge. Deshalb sind wir auch beide ganz aus dem Häuschen, als uns ein Pick-up der Moonlight Ranch vom Bahnhofsplatz abholt. Ob wir gleich nach unserer Ankunft in den Stall gehen dürfen?

„Hallo, Mädels", begrüßt uns eine blonde Frau mit Cowboyhut. Ihre sonnengebräunten Arme sind schlank und muskulös, als sie aussteigt, um uns die Hand zu schütteln. „Bereit für zwei Wochen im Wilden Westen?"

Ihr Westernlook und der riesige Pick-up geben mir tatsächlich das Gefühl, im Wilden Westen gelandet zu sein – wenn man von dem streitenden Berliner Pärchen hinter uns und der Currywurst-Bude am Eck mal absieht. Doch kaum verlassen wir das Bahnhofsgelände, wird die Gegend zusehends einsamer. Irgendwann erstrecken sich nur noch endlos weite Wälder und Getreidefelder vor unseren Augen.

„Du bist also Rosalie", beginnt die Frau mit Cowboyhut und wirft einen Blick auf eine Liste am Beifahrersitz. „Ich bin Trixi, mir gehört die Moonlight Ranch. Jassy hat mir nicht verraten, ob du schon mal Western geritten bist."

Jassy neben mir erstarrt. Ich muss gar nicht erst fragen, was ihr durch den Kopf schießt, denn es ist mir mit einem Schlag klar: Unser Plan mit Sally, dem Westernreit-Profi aus Amerika, kann gar nicht funktionieren. Immerhin hat sich Rosalie Scheuermann für das Camp angemeldet – mit einem Formular, auf dem ihre Mutter unterschrieben hat.

Schnell! Ein Plan muss her!

„Ich bin nicht Rosalie, sondern eine neue Freundin von Jassy", schleudere ich heraus, ohne nachzudenken. „Sozusagen als Ersatz. Denn Rosalie hat ... sich das Bein gebrochen."

„Das Bein gebrochen?" Trixis Blick schießt durch den Rückspiegel. „Wie ist denn das passiert?"

Jassy reagiert sofort. „Beim Geländereiten", steuert sie bei und stupst mich in die Rippen.

Trixi runzelt die Stirn. „Was ist passiert? Hat ihr Pferd sie etwa abgeworfen?", will sie wissen.

„Ja, hat es", sagt Jassy und nickt betrübt.

„Nein, hat es nicht", fahre ich dazwischen, weil ich die arme Annabell nicht schlechtmachen will, auch nicht als Ausrede. Ich stupse Jassy leicht in die Seite. „Der Unfall ist während einer Pause passiert."

„Äh, genau. Während einer Pause", hilft mir Jassy. „Die beiden haben am Waldesrand eine Pause eingelegt. Und da war plötzlich dieser Ast."

„Dieser riiiesige Ast!", rufe ich und zeige mit den Armen einen riesigen Ast, damit sich Trixi vorstellen kann, was der armen Rosalie zugestoßen ist. „Rosalie wollte gerade ihr Sandwich auspacken, da ist der Ast ausgerechnet in diesem Moment vom Baum geknallt. Auf ihr Bein."

„Oh." Trixi wirkt erschüttert. „Das ist ja Pech."

„Und alleine wollte ich dieses Jahr nun mal nicht ins Camp", fährt Jassy mit unserer Geschichte fort. „Deshalb habe ich Sally mitgebracht.

Sie ist Rosalies Schwester und im Westernreiten einsame Klasse. Fast, als wäre sie im Westernsattel geboren worden."

Ich schenke Trixi mein breitestes Lächeln. Unser Plan klappt nie und nimmer. Ob das strafbar ist, Erwachsene anzuschwindeln und unter falschem Namen Urlaub zu machen? Machen Kreditkartenbetrüger das nicht genauso?

„Also gut", seufzt Trixi, als wir durch ein eisernes Tor fahren. Endlich spannt sich ein zartes Lächeln über ihre Lippen. „Wenn du Rosalies Schwester bist, brauche ich die Unterschrift deiner Mutter nicht erneut. Willkommen auf der Moonlight Ranch!"

Mir fällt ein riesiger Stein vom Herzen, und als ich erste Blicke auf unser Zuhause für die nächsten zwei Wochen werfe, wird meine Laune noch besser. Noch nie habe ich so einen tollen Reiterhof gesehen! Um das hölzerne Haupthaus reiht sich alles, was es für perfekte Reiterferien braucht: Sandplätze, Ställe, Reithallen und sogar ein riesiger Badeteich. Weiter hinten erstreckt sich ein Waldstück, aus dessen Dickicht Holzhütten mit spitzen Dächern ragen. Jedes der Häuschen besitzt eine eigene Veranda.

„Hinten im Wald liegen eure Quartiere. Ihr teilt euch zu viert eine Hütte", erklärt Trixi.

„Zu viert?", wundere ich mich. „Wo sind die anderen Reiturlauber?"

Seltsamerweise habe ich außer uns dreien hier noch kein einziges Lebewesen entdeckt, mal abgesehen von den beiden süßen Pinto-Pferden, die über den Paddock toben.

„Die anderen sind heute im Gelände unterwegs und kommen erst zum Abendessen zurück", beantwortet Trixi meine Frage. „Wenn ihr wollt, könnt ihr die Zeit nutzen, um Starlight und Pepper zu begrüßen und etwas zu bewegen. Bei eurer Reiterfahrung dürfte das kein Problem sein und du kennst dich ja hier aus, Jassy." Sie lächelt zwar, trotzdem wirkt ihr Blick prüfend. „Aber bleibt auf unserem Grund und Boden. Und seid pünktlich im Speisesaal. Klar?"

Das muss man mir nicht zweimal sagen. Ruck, zuck lade ich unser Gepäck in der Eingangshalle des Hauptgebäudes ab und folge Jassy in Richtung des Paddocks.

„Trixi hat echt Ahnung, was Tierhaltung betrifft", erklärt mir Jassy, die sich auf der Moonlight Ranch bewegt, als wäre sie ihr zweites Zuhause. „Sie hält alle Pferde zu zweit in geräumigen Offenställen. Das ist besonders tierfreundlich und fördert den sozialen Zusammenhalt. Trixi ist oft hier, um mit ihnen zu schmusen."

„Ach?" Das überrascht mich, denn in Wahrheit kann ich Trixi nicht sonderlich gut leiden. Mit ihrem muskulösen Körperbau und der kühlen Art wirkt sie nicht gerade wie eine typische Pferdenärrin, sondern eher wie eine Kommandantin bei der Bundeswehr.

Wie sie mich vorhin prüfend durch den Rückspiegel angestarrt hat – fast so, als könnte sie mich nicht ausstehen.

Jassy streichelt eine gescheckte Pinto-Stute, die Jassy offensichtlich sofort wiedererkennt und ihren felligen Kopf an ihr reibt. „Starlight war schon letztes Jahr mein Ferienpferd. Sie ist zwar eher der gemütliche Typ, aber dafür zutraulich und lieb. Und dein Pepper soll auch ganz toll sein. Ihr werdet euch gut verstehen."

Pepper ist ein riesiges braunes Quarter Horse mit den frechsten Augen, die ich je bei einem Pferd gesehen habe. Jede Wette, dass er bei einem Westernturnier eine tolle Figur machen würde.

„Du bist also Pepper." Ich marschiere ans andere Ende des Paddocks und strecke meinen Arm nach diesem Traumpferd aus. Erst scheint es, als nehme es Notiz von mir, und es trabt einige Schritte auf mich zu, doch dann wendet es sich ab und verbeißt sich in einem Büschel Unkraut, als hätte es mich nur veräppelt.

„Pepper ist ein echter Clown. Irre witzig", meint Jassy.

„Wow. Das kann ich mir vorstellen." Inzwischen kann ich kaum noch still stehen. Ich brenne darauf, Pepper besser kennenzulernen. Zu sehen, ob er mich mag. Und herauszufinden, wie sich ein

Westernpferd wie Pepper reiten lässt. „Worauf warten wir noch? Zeig mir, wo die Sättel hängen, und ab geht die Post."

Auf Pepper zu sitzen, ist absolute Klasse. Wir haben es geschafft, Starlight und Pepper binnen einer halben Stunde aufzuzäumen und zu satteln und nun reiten wir über das Gelände der Moonlight Ranch.

Ohne Jassys Hilfe hätte ich es nie im Leben geschafft, Pepper so schnell ausgehfertig zu bekommen. Denn eine Sache habe ich bis jetzt vollkommen übersehen: das Westernreiten. Während Jassy ein Vollprofi ist, hat Rosalie noch nicht mal Ahnung, wie man ein Westernpferd aufzäumt.

„Das hier nennt sich Bridle", erklärt Jassy und zeigt auf das Kopfstück. „Und wenn du vorhin zugesehen hast, hast du bestimmt auch gemerkt, dass die Trense ganz anders aussieht. Und die Zügel. Und auch die Sattelunterlage. Die nennt sich hier übrigens Pad."

„Pad", versuche ich abzuspeichern, auch wenn ich weiß, dass ich es bis zum Abendessen vergessen haben werde. Mannomann! Ich habe tatsächlich gedacht, der einzige Unterschied zum englischen Reitstil bestünde in einem schwereren Westernsattel. Aber offensichtlich steckt mehr dahinter.

„Kommen wir jetzt zur Reittechnik?", dränge

ich und richte den Blick in die Ferne. Es riecht nach Tannenzapfen, Harz und wilden Kräutern, während die Nachmittagssonne durch die Wipfel bricht, trotzdem kann ich den Ritt nicht genießen.

„Stress doch nicht", tadelt mich Jassy. „Wir haben die Ausrüstung noch nicht durch."

„Jassy, ich muss endlich Ahnung vom Westernreiten bekommen. Wenn jemand sieht, dass ich mich wie eine totale Anfängerin anstelle, dann –" Plötzlich breche ich ab. Ein junger Reiter kommt auf einem schwarzen Pferd durchs Unterholz. „Oh nein. Da ist jemand."

„Mist", flucht Jassy. „Los, wir verstecken uns hinter einer Holzhütte." Sie dirigiert Starlight ins Dickicht. „Er hat uns noch nicht entdeckt. Womöglich reitet er an uns vorbei."

„Okay", zische ich zurück und treibe Pepper an. Doch der Wallach bewegt sich keinen Zentimeter. Trotzig stemmt er die Beine in den Boden und widersetzt sich meinen Hilfen.

Oh nein! Was zum Geier mache ich nur falsch?

Ich brauche Jassy als Dolmetscherin. „Wie sage ich denn einem Westernpferd, dass es endlich in die Gänge kommen soll?", flüstere ich.

„Wie jedem anderen Pferd", schnaubt Jassy hinter der Hütte.

Oje. Das fehlte gerade noch. Scheinbar haben Pepper und ich Verständigungsprobleme. Aufgeregt klettere ich von Peppers Rücken und werfe einen Blick über meine Schulter. Der fremde Junge ist gerade mal eine Wegbiegung von mir entfernt. Ich kann bereits Hufgetrappel am Waldboden hören.

„Komm schon, Pepper. Eben hast du noch so brav gehorcht", bitte ich den Wallach und übe sanft Druck mit den Zügeln aus. „Jetzt ist nicht der richtige Zeitpunkt, um mich zu veräppeln. Bitte, Pepper, bitte, bloß im Schritt ins Gras und dann –"

„Ein kleiner Tipp", höre ich eine Stimme hinter meinem Rücken, die dem Jungen gehören muss. „Wenn Pepper nicht mit dir picknicken will, solltest du ihn nicht dazu zwingen. Auf Bäume klettert er übrigens auch nicht so gern. Also wäre es besser, ihr bleibt auf dem befestigten Weg. Aber das ist natürlich nur ein gut gemeinter Rat."

Mir steigt das Blut in den Kopf, als ich zu dem Jungen hochsehe. Das liegt nicht nur daran, dass meine Situation echt peinlich ist, sondern dass ich eben dem tollsten Jungen unter der Sonne begegne. Braune kinnlange Haare blitzen unter einem Cowboyhut hervor, die Haut schimmert sonnengebräunt und um den Hals trägt er ein Kettchen mit bunten Holzperlen.

Wow. Dieser Junge könnte glatt Model sein.

„Wir, äh, wollten bloß ein paar ... Pilze suchen", stottere ich und könnte mich im nächsten Moment für die Antwort ohrfeigen.

Die Augen des Jungen blitzen. „Dann hättest du vielleicht ein Trüffelschwein mitnehmen sollen", feixt er. „Hallo. Ich bin Jonas. Und das ist mein Samur. Ein Hannoveraner, aber wir haben ihn nach Western-Art zugeritten. Und wer bist du?"

Gerade als ich mich, geblendet von dem tollen Pferd und dem noch tolleren Jungen, mit echtem Namen vorstellen will, stellt sich Jassy auf Starlight zwischen uns.

„Das ist Sally", stellt mich Jassy vor. „Sie liebt Westernreiten, Rockmusik und die Ranch ihrer Tante in Texas. Von woher sie auch soeben angereist ist." Jassy grinst und wendet sich mir zu. „Das ist Jonas. Er ist fünfzehn und lebt auf der Moonlight Ranch."

Jonas mustert mich. Dann lässt er Samur einige Schritte vorwärts gehen. „Na dann, Sally mit der Tante in Texas." Er grinst und lässt eine Reihe weißer Zähne blitzen. „Hast du Lust, mich eine Runde im Gelände zu begleiten? Damit ich sehen kann, was du in Sachen Westernreiten so draufhast?"

Mit einem Schlag wird mir heiß und kalt. Zugegeben, in diesem Moment würde ich nichts lieber tun, als ein Weilchen neben Jonas und diesem traumhaften Hannoveraner herzureiten. Zumal Samur und Pepper sich gut verstehen und Pepper mit den Hufen scharrt, als wäre er ganz wild drauf, sich mit Samur zu messen.

Doch das wäre mein Untergang. Erst brauche ich auf Pepper einen ordentlichen Westernreit-Crashkurs. Ich kann nur hoffen, dass mich Jassy über Nacht zum Westernreit-Profi ausbilden kann.

„Äh, nein, geht leider nicht", wehre ich ab. „Wir dürfen nicht ins Gelände. Wir haben versprochen, hier rund um die Ranch zu bleiben."

Puh. Das war nicht mal gelogen.

„Tja, schade. Dann bis später." Jonas hebt die Schultern. Ich kann gerade noch einen letzten Blick erhaschen, dann macht er kehrt, gibt Samur die Galopphilfen und verschwindet hinter der nächsten Biegung.

Jassy beobachtet mich und grinst. „Gib es zu. Du findest ihn supertoll. Alle finden ihn supertoll."

Ich spüre, wie ich rot werde. Meine beste Freundin liest in mir wie in einem offenen Buch. „Supertoll ist übertrieben", spiele ich die Sache herunter. „Aber womöglich muss ich die Sache mit dem ewigen Single-Dasein und der Farm in Australien noch mal überdenken."

Groupies zum Abendbrot

Zum Abendessen gibt es leckere Gemüselasagne, aber bis jetzt habe ich noch kein Stück angerührt. Jedes Mal, wenn ich einen Bissen nehmen möchte, stellt mir jemand im Speisesaal eine neue Frage. Fast so, als säße Lady Gaga am Tisch.

„Und du hast echt eine Zeit lang in Texas gelebt, Sally?", fragt mich ein hübsches sommersprossiges Mädchen im Kölner Dialekt, das sich als Nina vorgestellt hat.

Ich nicke und schneide dabei die Lasagne in winzig kleine Häppchen. Ehrlich gesagt fühle ich mich nicht gut dabei, die ganze Zeit zu lügen. Aber weil ich mich auf diese Sache eingelassen habe, muss ich da durch.

Als die anderen Mädchen und Jungs pünktlich zum Abendessen vom Ausritt zurückgekehrt sind, musste ich mich gar nicht erst vorstellen. Dank Jonas hatte es sich herumgesprochen, dass Sally, Western-Reitprofi, Frontfrau einer Rockband und erprobtes, texanisches Cowgirl angereist ist. Während ich dem Fachsimpeln übers Westernreiten noch entkommen konnte, musste ich inzwischen leider einiges von den Songs der *Rocking Roses* und dem Leben in Texas erzählen.

„Hattest du in Amerika denn auch dein eigenes Pferd?", will Nicole wissen, Ninas Zwillingsschwester. Die beiden Mädchen gleichen sich wie ein Ei dem anderen, bloß ihre Haarfarbe unterscheidet sie. Nina trägt die Haare rot gefärbt, Nicole hingegen rabenschwarz. Damit die Jungs die beiden nicht mehr verwechseln, hat Nicole erklärt.

„Klar hatte Sally ihr eigenes Pferd!", beantwortet Jassy die Frage und kramt nach meiner Brieftasche. Einen Moment später hält sie ihnen ein Foto von Annabell unter die Nase. „Seht ihr. Das hier ist Annabell, Sallys Friesenstute. Ein echtes Traumpferd, oder?"

Ich schlucke. Keine Frage, ich finde es großartig, dass Nina und Nicole mächtig Interesse an mir zeigen. Aber mein Schulpferd Annabell einfach so als mein Eigentum auszugeben? Ein so tolles Pferd wie Annabell könnten sich meine Eltern nie im Leben leisten. Weder in Deutschland noch in Texas noch sonst wo.

„Sagt mal, was haltet ihr davon, wenn ihr in unserer Hütte schlaft?", bietet uns Nicole an. „Wir haben noch ein Stockbett frei."

„Au ja!" Nina klatscht aufgeregt in die Hände. „Wir bleiben die ganze Nacht auf, futtern Süßigkeiten und tauschen dabei Make-up-Tipps aus.

Du kennst sicher die neuesten Trends aus Amerika."

In meinem Magen entsteht ein dicker Knoten. Genau das hier habe ich mir immer gewünscht: eine Clique mit Freundinnen, die alle auf Pferde stehen, dazu Pyjamaabende, Limonade und Psychotests aus Mädchenzeitschriften.

„Klar", sagt Jassy für uns beide. „Das wird klasse. Ihr müsst uns von euren Reitstunden in Köln erzählen und –"

Jassy bricht ab, denn Trixi und Jonas betreten unseren Speiseraum. Während Trixi um Ruhe bittet, gleitet Jonas' Blick über die Köpfe der anderen hinweg bis zu mir. Verlegen sehe ich weg und stochere im Essen rum.

„Morgen soll es sehr heiß werden", erklärt Trixi. „Deshalb besuchen die Anfänger morgen nur vormittags Westernreitkurse. Den Nachmittag könnt ihr nutzen, um euch im See abzukühlen. Mein Mann Jim hat erst letzte Woche eine neue Wasserrutsche gebaut."

Lautes Jubeln geht durch den Speisesaal. Erst Reitkurse und danach ein Bad im See! Vielleicht bekomme ich endlich auch etwas Sommerbräune ab. Ob es wohl irgendwo ringsum Eis zu kaufen gibt?

„Aber wir haben ja auch Westernreitexpertinnen unter euch", fährt Trixi fort und späht auf ihre Liste. „Nina und Nicole sowie Jassy und Sally haben jahrelange Western-Erfahrung und würden sich in den Reitstunden natürlich langweilen. Deshalb unternehmen sie gemeinsam mit Jonas und Jim einen Tagesritt ins Gelände."

Nina und Nicole jubeln, nur ich bekomme Gänsehaut. Ich soll morgen einen Westernritt ins Gelände unternehmen? Mit Jonas und den beiden Mädchen, denen ich den ganzen Abend lang Lügen aufgetischt habe?

Im nächsten Moment spielt mein Kopf alle möglichen Szenarien durch: Schaffe ich es, bis morgen im Westernsattel richtig gut auszusehen? Oder soll ich besser eine fiese Grippe vortäuschen? Eine spontan entwickelte Tierhaarallergie? Oder davonlaufen und mit dem Zug nach Hause fahren?

Verzweifelt werfe ich Jassy einen Blick zu, doch die scheint nichts von meinen Problemen zu ahnen. Sie strahlt bis über beide Ohren.

„Siehst du?", flüstert sie mir zu. „Ich sagte doch, das wird der beste Urlaub deines Lebens! Heute winkt eine Pyjamaparty mit neuen Freundinnen und morgen ein Tagesritt in die Berge! Hab ich etwa zu viel versprochen?"

Ich stöhne. Erkennt Jassy denn nicht, in welche Lage uns der Ausritt bringen wird? Wenn sie die Katastrophe nicht kommen sieht, muss eben ich dafür sorgen, dass der morgige Tag nicht zum schlimmsten meines Lebens wird.

„Schscht, Jassy, wach endlich auf!"

Ich kauere neben unserem Stockbett und rüttele meine beste Freundin an der Schulter. Es ist gerade mal fünf Uhr morgens und die ersten zarten Sonnenstrahlen blinzeln in unsere Hütte. Nina und Nicole liegen noch in ihren Betten. Bis auf mich und einen singenden Vogel draußen vor der Hütte ist noch niemand wach.

Jassy brummt, dreht sich um und schläft weiter. Dass Jassy schläft wie ein Stein, habe ich befürchtet. Immerhin haben wir bis nach Mitternacht Ninas und Nicoles Süßigkeitenvorrat geplündert und Brettspiele gespielt. Nina hatte ein Spiel dabei, in dem es darum ging, herauszufinden, wie gut man seine Mitspieler kennt. Leider hab ich mich da in noch mehr Lügen verstrickt.

Trotzdem war der Abend einfach genial. Die Zwillinge haben von ihren beiden Haflingerpferden erzählt, die von derselben Stute stammen und sich so ähnlich sehen, dass man sie glatt vertauschen könnte. Wenn Nina und Nicole auf ihren Pferden ausreiten, trauen die Leute ihren Augen nicht. Nicht selten werden sie dabei fotografiert.

Die beiden sind echt witzig. Sie verstehen sich prima, auch wenn Nina meistens bestimmt, was gemacht wird. Immerhin ist sie ganze drei Minuten älter und besitzt somit viel mehr Lebenserfahrung. Damit zieht sie Nicole ganz gerne mal auf, aber nur aus Spaß.

Kein Wunder, dass der Abend lange gedauert hat und Jassy nun erschöpft ist. Aber ich muss sie wach bekommen, immerhin steht in wenigen Stunden der Tagesritt ins Gelände bevor.

„Was ist denn los?", brummt Jassy und reibt sich die Augen. „Es ist noch viel zu früh, um aufzustehen. Du bist doch sonst der größte Morgenmuffel."

„Wir müssen in den Stall", dränge ich meine beste Freundin. „Und Starlight und Pepper striegeln und satteln. Wir haben noch zwei Stunden bis zum Frühstück, das muss reichen, um aus mir eine Westernreiterin zu machen."

Mit einem Schlag ist Jassy hellwach. „Ein geheimer Ausritt!" Ihre Augen strahlen. „Da bin ich dabei!"

Verunsichert runzle ich die Stirn. Ein wenig vermute ich ja, dass Jassy den Ernst der Lage nicht ganz begreift. Wie würde es ihr gefallen, vor dem süßesten Jungen weit und breit als Lügnerin enttarnt zu werden?

Aber weil Jassy Abenteuer liebt, dauert es kaum zehn Minuten, bis sie sich in ihre Reithose geworfen hat und wir auf leisen Sohlen zum Stall schleichen. Die gemütliche Starlight schläft noch in der Hütte neben dem Offenstall, während Pepper schon im Galopp seine Runden dreht.

Richtig toll sieht das aus. Die Morgensonne lässt Peppers braune Mähne funkeln, während sich seine Hufe bei jedem Schritt in den Sand bohren. Ein richtiges Kraftpaket, mein Ferienpferd. Auch wenn er mich nicht ganz ernst zu nehmen scheint, würde ich kein Pferd hier lieber reiten wollen. Irgendwie stimmt die Chemie zwischen uns.

Als er mich sieht, schnaubt er fröhlich, nur um dann wieder seine übliche Show abzuziehen: Er trabt ein paar Schritte auf mich zu, bis er sich wieder in ein Büschel Gras verbeißt, als hätte er nicht das geringste Interesse an mir. So ein Frechdachs!

Diesmal lasse ich mich nicht von ihm veräppeln. Es reichen schon wenige Sekunden, in denen ich mich umdrehe und auf mein Handy starre, schon spüre ich Peppers haarige Schnauze auf meinem Rücken, die zärtlich auf- und abfährt, als fordere er plötzlich meine Aufmerksamkeit.

„Genug gekuschelt. Wir starten mit dem Unterricht", unterbricht uns Jassy streng, die einen Westernsattel aus der Sattelkammer schleppt. „Westernreiten hat sich aus der Arbeitsreitweise der Cowboys entwickelt. Für die gehörte es zum Alltag, lang im Sattel zu sitzen. Deshalb brauchten sie ein ausdauerndes Pferd mit bequemen Gängen, damit sie es möglichst lang im Sattel aushielten."

Ich wiederhole im Kopf die neuen Infos, während Jassy Pepper zum Offenstall führt. Nachdem wir ihn gestriegelt und seine Hufe gesäubert haben, versuche ich, ihn diesmal selbst aufzuzäumen. Peppers Ausrüstung stellt mich zwar vor tausend Rätsel, doch irgendwie schaffen wir es doch, endlich loszureiten.

„Und wohin geht es jetzt?", will ich wissen und tätschele Peppers braunes Fell. Der Wallach ist kaum stillzuhalten und strotzt heute nur so vor Energie. Wie von selbst bahnt er sich seinen Weg ins Wäldchen, wo wir gestern Jonas getroffen haben. „Wie gestern, an den Hütten vorbei?"

„Und die anderen mit Hufgeklapper aufwecken? Da könnten wir doch gleich ans Schwarze Brett kleben, dass wir die Pferde geklaut haben und einen geheimen Ausritt unternehmen." Sie grinst. „Achtung, dringende Bekanntgabe! Jassy und das Mädchen mit dem falschen Namen haben zwei Pferde gestohlen."

Wir kichern. Jassys Temperament ist einfach mitreißend, auch wenn manche ihrer Ideen ein wenig unvernünftig sind. Oder gefährlich. Oder beides.

„Wir verlassen also das Gelände der Ranch? Ohne Trixi vorher zu fragen?", vergewissere ich mich, obwohl ich die Antwort schon ahne.

„Erste Lektion im Westernreiten." Jassy grinst und öffnet mit ihren Stiefeln geschickt das Tor. „Reiten auf offener Prärie."

Auf den Kornfeldern rings um die Moonlight

Ranch fühlt man sich, als wäre man der einzige Mensch auf der Welt. Hier gibt es weder breite Straßen noch Häuserschluchten oder überfüllte Kaufhäuser, wie zu Hause in der Stadt. Bloß weit in der Ferne schmiegt sich ein alter Backsteinbau mit verwildertem Garten zwischen die Felder – das einzige Zeichen von Zivilisation.

„Nun die nächste Lektion", fährt Jassy mit unserem Crashkurs fort. „Im Westernreiten reitet man einhändig. Das kommt daher, dass die Cowboys eine Hand frei brauchten, um das Lasso zu halten."

Ach so. Das macht Sinn. Vorsichtig fasse ich die Zügel in der Mitte zusammen und tue so, als würde ich mit der übrigen Hand ein Lasso schwingen. Das funktioniert schon ganz gut, obwohl ich keinen Schimmer habe, wozu ich die freie Hand ohne echtes Lasso verwenden soll.

„Nächste Lektion: Befehle an das Pferd. Westernpferde sind darauf trainiert, bei einer Hilfe sofort zu reagieren. Anders als beim herkömmlichen Reiten bleiben die Tiere dann ohne weitere Einwirkung des Reiters in diesem Tempo. Bis du ihnen neue Hilfen gibst."

„Wie praktisch", sage ich und nicke anerkennend. Jetzt, wo Jassy es erwähnt hat, fällt es mir auch auf: Westernpferde arbeiten eigenständig und reagieren auf kleinste Gewichts- und Schenkelhilfen. Mal abgesehen von Pepper, der es sich immer wieder mal zur Aufgabe macht, sich meinem Willen zu widersetzen.

Aber das verzeihe ich ihm gerne, immerhin ist der braune Wallach das schönste Pferd im Stall. Mit seiner glänzenden Mähne und dem gleichmäßigen Fell könnte er glatt für eine Winnetou-Verfilmung herhalten.

„Prima. Weiter so", lobt mich Jassy, als ich mich nach einer Stunde endlich an das einhändige Reiten, das Sattelhorn und die langen Steigbügel gewöhne. „Du und Pepper seht inzwischen aus wie ein richtiges Western-Duo."

Ich grinse bis über beide Ohren, als mir etwas klar wird: Womöglich ist es gar nicht wichtig, perfekt zu reiten. Wenn ich auf einem wunderschönen Pferd wie Pepper sitze, wer bitte schön hat dann noch Augen für meinen Reitstil?

Howdy, Neulinge!

Pünktlich um acht haben sich alle Urlauber im Speisesaal versammelt und lassen sich ihr Frühstück schmecken. Ganz nach amerikanischer Art gibt es heute fluffige Pancakes mit Ahornsirup.

Endlich lerne ich auch Jim Jackson, Trixis Ehemann kennen. Jim ist Amerikaner und hat Trixi vor vielen Jahren kennengelernt, als sie als Aupair-Mädchen in den USA gejobbt hat. Obwohl Jim seit zwei Jahren hier in Deutschland lebt, sieht er immer noch aus wie ein waschechter Cowboy: lange Haare, ausgefranste Jeans und Stiefel, die den Eindruck machen, als hätte Jim darin die Wüste durchquert.

„Howdy", begrüßt er uns, nachdem die Anfänger zu den Übungsstunden aufgebrochen sind. „Seid ihr bereit für einen Tagesritt in die Mountains?"

Ich schlucke. Mountains? Gibt es hier wirklich Berge? Als wir nach draußen gehen, um die Pferde zu satteln, baut sich ein Bild von felsigen Klippen vor mir auf, die ich einhändig auf Peppers Rücken erklimmen muss. Irgendwo in der Ferne hüpft ein

Steinbock und pfeift ein Murmeltier, während ich mich vor Jonas gewaltig zum Deppen mache.

Als wir losreiten, bin ich dermaßen verunsichert, dass ich Jonas fragen muss, wohin unser Tagesritt geht. Und ob ich nicht besser Sunblocker wegen der starken Sonnenstrahlen auf den Bergen hätte einpacken sollen.

„Mountains?" Jonas lacht. „Du meinst bestimmt die Maulwurfshügel da drüben? Den Gipfel erreicht man über eine befestigte Straße in knapp zehn Minuten. Sogar meine Oma reitet da manchmal rauf. Auf einem Pferd, das fast so alt ist wie sie."

Ich muss kichern. Dass Jonas' Oma ein Pferd besitzt, das tatsächlich so alt ist wie sie selbst, halte ich zwar für Schwachsinn, trotzdem bin ich beruhigt.

Aber kaum entspanne ich mich und genieße den Ritt, droht auch schon die nächste Gefahr. Jim reitet gut gelaunt an meine Seite. Offensichtlich hat ihm Jonas von meiner Zeit auf der Farm in Texas erzählt.

„Wahnsinn! Was für ein Zufall", lacht Jim. „Ich bin auch in Texas geboren. Wo genau lebt deine Tante?"

Meine Ohren werden ganz heiß und ich sehe mich Hilfe suchend nach Jassy um. Leider bildet meine Freundin das Schlusslicht unserer sechsköpfigen Gruppe und steckt außerdem gerade in einem Mädchentratsch mit Nina und Nicole fest. Wenn mich nicht alles täuscht, geht es um Sven.

Oh Mann. Sieht aus, als wäre ich auf mich allein gestellt. Jetzt heißt es improvisieren!

„Meine Tante ... wohnt in einem ganz kleinen Dorf", rette ich mich mit einer spontanen Idee. „Es heißt ... äh ... Little Rock. Bestimmt kennen Sie das nicht."

Little Rock. Ich bin ein Genie. Bestimmt gibt es eine Million Dörfer in Amerika mit diesem Namen.

Außerdem weiß ich, dass Texas riesig ist. Viel größer als Deutschland. Jim müsste schon ein Landkartenexperte sein, wenn er wüsste, wo die alle genau –

„Little Rock!", ruft er. Sein Tonfall lässt mich zusammenzucken. „Ich fasse es nicht! Das kenne ich doch. Wie sagt man bei euch in Deutschland? Die Welt ist ein Dorf."

„Oh echt. Was für ein Zufall!" Ich grinse gequält und hoffe, dass wir bald den Hügel erklommen haben. Jetzt kann es doch nicht mehr weit sein.

Doch Jim lässt nicht locker. „In Little Rock gibt es viele Farmen, nicht wahr?" Er strahlt mich an. „Welche Rinder hält denn deine Tante?"

Rinder? Jede Faser meines Körpers zittert. Ich habe keine Ahnung von Rindern. Was soll ich nur sagen? Und warum ist Jassy nicht da, wenn man sie braucht? Im Gegenteil zu mir hat sie schon mal Urlaub in Amerika gemacht.

„Äh. Braune", erkläre ich nach einer Weile und versuche, selbstbewusst zu klingen. „Einige hatten auch geschecktes Fell. Eigentlich gab es alle möglichen Rassen. Meine Tante legt sich nicht so gerne fest."

„Kühe oder Bullen? Oder beides?"

„Bullen. Richtig große fette." Langsam wird es echt anstrengend. „Ich musste sie ständig zur Weide treiben und abends wieder reinholen, um sie zu melken. Knochenjob."

Eine Pause entsteht. Jim setzt an, um etwas zu sagen, doch dann schweigt er und sieht mich verblüfft von der Seite an. Ha! Da staunt er, der alte Cowboy! Dass ein dreizehnjähriges Mädchen wie ich mit ausgewachsenen Bullen klarkommt, hört er wohl nicht alle Tage.

Ich werfe ihm zum Abschluss einen triumphierenden Blick zu, dann sehe ich zu, dass ich Land gewinne. Wie beiläufig bringe ich Pepper in den Schritt und warte, bis die anderen zu mir aufschließen. Hinten bei Jassy fühle ich mich sicherer.

Nach einer Stunde haben wir den Hügel erklommen und machen Pause. Pepper, Starlight und die anderen Pferde grasen eine Grünfläche ab, während wir im Gras sitzen und Erdnussbutter-Sandwiches verdrücken.

Endlos weit blickt man von hier. Wäldchen und

Felder unter unseren Füßen wechseln sich ab und wirken wie ein bunter fleckiger Teppich. Dank der sanften Brise spürt man auch die Hitze nicht so sehr. Jonas hat sich neben mich gesetzt und erzählt mir schon seit einer Weile Geschichten aus seiner Schule, während Nina und Nicole einen Sack Karotten an die Pferde verfüttern.

Zum Glück hat mich Jim seitdem in Ruhe gelassen. Hie und da wirft er mir neugierige Blicke zu, aber ich achte nicht darauf. Hier am Rand der Wiese neben Jonas zu sitzen, finde ich ohnehin viel spannender.

„Weißt du, normalerweise hänge ich mit Mädchen, die hier auf Urlaub fahren, nicht so gern ab", gibt Jonas zu und kaut an einem Grashalm rum. „Dreizehnjährige sind mir zu jung. Dir nicht auch?"

„Wie meinst du das?", will ich wissen. Jetzt stehe ich aber auf der Leitung. Soweit ich weiß, besuchen Nina und Nicole dieselbe Schulstufe wie Jassy und ich. Bis auf wenige Monate Unterschied sind wir gleich alt. Allesamt dreizehn.

„Sagtest du nicht, du bist fünfzehn, so wie ich?", fragt Jonas prompt. Einen Moment sieht er mich ernst und abwartend an.

„Doch. Klar", erwidere ich wie aus der Pistole geschossen. Fast ein bisschen zu schnell. Ich bin mal wieder völlig aus dem Konzept. „Fünfzehn. Hatte eben Geburtstag."

„Das ist gut", meint Jonas zufrieden. Er verschränkt die Arme hinter dem Kopf und lässt sich entspannt ins Gras fallen. „Mit jüngeren Mädchen lasse ich mich nämlich nicht ein. Ich finde, die haben einfach zu wenig Lebenserfahrung."

Meine Wangen beginnen zu brennen und ich kann spüren, wie mein Gesicht immer röter wird. Diesmal ist nicht die Hitze, sondern Jonas schuld. Will er sich *mit mir einlassen*? Was meint er bloß damit?

„Tut mir leid", meint Jonas nach einer Weile und setzt sich auf. Plötzlich klingt er nicht mehr so selbstsicher. „War ich zu direkt? Ich dachte, uns wäre beiden klar, dass wir … uns gut verstehen."

Jetzt bin ich vollends sprachlos. Jonas' Offenheit bringt mich aus der Fassung. Ich hatte zwar noch nie einen Freund, aber in Filmen läuft das immer anders ab. Da redet niemand direkt über seine Gefühle. Filme bestehen aus einer Reihe von Missverständnissen, bis sich die beiden Helden am Ende rührselig in die Arme fallen.

„Nun, da du Bescheid weißt, hast du ja vielleicht mal Lust, etwas zu unternehmen", bietet mir Jonas an und klingt wieder so souverän wie eh und je. „Nur wir beide. Dein Leben hört sich so spannend an. Ich würde gern mehr darüber erfahren."

Mit großen Augen starre ich ihn an. Eine Verabredung? Halb erwarte ich, dass Jonas plötzlich loslacht, als hätte er sich einen Scherz mit mir erlaubt. Oder mich im nächsten Moment bittet, ihm als Gegenleistung mit den Hausaufgaben zu helfen. Oder Samurs Stall von Pferdeäpfeln zu befreien. Ich warte und warte, aber nichts davon passiert.

„Äh ... klar!", sage ich schließlich möglichst locker, als erhielte ich alle Tage mindestens eine Verabredungsanfrage. Ich darf auf keinen Fall so klingen, als wäre das meine erste Verabredung. Wie peinlich wäre das denn?

„Was ist mit Samstag?", schlägt er vor und blickt mir dabei tief in die Augen. „Im Stall? Wir könnten erst auf Samur und Pepper ausreiten und danach lernen wir uns besser kennen. Ich kümmere mich um alles. Ja?"

„Das wäre klasse." Ich versuche cool zu wirken, doch mein Gesicht strahlt mit der Sonne um die Wette.

Kann Jonas Gedanken lesen? Ein gemeinsamer Ausritt, so stelle ich mir ein Date vor. Wir beide, umgeben von Samur, Pepper und wunderbarem Pferdegeruch.

Während des Abstiegs schwebe ich auf Wolke sieben, fast so, als hätte jemand Peppers Sattel mit Watte ausgepolstert. Mein erstes Treffen zu zweit, und dann auch noch mit einem Jungen wie Jonas. Keine Frage, es war echt die beste Idee meines Lebens, hierher mitzufahren.

Außerdem scheint Pepper mehr und mehr Vertrauen zu mir zu fassen. Hier und da versucht er allerdings noch, mir kleine Streiche zu spielen. Wie vorhin, während der Pause, als er sich von hinten angeschlichen und mit der Schnauze einen Apfel aus meiner Pausenbox geklaut hat. Den hatte ich doch eigentlich selbst essen wollen!

Trotzdem bin ich von Stunde zu Stunde mehr in ihn verschossen. In der kurzen Zeit ist er schon zu einem richtig guten Freund für mich geworden. Aber so ist das bei mir oft. Mit Vierbeinern freunde ich mich schneller an als mit Menschen.

„Hab ich vorhin richtig gehört?", unterbricht Jassy meine Gedanken, die nun auf dem Weg zur Ranch neben mir reitet. „Du und Jonas habt eine Verabredung? Mit Knutschen und Händchenhalten und so?"

Verlegen kraule ich Peppers Mähne. Meine Freundin hat Augen und Ohren wie ein Luchs. Jede Wette, dass sie mal Karriere als Spionin machen wird.

„Kann schon sein", gebe ich zu und grinse süffisant in mich hinein. Gerade jetzt fällt mir ein, dass Jassy Jonas schon viel länger kennt als ich, immerhin macht sie doch seit Jahren auf der Moonlight Ranch Urlaub. „Denkst du, er hatte schon mal eine Freundin?"

Jassy schenkt mir ein zweideutiges Lächeln. „Eine? Seine kürzlich Verflossene war Exfreundin

Nummer drei. Sie war Französin und jobbte sogar als Model für einen Pferdemoden-Katalog. Doch in Wahrheit konnte sie Pferde nicht ausstehen. Letzten Sommer hat Jonas entdeckt, dass Chantal geflunkert hat, und war stinkwütend! Es gab einen Riesenkrach und nun sind die beiden getrennt. Schlimm, nicht wahr?"

Ich schlucke. Einen kurzen Moment lang dreht sich alles und ich glaube, von Peppers Rücken zu plumpsen. Habe ich Jonas nicht genauso fies belogen? Eigentlich ist meine Lüge noch viel schlimmer – er ist fasziniert von einem Mädchen, das es gar nicht wirklich gibt!

„Rosie? Was ist denn? Du siehst ja plötzlich ganz blass aus", stellt Jassy leise fest. „Alles okay mit dir?"

Aufgeregt knabbere ich an meinem Fingernagel. „Mir geht's gut", flunkere ich. „Ich bin bloß ... nervös. Wegen dem Treffen mit Jonas."

„Ach so!" Das scheint Jassy einzuleuchten und schon legt sie los mit einer langen Reihe von Dating-Tipps.

Ich bin immer noch so abgelenkt, dass ich gar nicht wirklich hinhöre. Beunruhigt dirigiere ich schließlich Pepper auf der Ranch in Richtung Stall und reite dabei um einen kleinen Reisebus, der mitten im Hof geparkt hat.

Ja, richtig, Trixi hat am Morgen angekündigt, dass heute neue Urlauber eintreffen.

Aber ich habe keine Lust abzusteigen, um die neuen Mädchen und Jungs zu begrüßen, sondern will weiter über Jonas nachgrübeln. Auch wenn er nicht die ganze Wahrheit über mich kennt, muss ich seine Einladung einfach annehmen. So eine Chance bekomme ich womöglich nie wieder. Wenn man bedenkt, dass es bisher in meinem Leben nur Trantüten gab. Jungs, die mich ständig auf die Schaufel genommen haben.

Jungs wie –

Meine Gedanken stoppen. Ein blonder Junge huscht hinter dem Bus hervor. Dann geht alles ganz schnell: Pepper erschrickt, wiehert aufgeregt und steigt.

Ich verliere die Kontrolle. Mein rechtes Bein rutscht aus dem Steigbügel, doch ich klammere mich mit aller Kraft am Sattelhorn fest.

„Pepper!" Zum Glück ist Jassy nicht weit. Sie schnappt den Wallach an den Zügeln und streichelt sanft seinen verschwitzten Hals. „Beruhige dich, Pepper", redet sie auf ihn ein. „Ist ja alles in Ordnung."

Pepper gehorcht. Immer noch wirkt er aufgeregt, bläht die Nüstern und scharrt mit den Hufen, doch Jassy hat ihn im Griff.

Was zum Geier hat ihn nur so erschreckt? Warum musste denn dieser Junge so plötzlich hinter dem Bus hervorspringen? Hat der denn keine Augen im Kopf?

Als ich von Pepper klettere, schrauben sich meine Augen an dem Jungen fest. Das gibt's doch nicht!

Plötzlich ist mir, als würde sich der Boden unter mir auftun und mich tief nach unten ziehen.

Vor mir steht Tom. Der Tom aus meiner Schule. Mein ganz persönlicher Staatsfeind Nummer eins. Ausgerechnet hier, auf der Moonlight Ranch!

„Was in aller Welt macht ihr denn hier?", wundert er sich und lässt seine Reisetasche in den Sand fallen. „Macht ihr etwa auch hier Reiturlaub?"

Jassy fängt sich schneller als ich. „Nö, du Idiot, wir sitzen hier die Pferde", feuert sie zurück und versetzt dem verwirrten Tom einen lockeren Klaps auf den Oberarm. „Jetzt mal im Ernst. Klar machen wir hier Urlaub, was denn sonst? Aber was mich viel mehr verwundert: du anscheinend auch!"

Tom blickt verlegen zu Boden. „Tja, jetzt wisst ihr es. Ich reite. Und es macht mir sogar ziemlich großen Spaß."

Verdattert stehe ich daneben, halte Peppers Zügel und frage mich, was dieser neue Ausdruck in Toms Gesicht bedeutet. Das ist ja Verlegenheit! Spinne ich oder ist es ihm peinlich, dass wir nun wissen, dass er Pferde mag?

„Ich reite auch", erwidert Jassy und baut sich breitbeinig vor ihm auf. „Und Rosie natürlich auch. Richtig gut sogar."

Tom schweigt und lässt seine Augen zu mir wandern. Seine Verlegenheit ist plötzlich verschwunden und hat einem neuen Ausdruck Platz gemacht.

„Das sehe ich, Strickrosie", lacht er frech und zwinkert mir zu. Der Tom, den ich aus der Schule kenne, ist soeben wieder zurückgekehrt. „Rodeoreiten hast du bereits drauf."

Feind im Anmarsch

„Das war heute der absolute Wahnsinn, nicht wahr, Sally?", strahlt Nina und nimmt einen Löffel von ihrem Bananensplit. „Einsame Felder, die goldene Nachmittagssonne, der tolle Ausblick vom Hügel. In unserem Viertel in Köln gibt's nur Betonwüste."

Nicole nickt. „Aber Tagesritte durch die Natur kennst du ja aus Amerika zur Genüge, oder? Wie ich dich beneide. Denkst du, ich könnte deine Tante auch mal besuchen?"

„Wie? Was?" Gedankenverloren habe ich den Misthaufen hinter Trixis Terrasse niedergestarrt und den Zwillingen nur mit halbem Ohr zugehört. Zum Glück habe ich den letzten Teil gerade noch mitbekommen.

„Äh, nein, geht leider nicht", rette ich mich. „Meine Tante ist extrem schüchtern. Weil sie so einsam wohnt, ist sie andere Menschen nicht gewöhnt. Die flippt schon aus, wenn der Postbote klingelt."

Puh. Gerade noch gut gegangen.

Seit Tom heute Nachmittag aufgekreuzt ist,

schweifen meine Gedanken leider ständig ab. Immer muss ich daran denken, was ich jetzt bloß machen soll. Denn Tom hat nicht die leiseste Ahnung, welche Show Jassy und ich abziehen, doch bestimmt wird ihm bald auffallen, dass etwas nicht stimmt. Tom ist zwar blöd, aber leider nicht dumm.

Was bedeutet, dass es für mich drei Möglichkeiten gibt. Die erste wäre, alles sofort zu beichten. Nina, Nicole und allen anderen reinen Wein einzuschenken. Was bedeuten würde, dass auch Jonas mitbekäme, dass ich ihn angeflunkert habe.

Keine so gute Option.

Nächste Möglichkeit: Pepper satteln, Vorräte einpacken und mich mit ihm für die übrigen eineinhalb Wochen irgendwo im Wäldchen verstecken. Problem ist nur, dass dann vermutlich die Polizei mit Spürhunden nach uns suchen würde. Außerdem gibt es im Wald winzige Krabbeltiere. Brrr.

Dritte, letzte und gleichzeitig aussichtsloseste Option: Tom einweihen und ihn bitten, dichtzuhalten. Problem: Eher würde sich Tom ein Bein abschneiden, als Jassy und mir zu helfen. Und selbst wenn Tom Mitleid hätte – die Rolle der Lachnummer des Jahres wäre mir in der 7a sicher.

„Nachschlag?", holt mich Jassy ins Hier und Jetzt zurück und hält mir einen Löffel Vanilleeis hin. „Die Eiscreme ist echt oberlecker."

Dankend lehne ich ab und schiebe den leeren Eisbecher von mir weg. Ich war so sehr in meine Gedanken vertieft, dass ich gar nicht mitbekommen habe, wie die Zwillinge ihr Eis fertig gelöffelt haben und von der Veranda aufgestanden sind, um sich für das Abendessen umzuziehen. Endlich kann ich mit Jassy offen sprechen.

„Warum in aller Welt haben wir nur so großes Pech?", jammere ich und begleite Jassy zu den Ställen, nachdem wir uns um das schmutzige Geschirr gekümmert haben. „Warum muss ausgerechnet Tom hier aufkreuzen? Kann er sich nicht einen anderen Platz für den Urlaub aussuchen?" Wütend kicke ich einen Kieselstein von mir weg. „Zum Beispiel Sibirien?"

„Schon abgefahren", überlegt Jassy und klettert übers Gatter in den Offenstall zu Pepper und Starlight. „Tom mag Pferde. Wer hätte denn das gedacht?"

„Das macht Tom auch nicht netter", stelle ich fest und marschiere geradewegs auf Pepper zu. Mein Lieblingspferd hat seine Schnauze gerade in seine Tagesration Müsli vergraben, doch kaum berühre ich ihn sanft am Hals, sieht er zu mir hoch. Mit warmen Augen blickt er mich an, als wüsste er, wie ich mich fühle. Er scheint zu spüren, dass ich miese Laune habe und mir nicht nach Streichen zumute ist. Da soll noch mal jemand behaupten, Pferde besäßen keine Intuition.

„Gerade jetzt muss Tom auftauchen", flüstere ich in Peppers Ohr. Es tut gut, mich ihm anzuvertrauen. „Jetzt, wo ich endlich Teil einer richtigen Clique bin. Einer Clique mit tollen Mädchen, die allesamt Pferde lieben und genauso ticken wie ich."

Ich will das alles nicht aufgeben. Vor Verzweiflung balle ich die Fäuste.

Jassy legt die Hand sanft auf meine Schulter. „Bleib locker, Rosie", macht sie mir Mut. „Mach dir keinen Kopf wegen Tom. Wir gehen ihm einfach aus dem Weg. Dann ist dein Geheimnis sicher." Sie lächelt mich aufmunternd an. „Die Moonlight Ranch ist wirklich groß genug für euch beide."

Drei Tage lang ist alles in Ordnung. Mit Jassys Hilfe schaffe ich es, Tom aus dem Weg zu gehen. Vorgestern haben wir einen Ausflug ins Dorf unternommen, um einzukaufen, und gestern haben wir uns freiwillig gemeldet, um mit Jim eines der Pferde zum Tierarzt zu bringen.

Für heute Nachmittag haben die Jungs beschlossen, einen Ausritt in die Stadt zu unternehmen. Auf der Anmeldeliste, die beim Frühstück durchgegeben wurde, stand auch Toms Name. Als ich das gesehen habe, musste ich innerlich jubeln. Was für ein Glück.

„Mach mal lauter", bittet Jassy und schiebt sich ihre pinke Sonnenbrille ins Haar. „Das ist doch der neue Song von Lady Gaga. Der totale Ohrwurm!"

Ich drehe Jassys batteriebetriebenes Radio lauter und singe aus voller Kehle mit. Endlich habe ich wieder richtig gute Laune. Vorhin haben wir die Zwillinge gefragt, ob sie Lust hätten, heute am Badesee mit uns rumzuhängen. Nun haben wir unsere Strandtücher ausgebreitet, lesen Pferdezeitschriften und hören dabei unsere Lieblingsmusik.

„So stelle ich mir Urlaub vor", lache ich zufrieden und male mir mit dem Finger ein Smiley aus Sonnencreme auf den Bauch. „Pferde, Sonne, baden gehen."

„Außerdem ist es am See viel schöner ohne Jungs", stellt Jassy fest. „Kein kindisches Rumalbern, niemand, der Köpper ins Wasser macht, niemand, der Wasserflaschen mit Seewasser füllt und uns über die Rücken gießt. Und vor allem Ruhe –"

In diesem Moment höre ich hinter mir ein lautes Gekreische. Erst denke ich, es kommt aus dem Radio, doch dann wird mir klar, dass das unmöglich Lady Gaga sein kann. Eine Horde Jungs stürmt in Badehosen über unsere Liegewiese. Wie eine Meute Irrer schubsen sie sich zur Seite, um als Erster unter lautem Getöse in den Fluten zu landen.

„Was zur ...", fluche ich verärgert. Ein pummeliger Junge hüpft mit voller Wucht auf meine Tube

Sonnencreme, deren gesamter Inhalt sich jetzt im Gras verteilt.

„Sind die komplett durchgeknallt? Ich dachte, die wollten auf den Pferden in die Stadt reiten?", ärgert sich Nina und sieht zu, wie die Jungs im knietiefen Wasser eine Wasserschlacht veranstalten.

Ich schiebe meine Sonnenbrille auf die Nase und versuche zu erkennen, wer da im Wasser tobt. Links hinten, der Junge, der eben einen Rotschopf von der Luftmatratze kickt, ist Paul aus Bremen, der sich nicht im Geringsten für Pferde interessiert. Seine Eltern züchten die Tiere und hatten gehofft, der Urlaub würde sein Interesse wecken. Pustekuchen!

Dann ist da Jürgen aus München, der am zweiten Tag schon betrübt auf der Veranda saß, weil er seine Eltern vermisst. Dabei ist er schon vierzehn!

Weiter hinten entdecke ich endlich Jonas. Er ist auf einen der Bäume geklettert und angelt sich eines der Seile, die von den oberen Ästen baumeln. Toll sieht das aus, wie er da oben steht und seine Haare golden in der Sonne schimmern.

„Hey, da oben steht Tarzan", kichert Nina. „Gleich springt er!"

„Von so hoch oben?" Nicole runzelt die Stirn. „Ist das nicht etwas gefährli–"

„Hallo, Mädels", ertönt eine Stimme hinter uns. Im selben Moment trifft ein harter Wasserstrahl meinen Rücken. „Schon lange nicht mehr gesehen."

Wie vom Blitz getroffen fahre ich herum. Tom hat sich auf unser Handtuch gesetzt und lässt seine Wasserpistole wie ein Cowboy um seinen Finger rotieren.

Sein Anblick versetzt mir einen Schock. Den Nachmittag über habe ich erfolgreich verdrängt, dass Tom auch hier Urlaub macht, doch nun wird es mir wieder bewusst, wenn ich ihn vor mir sehe: seine blonden Haare, die wirr vom Kopf stehen, die funkelnden grünen Augen und die Grübchen um die Mundwinkel, wenn er uns schadenfroh angrinst. So wie jetzt.

„Heute gar nicht im Delfinpullover unterwegs?", zieht mich Tom auf.

Anstatt zu antworten, starre ich ihn erschrocken an und mein Atem setzt für einen Moment aus. Es ist so weit. In wenigen Momenten erfahren die Zwillinge, dass ich nicht halb so aufregend bin wie das Mädchen, das ich gerne sein würde. Auf Wiedersehen, Sally. Willkommen zurück, Rosie.

Grinsend wendet Tom sich Nina und Nicole zu. „Wisst ihr, Rosalie ist in unserer Schule bekannt dafür, dass sie sich hie und da modische Fehltritte erlaubt ..." Plötzlich bricht Tom ab und reibt sich das linke Auge. „Autsch!", schreit er. „Jassy, bist du jetzt total durchgeknallt?"

Ich liebe meine beste Freundin! Geistesgegenwärtig hat sie sich Toms Wasserpistole geschnappt und ihm damit ins Gesicht gefeuert. Dank Jassys Wasserdusche hat Tom plötzlich vergessen, was er sagen wollte, und liefert sich mit Jassy eine Wasserschlacht am Seeufer.

„Schräger Typ", stellt Nina fest und lässt sich wieder aufs Handtuch plumpsen.

Nicole nickt. „Warum nennt der dich eigentlich Rosalie? Hat er nicht mitbekommen, dass du anders heißt?" Sie nimmt ihre Sonnenbrille ab und sieht mich gespannt an. Auch Nina zieht erwartungsvoll die Augenbrauen hoch.

Das ist der Moment: der Moment, in dem ich alles beichten könnte. Nina und Nicole würden bestimmt nichts mehr von mir wissen wollen, aber zumindest müsste ich keine Rolle mehr spielen. Und ich bräuchte auch nicht mehr Samiras Klamotten tragen. Bei den Temperaturen sind hautenge Jeans nämlich ganz schön unbequem.

Meine Lippen öffnen sich, aber ich bringe keinen Ton heraus. Es ist, als hätte mir jemand die Kehle zugeschnürt.

„Da... das ist bloß ein dummer Scherz von ihm", rede ich mich stattdessen heraus. „Um mich zu ärgern, nennt er mich öfter mal Rosalie. Irgendein schräger Tick von ihm." Ich verdrehe die Augen. „So war Tom schon immer. Ist vermutlich angeboren."

Einige Sekunden verstreichen, doch dann wandert ein breites Grinsen über Ninas Lippen. Sobald Nina mir glaubt, dass Tom ein Rad abhat, würde auch Nicole nicht widersprechen.

„Was für ein verrückter Typ." Fassungslos schüttelt Nina den Kopf. „Bestimmt ist er in deiner Schule mächtig unbeliebt."

Verbündeter gesucht

„Hattest du schon mal das Gefühl, dass du auf eine riesige Katastrophe zusteuerst, der du nicht entkommen kannst?", frage ich und lasse mich auf einen Haufen Stroh in Peppers Offenstall fallen.

Natürlich bekomme ich keine Antwort. Und mit ziemlich großer Sicherheit hat Pepper auch keinen Schimmer, was ich meine. Trotzdem tut so ein stiller Psychiater wie Pepper manchmal gut. Sein warmes Fell, seine Kulleraugen und die Art, wie er seine Ohren dreht, wenn ich spreche, reichen mir schon aus, um mich besser zu fühlen.

Vorhin habe ich beschlossen, Tom in mein kleines Geheimnis einzuweihen. Ich habe zwar nicht viel Hoffnung, dass er tatsächlich dichthält, aber einen Versuch ist es wert. Vielleicht schlägt unter seiner rauen Schale doch ein Herz. Immerhin steht Tom auf Pferde. Und Jungs, die Pferde mögen, können doch keine schlechten Menschen sein, oder?

Ich füttere Pepper mit einer Karotte, striegele sein Fell und drücke ihm zum Abschluss noch einen Kuss auf die Nüstern. Dann mache ich mich auf den Weg am Haupthaus vorbei, über den Hof bis ins Wäldchen zu unserer Hütte.

Inzwischen ist es Abend rings um die Moonlight Ranch. Auf den Feldern zirpen die Grillen, die letzten Sonnenstrahlen blinzeln durch die Bäume und da und dort sind noch Stimmen von Mädchen und Jungs zu hören, die am Seeufer tratschen oder auf der Veranda Karten spielen.

Soeben will ich nach links auf den schmalen Trampelpfad zu unserer Hütte abbiegen, da überkommt mich ein Gedanke. Etwas weiter rechts, in der Nähe des Badesees, befindet sich die Hütte, die Tom gemeinsam mit drei anderen Jungs bezogen hat. Ich könnte ihn doch noch heute in mein Geheimnis einweihen. Immerhin hat Trixi für morgen früh eine gründliche Stallreinigung veranschlagt, wo die ganze Gruppe mithelfen wird. Und diesmal wird Jassy Tom nicht so einfach mit einer Wasserpistole zum Schweigen bringen.

Das Abendessen ist längst vorüber, bestimmt sind die Jungs in ihrer Hütte. Ich müsste einfach nur nach Tom fragen.

Bevor ich es mir anders überlegen kann, schlage ich den Weg zur Hütte ein. Ich muss gar nicht weit gehen, schon bemerke ich den Schein einer Taschenlampe, der mir in der Dämmerung entgegenleuchtet. Auf der Veranda der Hütte sitzt Tom. Er ist ganz alleine und kritzelt im Schein seiner Taschenlampe konzentriert in einen Block.

Hastig verstecke ich mich im Gebüsch und beobachte ihn. Ich weiß noch genau, wie Tom neulich den Comic von Strickrosie gezeichnet und mir an den Rücken gepinnt hat. Schon allein die Erinnerung genügt und mir wird übel. Womöglich malt er gerade eine Fortsetzung?

Mit einem Schlag ändere ich meine Meinung. Wie konnte ich nur so dumm sein und glauben, Tom hätte Mitleid mit mir? Bestimmt lacht er sich krumm und schief, wenn er erst gehört hat, worum ich ihn bitte.

Verärgert stampfe ich mit dem Fuß. So was Dummes aber auch! Musste ich mich ausgerechnet für die Sängerin der *Rocking Roses* ausgeben? Tom weiß, dass ich absolut unmusikalisch bin. Wenn wir im Musikunterricht einen Kanon singen, lässt mich unsere Lehrerin schon gar nicht mehr mitsingen, weil ich immer die Harmonie zerstöre.

Kurzerhand mache ich kehrt und will zurück zu unserer Hütte schleichen, aber da bin ich schon über die nächstbeste Wurzel gestolpert und falle auf die Knie. Ein erschrockenes „Aua" kann ich mir nicht verkneifen.

„Hallo? Ist da jemand?", ruft Tom prompt in meine Richtung und legt den Bleistift zur Seite. Dann kneift er die Augen zusammen und richtet den Lichtkegel seiner Taschenlampe ins Gebüsch.

Oh nein!

Mein Herz klopft mir bis zum Hals. Weglaufen hat keinen Zweck. Inzwischen ist es stockfinster und ich würde mit Sicherheit im nächsten tiefen Graben landen.

„Ich ... äh. Hallo, ich bin's", stottere ich schließlich und stapfe durchs hohe Gras auf Tom zu.

„Rosie?" Tom zieht die Augenbrauen hoch und leuchtet mir direkt ins Gesicht. „Was suchst du denn hier?" Er schneidet eine Grimasse. „Findest du deine Hütte etwa nicht?"

Ich blinzele gegen das Licht. „Nein, du Blödmann, ich weiß sehr wohl, wo ich wohne", blaffe ich zurück. Dann wird mir klar, dass ich Tom besser bei Laune halten sollte, also gebe ich mir einen Ruck. „Darf ich mich kurz zu dir setzen?"

Gleichgültig hebt Tom die Schultern. „Warum nicht?"

Ich schnappe mir einen Stuhl und spähe auf seinen Block. „Was malst du da?", will ich wissen.

Bevor ich einen Blick erhaschen kann, schlägt ihn Tom vor meiner Nase zu. „Nichts", sagt er rasch.

Was soll denn das jetzt wieder? Hatte ich vorhin recht mit meiner Vermutung? Plant er etwa einen neuen Anschlag auf mich? Ich trage heute zwar Samiras kurzen Jeansrock und dazu ein Top mit einem Bild von Madonna drauf, aber vielleicht braucht Tom gar keinen Delfinpullover, um sich über mich lustig zu machen.

Bevor Tom reagieren kann, reiße ich ihm den Block aus der Hand und schlage die erste Seite auf. Doch statt Strickrosie springt mir ein Bild von Herrn Baumeier, unserem Mathelehrer, entgegen.

Dazu müsst ihr wissen, dass wir uns über Herrn Baumeier oft lustig machen. Seine untersetzte Figur, die Knopfaugen und die langen Gliedmaßen haben ihm den Spitznamen „Mathezecke" eingebracht. „Huch, den Typen kenne ich ja", lache ich, jetzt wo ich sehe, dass nicht ich das Opfer von Toms Attacken bin. „Herr Baumeier als Riesen-Zecke. Gut getroffen."

Das ist noch nicht alles. Auf der nächsten Seite begegnet mir die Deutschlehrerin, Frau Klavsky, als seitenfressender Bücherwurm und der Kopf von Herrn Moritz, unserem Biolehrer, auf dem Körper eines Spermiums.

Jungs können so dämlich sein.

Tom setzt ein schmales Lächeln auf und erschlägt eine Stechmücke auf seinem Arm. „Wäre nett, wenn du den Lehrern von den Bildern nichts erzählst, ja?" Er steht auf. „Mach's gut. Ich gehe jetzt schlafen."

„Warte", bremse ich ihn und fasse nach seinem Arm.

„Was?" Befremdet starrt Tom auf meine Finger, die sein Handgelenk umklammern. „Die Mücken piksen mich zu Tode."

Ich gebe mir einen Ruck. „Ich ... wollte dir ein Geheimnis erzählen", beginne ich. „Deswegen bin ich hier. Aber wenn du vor den Mücken flüchten willst, dann verschieben wir es auf –"

„Ich bleibe noch ein Weilchen", unterbricht mich Tom prompt und verscheucht einen Schwarm Mücken. Interessiert beugt er sich näher. „Du sagtest etwas von einem Geheimnis?"

„Ja." Ich zögere. „Aber du musst mir versprechen, dass du nicht lachst, okay?"

Tom verkneift sich ein Grinsen. „Kommt darauf an. Ich weiß nicht, ob ich das versprechen kann."

Ich verdrehe die Augen. Ich muss wohl vergessen haben, mit wem ich es zu tun habe. Tom kann sich über alles und jeden lustig machen. Der geborene Komiker.

„Nun ja." Ich hole tief Luft. „Als ich hier angereist bin, war ich nicht ganz ehrlich zu den anderen", lege ich los. Dann weihe ich Tom in mein gesamtes Lügenkartenhaus ein. Beginnend von der schrägen Zugfahrt bis zu dem Schreck, den ich bekomme habe, als Tom plötzlich vor mir stand.

„Warte mal", rekapituliert Tom und schüttelt ungläubig den Kopf. „Du hast dich für jemanden anderen ausgegeben. Eine Person, die nicht das Geringste mit dir gemeinsam hat?"

Ich nicke und starre auf meine Fingernägel. Wider Erwarten lacht Tom nicht. Im Gegenteil. Er sieht aus, als hätte er nicht den geringsten Schimmer, was hier vor sich geht. Genau wie damals, als die Mathe-Zecke uns unabsichtlich den Test für die zehnte Klasse aufs Pult gelegt hat.

„Ich verstehe nicht, warum du das getan hast." Er runzelt die Stirn. „Was erhoffst du dir davon? Mit einem anderen Namen wirst du wohl kaum besser reiten."

Da hat er recht – aber das war ja auch nicht das Ziel. Immerhin hat mir mein Schauspiel schon eine Verabredung mit Jonas eingebracht. Aber diese Sache will ich vor Tom nicht zugeben. Die abgespeckte Form der Wahrheit muss reichen.

„Ich weiß auch nicht", weiche ich ihm aus und drehe eine blonde Haarsträhne zwischen den Fingern. „Es war eine blöde Idee. Und jetzt ist es zu spät, um aus der Sache wieder rauszukommen."

„Na schön." Tom reibt sich die Stirn. „Dann muss ich dich also in Zukunft Sally nennen. Und von deinen legendären Auftritten mit den *Rocking Roses* erzählen. So hattest du dir das doch vorgestellt, nicht wahr?"

Ich sehe ihn skeptisch an. Ich kann nicht glauben, was hier passiert. Tom hilft mir – einfach so? Dabei habe ich mich schon darauf vorbereitet, Toms Stalldienste zu übernehmen, sein schmutziges Geschirr abzuwaschen und seine Hausaufgaben zu schreiben.

Wo bitte schön ist der Haken an der Sache?

„Du hilfst mir? Meinst du das wirklich ernst?", vergewissere ich mich. „Was ... ist los mit dir, Tom? Bist du krank? Hast du zu viel Sonne abbekommen?"

Im schummrigen Licht legt sich ein Hauch von Rosa über seine Wangen. „Ich helfe dir", versichert er mir und schenkt mir ein zartes Lächeln. Doch dann setzt er wieder sein freches Grinsen auf. „Nur unter einer Bedingung. Keine Menschenseele erfährt von diesem Block."

„Ist das nicht Erpressung?", stammele ich. Das ist wieder ganz der alte Tom, den ich kenne.

„Mir egal." Tom zuckt mit den Schultern. „Wenn jemand von den Lehrern meine Werke findet, ist meine Versetzung in Gefahr. Und ich hab doch schon wiederholt. Also schwör es!"

Ha! Es fühlte sich gut an, etwas gegen Tom in der Hand zu haben.

„Okay." Zum Zeichen meines Eids lege ich die Hand auf Herrn Baumeiers dicken Zeckenkörper, so als wäre ich bei Gericht und der Block die Bibel. „Ich schwöre."

Pferdeputztag auf der Moonlight Ranch

„Ist das dein Ernst?", staunt Jassy, als wir am nächsten Morgen zu den Ställen gehen. „Tom hält dicht? Sag schon, war es schwer, ihn zu überreden?"

„Nö. Nicht wirklich", antworte ich knapp und gehe schnell weiter. Wir sind spät dran, immerhin waren wir schon vor zehn Minuten mit Trixi bei den Ställen verabredet. Heute ist großer Putztag auf der Moonlight Ranch.

„Ist ja seltsam." Verwirrt schüttelt Jassy den Kopf, als könnte sie nicht glauben, was sie da hört. „Ich wollte es zwar gestern nicht zugeben, aber ich war mir sicher, dass Tom uns nie im Leben –"

„Da seid ihr ja", begrüßt uns Trixi und stemmt die Arme in die Hüften. „Ihr seid spät dran. Wir haben für heute den großen Stallputz geplant. Habt ihr den etwa vergessen?"

Ich schüttele den Kopf. Es mag seltsam klingen, aber ich habe mich auf den Putztag heute gefreut. Schon seit meiner ersten Reitstunde miste ich täglich Annabells Stall aus und habe darin inzwischen eine richtige Routine entwickelt.

„Jassy, dich habe ich für den Offenstall von Samur und Joker, unserem Palomino Wallach, eingeteilt", bestimmt Trixi und deutet auf das Stallgebäude gegenüber. Dann wendet sie sich mir zu und drückt mir eine Heugabel in die Hand. „Sally, du bleibst hier und hilfst uns mit Pepper und Starlight. Der Offenstall soll sauber sein und die Pferde so richtig glänzen. Wir haben viel vor."

Enttäuscht winke ich Jassy zum Abschied. Jassy im anderen Stall einzuteilen, obwohl Trixi genau weiß, dass wir dicke Freundinnen sind, ist fies. Kann sie mich tatsächlich nicht leiden? Oder hegt sie womöglich den Verdacht, dass an meiner Geschichte etwas faul sein muss?

Ich schlucke. Womöglich trennt sie mich von Jassy, um mich auszuhorchen. Obwohl Jassy immer wieder das Einmaleins des Westernreitens mit mir durchgegangen ist, habe ich immer noch das Gefühl, keine Ahnung zu haben.

„Hallöchen, Sally", begrüßt mich eine Stimme hinter meinem Rücken. Tom führt Pepper und Starlight aus dem Offenstall und bindet sie am Waschplatz fest. „Scheint, als wären wir beide für diesen Offenstall eingeteilt."

„Hallo", begrüße ich Tom. Ich weiß nicht ganz, ob ich froh oder besorgt sein soll, mit Tom zusammenzuarbeiten. Was ist, wenn er sich die Sache mit unserer Abmachung anders überlegt hat? Beunruhigt sehe ich mich nach Trixi um, doch die verschwindet mit der Schubkarre soeben ins Strohlager und ist somit außer Hörweite.

„Er ist total in dich vernarrt", kommentiert Tom, als Pepper mit seinem weichen Maul meinen Unterarm auf- und abfährt. „Er kuschelt mit dir, um dich zu begrüßen. Da hast du Glück. Ich reite einen Palomino Wallach namens Joker." Er zeigt auf den Stall gegenüber. „Der hat tolles falbfarbenes Fell, aber einen gewaltigen Dickschädel."

„Täusch dich bei Pepper besser mal nicht", widerspreche ich. „Du musst schon bis zum Ende zusehen."

Peppers Begrüßungsritual kenne ich nur zu gut. Dabei handelt es sich um seinen neuesten Streich. Erst nähert er sich unschuldig an und spielt den zahmen Schmusekater, nur um mich danach mit den Zähnen sanft in den Oberarm zu zwicken. So wie heute.

„Autsch", lache ich und kraule Peppers braune Mähne. Jetzt bemerke ich, dass eine Ladung Pferdespeichel auf meinem Arm klebt, dort wo mich Pepper gezwickt hat. Verlegen wische ich es in mein Shirt und warte wie automatisiert, dass mich Tom deswegen auslacht. Bestimmt fallen ihm tausend Spitznamen für mich ein. Sabbertante. Oder Sally Sabbershirt.

Doch Tom lächelt nur und verpasst der verschmusten Starlight eine ausgiebige Kuscheleinheit. Er streicht Starlight über die Nüstern, während die Pinto-Stute ihren Blick genüsslich zu Boden senkt. Richtig liebevoll geht Tom mit der bequemen Pferdedame um. So, als kenne er überhaupt keine Scheu vor diesen riesigen Tieren.

Schon komisch, Tom mit einem Pferd zu sehen. Seit wir uns kennen, dachte ich, Tom wäre ein typischer Junge. Vernarrt in Spielkonsolen, Actionserien und Comiczeitschriften. Mit einem Haustier habe ich ihn mir eigentlich nie vorgestellt. Und wenn, dann mit einem Rottweiler an der Leine.

„Sag mal, besitzt du eigentlich ein eigenes Pferd?", frage ich, was mir gerade in den Sinn kommt. „Du scheinst dich ja bestens auszukennen."

Tom grinst frech und lässt von Starlight ab. „Das überrascht dich, oder?"

„Ziemlich", gestehe ich.

Tom lehnt sich gegen die Mauer am Waschplatz und winkelt ein Bein an. „Meine Eltern arbeiten als Tierärzte", klärt er mich auf. „Papa kümmert sich um alle möglichen Tiere, aber Mama hat sich auf Pferde spezialisiert. Ich durfte sogar schon mal bei einer Fohlengeburt dabei sein. Da staunst du, was?"

Überrascht starre ich ihn an. Tom als Geburtshelfer für ein junges Fohlen? Das hätte ich nie für möglich gehalten. Ziemlich beeindruckend, was seine Eltern da machen. Da kann ich leider nicht mithalten, denn Mama arbeitet als Friseurin und Papa ist bei der Post. So spannende Geschichten gibt's bei uns zu Hause natürlich nicht zu hören.

„Und, wie war die Fohlengeburt?", hake ich nach. Dass ich von Tom in Sachen Pferde noch etwas lernen kann, ist ja die Überraschung des Jahrhunderts! Jassy würde sich kaum einkriegen vor Staunen.

„Unglaublich." Toms grüne Augen strahlen und er schiebt sich eine blonde Strähne aus der Stirn. „Aber auch ganz schön heikel. Mama meinte, das Fohlen lag schief und darum gab es mächtig Komplikationen. Wir dachten, das Kleine würde es vielleicht nicht überleben." Nachdenklich blickt er zu Boden. „Als es dann da war, haben wir vor Erleichterung geheult."

„Geheult?" Ich starre Tom an wie das siebte Weltwunder. Tom hat geheult? Aus Angst um ein kleines Fohlen? Das kann ich mir ja überhaupt nicht vorstellen.

„Aber es war auch ganz schön ekelig." Schon ist der sensible Moment vorbei und Tom setzt wieder seine coole Miene auf. „Lauter Blut, wie in einem Horrorfilm. Du hättest bestimmt gekotzt." Er verzieht das Gesicht. „Aber inzwischen ist das Fohlen wohlauf und fast so groß wie die beiden hier", meint er und zaubert eine Karotte aus seiner Tasche.

Fasziniert sehe ich zu, wie Tom die Karotte teilt und den beiden Pferden je eine Hälfte gibt. Eigentlich stehen ihm Pferde richtig gut. Starlights weiße Mähne harmoniert perfekt mit Toms hellem Teint und den kleinen Sommersprossen um seine Nase. Hmm. Ob Tom wohl auch auf dem Pferderücken gut aussieht?

Sekunde mal. Habe ich gerade gedacht, dass Tom gut aussieht? Verdattert schüttele ich den Kopf. Habe ich denn vergessen, was Tom mir angetan hat? Bloß ein bisschen Tierliebe macht aus einem Fiesling wie Tom doch noch keinen neuen Menschen!

„Was starrst du mich denn so an?", unterbricht Tom meine Gedanken und lässt von Starlight ab. Dann grinst er und beugt sich zu mir hinüber. „Hab ich irgendwas im Gesicht? Habe ich auch Pferdespucke abbekommen?"

Ich verschränke die Arme und blicke Tom finster an. Wenn er vorhat, einfach so Frieden zu schließen, dann ist er aber schief gewickelt! So leicht verzeihe ich ihm die Sache mit Strickrosie ganz bestimmt nicht!

„Nichts. Machen wir uns lieber an die Arbeit", brumme ich halblaut und schnappe mir die Heugabel.

Eisiges Schweigen entsteht zwischen uns. Zum Glück kommt in diesem Moment Trixi mit der Schubkarre zurück, unterbricht die peinliche

Stille und teilt uns zur Arbeit ein. Während Tom die Pferde striegeln darf, kümmern Trixi und ich uns um den verschmutzten Futtertrog.

Eine Weile schrubben wir schweigsam vor uns hin, bis Trixi ihren Schwamm auswringt und mich neugierig ansieht.

„Hast du dein Pferd in Texas denn auch in einem Offenstall gehalten?", will sie wissen.

Ich schüttele den Kopf. Annabell wohnt zu Hause im Reitstall in einer geräumigen Box, gleich neben ihrem besten Kumpel, einem Araber namens Henry. Die breiten Stäbe ermöglichen es den beiden, sich in ihren Boxen ausgiebig zu beschnuppern, aber herumtollen wie Pepper und Starlight können sie natürlich nicht.

Vielleicht sollte ich Frau Klopfer, unserer Hofbesitzerin, diese Offenstall-Idee mal vorschlagen.

„Diese Art von Haltung gibt den Pferden viel Freiraum", erklärt Trixi mir und widmet sich der verkalkten Wassertränke. „Außerdem sind Pferde soziale Tiere, die nicht gerne alleine gehalten werden. Starlight und Pepper sind dicke Freunde."

Ich muss lächeln. „Stimmt."

Ich beginne, mich neben Trixi zu entspannen. Eigentlich finde ich es aufregend, dass Trixi für lange Zeit in Amerika gelebt hat. Ich weiß nicht, ob es mir gefallen würde, so weit von meiner Familie weg zu sein. Von Jassy. Und von der süßen Annabell.

Schon hier, nur zwei Autostunden von zu Hause, frisst mich die Sehnsucht nach meinem Schulpferd beinahe auf. Wenn ich mich nicht am ersten Tag in Pepper verknallt hätte, müsste ich bei Frau Klopfer täglich Telefonterror betreiben und nach Annabell fragen.

„Wie hat es dir damals in Amerika gefallen? Hattest du gar kein Heimweh nach Deutschland?", erkundige ich mich.

„Ach Quatsch", winkt Trixi ab. „Allerdings hat Jim immer wieder Heimweh nach Amerika. Aber das dauert meist nicht lang. Immerhin sind wir jeden Sommer belegt mit Urlauberinnen wie Jassy und dir, da hat die Sehnsucht meist keine Chance." Sie lächelt. „Und außerdem holen wir uns die amerikanischen Traditionen hierher. Indem wir heute zur Feier des Tages die Ställe auf Vordermann bringen, um anschließend ein Barbecue und einen abendlichen Ausritt unternehmen."

Das hätte ich fast vergessen. Heute Abend planen Jonas' Eltern mit uns einen nächtlichen Ausritt, inklusive anschließendem Grillen. So etwas habe ich noch nie unternommen.

„Stimmt, der Nachtritt", steigt Tom ins Gespräch ein, der gerade mit Striegel und Massagebürste vom Waschplatz in den Offenstall kommt. „Wir freuen uns schon alle drauf."

„Warte mal", unterbreche ich die beiden. Ich habe nicht kapiert, was Trixi vorhin mit der amerikanischen Tradition am heutigen Tag gemeint hat. „Ist denn heute in Amerika etwa ein besonderer Feiertag oder so?"

Irritiert sieht mich Trixi an. Sie legt den Kopf schief, als wolle sie aus mir schlau werden. „Und du hast tatsächlich jeden Sommer in Texas verbracht?", will sie plötzlich wissen. „Und weißt nicht, welcher Tag heute ist? Heute ist doch der vierte Juli."

Immer noch stehe ich auf der Leitung. „Und das bedeutet?", frage ich weiter.

Hilfe suchend sehe ich zu Tom, der offensichtlich weiß, wovon Trixi spricht. Er gibt mir sogar Zeichen, die ich nur leider nicht verstehe. Was Tom da mit seinen Fingern veranstaltet, sieht aus wie eine geheime Absprache beim Sport.

Als Tom die Augen weitet und mit den Händen ein Feuerwerk simuliert, dämmert es mir. Feiert man in Amerika den vierten Juli nicht mit Barbecue und Feuerwerk im Grünen? Ich glaube, das habe ich mal in einem Hollywood-Streifen gesehen.

„Ach, du meinst den Unabhängigkeitstag", rette ich mich und klopfe mir mit der Hand auf die Stirn, als hätte ich es bloß vergessen. „Klar. Das Feuerwerk war in Amerika jedes Mal atemberaubend."

Trixi zögert. Sie betrachtet mich immer noch aus zusammengekniffenen Augen, als warte sie nur auf einen kleinen Fehler, um mich als Lügnerin zu enttarnen. Das gefällt mir ganz und gar nicht.

Zum Glück hat Tom den entscheidenden Hinweis geliefert. Demonstrativ streiche ich mir den Schweiß von der Stirn und bedanke mich bei Tom mit einem Lächeln.

Tom erwidert meinen Blick. Für einige Sekunden stehen wir einfach nur da und schauen uns in die Augen. So lange, bis ich spüre, dass meine Wangen rot werden und ich schnell zu Boden blicke.

Verdacht

Nächtliche Ausritte sind die spannendste Sache der Welt. Ich kann überhaupt nicht glauben, dass ich zu Hause noch nie in der Dunkelheit ausgeritten bin. Denn kaum geht die Sonne unter, wirken die Felder um die Moonlight Ranch plötzlich gar nicht mehr so vertraut. Das blaue Mondlicht, das sich über die Landschaft legt, wirkt fast ein wenig gruselig.

Auch die Tiere wirken wachsamer. Der Drang, einfach loszugaloppieren, ist jedenfalls bei Pepper längst nicht mehr so übermächtig wie im Tageslicht. Ohne dass ich ihn bremsen muss, bleibt der Wallach innerhalb der Gruppe und marschiert im Schritt hinter Starlight und Samur her.

„Der Helm steht dir prima", sagt Jonas, der neben mir herreitet. „Damit siehst du aus wie eine Bauarbeiterin. Eine niedliche Bauarbeiterin, wohlgemerkt."

Ich kichere und rücke den wuchtigen Helm mit Stirnlampe zurecht. Zum Glück kann Jonas nicht sehen, wie ich in der Finsternis rot werde.

Inzwischen treiben Jonas' Eltern die Pferde

zum gemächlichen Trab an und Jonas und ich müssen Tempo machen, um nicht den Anschluss zu verlieren. Im Eiltempo geht es den Feldweg entlang, vorbei an einem dunklen Teich, um den Tausende Glühwürmchen schwirren.

Die Luft ist drückend warm und ich habe das Gefühl, dass es noch genauso heiß ist wie am Tag. Dabei haben wir erst Anfang Juli. Die heißesten Tage stehen uns noch bevor.

„Vor uns liegt eine perfekte Galoppstrecke", ruft Trixi nach hinten. „Wer sich traut, kann ein Stückchen galoppieren. Wir treffen uns hinten bei den Holzscheiten, alles klar?"

Das lassen sich Jassy, Nina und Nicole nicht zweimal sagen. Im Nu geben sie ihren Pferden die Galopphilfen, bis ich nur noch drei hüpfende Lichter sehe, die durch die Finsternis huschen.

„Na dann, zeig mal, was du draufhast, Cowgirl", lacht Jonas und schnalzt mit der Zunge. Sofort fällt Samur in einen aufgeregten Trab, um Starlight und den anderen Pferden nachzupreschen.

Auch Pepper will Gas geben und wird unruhig. Ich habe mich zwar bisher nicht getraut, auf Pepper zu galoppieren, trotzdem will ich nicht kneifen. Seit Tagen bin ich nicht mehr galoppiert und ich vermisse das herrliche Gefühl schon mehr, als mir bewusst war.

„Also los", sporne ich Pepper an und lasse mich von den weichen Galoppbewegungen des Wallachs tragen. Mein Haar peitscht im Nachtwind und Peppers Mähne flattert vor meinen Augen. Pepper kommt schnell in Fahrt, seine Schritte sind ausgreifend und weit, trotzdem fühle ich mich sicher. Selbst in der Finsternis vertraue ich Pepper, immerhin kennt das Tier die Galoppstrecke besser als ich.

Samur galoppiert auf gleicher Höhe neben mir her, Schnauze an Schnauze mit Pepper, als wollte sich der Hengst mit uns ein Wettrennen liefern. Ein Kopf-an-Kopf-Rennen! Jonas und ich erreichen den Treffpunkt an den Holzscheiten schließlich zur selben Zeit. Jassy, Nina, Nicole, Tom und der Rest der Gruppe erwarten uns schon.

„Ein Fotofinish! Nicht schlecht, Cowgirl", lacht Jonas und tätschelt Samurs schwarzes Fell. Der Hannoveraner wirkt sichtlich außer Atem. „Du hast ordentlich Tempo drauf."

Anstatt zu antworten, grinse ich zufrieden in mich hinein. Mein Helm sitzt schief und mein Zopf hat sich aufgelöst, aber das war der wilde Ritt allemal wert.

In diesem Moment ist einfach alles perfekt. Jonas und ich, die zufrieden nebeneinanderher reiten, Nina und Nicole, die mir zu meiner fulminanten Reiteinlage gratulieren und Tom, bei dem mein Geheimnis sicher ist.

Kaum habe ich den Gedanken fertig gedacht, kracht es über unseren Köpfen. Im nächsten Moment ergießt sich ein Regenschwall über uns, als hätte jemand alle Schleusen geöffnet.

„Ach, du dickes Ei! Ein Unwetter!", ruft Trixi und blickt in den dunklen Nachthimmel. Vor dem Mond haben sich riesige Wolkentürme aufgebaut. „Schnell, nehmt eure Regenponchos aus den Satteltaschen. Und dann ab nach Hause, aber Vorsicht, damit sich keins der Pferde im Matsch verletzt."

Die Stimmung hat sich schlagartig verändert. Jegliches Kichern ist verstummt, stattdessen ist unter den Reitern Hektik ausgebrochen. Einige Pferde wiehern nervös, andere schütteln unruhig die Mähne.

Fahrig nestele ich in meiner Satteltasche herum und fühle eine dicke Plastikplane. Das muss der Regenponcho sein, den Jonas' Eltern eingepackt haben. Doch da steckt noch etwas anderes. Ein zusammengefaltetes Blatt Papier. Vorsichtig ziehe ich beides heraus.

„Wo bleibst du, Sally?", ruft mir Jonas zu. Er hat inzwischen seinen Poncho übergezogen und gemeinsam mit der Gruppe den Weg zurück zum Hof eingeschlagen.

Für Sally, steht auf dem Blatt Papier. Hektisch falte ich es entzwei, richte die Stirnlampe auf die Notiz und versuche zu lesen, was da steht. Dicke Regentropfen platschen auf den Zettel und verschmieren die Tinte.

„Sally! Warum erzählst du uns nicht, wer du wirklich bist?", steht da in einer Schrift, die ich nicht kenne. „Komm bei Sonnenaufgang in Peppers Stall, dann reden wir darüber."

Vor Schreck gleitet mir die Notiz aus der Hand und plumpst in den Matsch. Wie in Trance ziehe ich den Poncho über und treibe Pepper an. Im Eiltempo geht es hinter den anderen zurück zum Hof.

Jassy fährt sich angestrengt durchs nasse Haar. „Ich habe leider auch keine Ahnung, von wem die Notiz stammen könnte", sagt sie und schüttelt den Kopf. „Ich verstehe das nicht. Wir haben doch so gut aufgepasst, damit niemand hinter unsere kleine Show kommt."

Gleich nachdem wir klatschnass an den Hof zurückgeritten sind, habe ich Jassy zur Seite genommen, in den Stallgang gezogen und ihr von der merkwürdigen Botschaft in meiner Satteltasche erzählt.

Inzwischen haben wir unsere Pferde versorgt, die matschigen Hufe ausgekratzt und ihre Felle trocken gerieben. Während sich Pepper und Starlight von dem nächtlichen Abenteuer erholen und erschöpft die Köpfe hängen lassen, arbeiten unsere Gehirne immer noch auf Hochtouren.

„Ich hätte sie nicht fallen lassen dürfen", schimpfe ich und laufe unruhig vor Pepper auf und ab. Auf dem Boden bilden sich Pfützen von meinen nassen Reitstiefeln. „Dann hätte ich sie dir zeigen können und du hättest womöglich die Handschrift wiedererkannt."

Jassy schlüpft aus ihren Cowboystiefeln und leert einen guten Viertelliter Wasser aus. „Hast du keinen Verdacht?", will sie wissen und wringt sich ihr Haar aus.

„Doch!", antworte ich prompt und halte an. „Ich glaube, dass sie von Trixi stammt. Sie hat mir doch vom ersten Tag an nicht vertraut. Ich glaube, sie hasst mich."

Ich erinnere mich an das Gespräch, das Trixi, Tom und ich am Nachmittag während der Stallreinigung geführt haben. Der Moment, als sie erstaunt festgestellt hat, dass ich nicht die geringste Ahnung von amerikanischen Traditionen habe. Bestimmt hat sie erkannt, dass ich eine elende Lügnerin bin. Und nun fordert sie die Wahrheit.

„Quatsch", widerspricht Jassy. „Sie kann von jedem stammen. Auch von einer der Urlauberinnen –"

„Ach, hier bei den Pferden habt ihr euch versteckt! Ich habe euch schon gesucht." Jonas' Stimme unterbricht Jassy mitten im Satz. In einem trockenen Jogginganzug steht er in der Stalltür und späht in unsere Richtung. „Was habt ihr denn für Geheimnisse zu besprechen?"

„Äh, nichts. Gar nichts", schieße ich zurück, während mir ein neuer Gedanke kommt. Vielleicht stammt die Notiz von Jonas, der mir auf die Schliche gekommen ist. Als Westernreitprofi könnte er erkannt haben, dass ich mich auf Peppers Rücken nicht gerade wie ein Profi anstelle.

Andererseits, warum verhält er sich dann immer noch so nett und freundlich?

„Wollt ihr nicht duschen gehen?", schlägt Jonas vor. „Eure Klamotten sind noch patschnass. Sonst erkältet ihr euch noch."

Nun, wo Jonas es anspricht, merke ich, dass ich schlottere. Die nassen Klamotten kleben an mir wie eine zweite Haut.

„Wir kommen gleich nach", antworte ich schnell. „Wir versorgen nur noch schnell die Pferde."

Jonas zieht die Tür hinter sich zu, doch dann dreht er sich noch mal um. „Ach, übrigens, das Barbecue ist leider für heute abgesagt", informiert er uns. „Aber wir holen das nach, sobald sich das Wetter bessert."

Wir nicken. Als Jonas weg ist, führen wir Starlight und Pepper in die Hütte des Offenstalls und schieben den Riegel vor. Müde lassen sich die beiden Pferde ins Stroh fallen und starren durchs Tor auf den regennassen Paddock.

„Geschafft", sagt Jassy und reibt sich die nassen Arme warm. Ihre Lippen haben sich schon ganz bläulich verfärbt. „Gehen wir?"

Gedankenverloren starre ich Pepper an. Der

braune Wallach sieht zu mir hoch, dann lässt er sich auf den Rücken plumpsen und wälzt sich im trockenen Stroh.

Ich wünschte, ich hätte ebenso gute Laune wie Pepper. Pferde müssen sich nicht mit dummen Problemen herumplagen wie wir Menschen. Ausreichend frisches Stroh, Bewegung und Liebe, das ist alles, was sie brauchen.

Stattdessen habe ich es geschafft, alles zu verkomplizieren. Nun sitze ich tief in der Tinte!

„Ich verabschiede mich noch von den beiden, ja?", beschließe ich und knie mich zu Pepper ins weiche Stroh. Ehrlich gesagt brauche ich etwas Zeit, um nachzudenken.

Jassy zuckt mit den Schultern und zieht die Stalltür hinter sich zu. Dann ist es still und finster um mich. Nur das stetige Plätschern des Regens und Peppers müdes Schnauben ist zu hören.

„Was meinst du, Großer?", frage ich Pepper, der mich treu aus seinen dunklen Augen ansieht. „Wäre es nicht besser, der Sache ins Auge zu sehen und den Verfasser morgen früh im Stall zu treffen? Dann weiß ich zumindest, wer mir auf die Schliche gekommen ist."

Pepper beugt sich näher und schmiegt seinen warmen Kopf an meinen Körper. Beinahe so, als wollte er mir Mut machen, um die Sache anzupacken und nicht länger feige zu sein.

Dankbar lächle ich Pepper an. „Na fein", beschließe ich und lehne mich gegen die Stallwand. Es dauert nicht lange, da fallen mir vom gleichmäßigen Plätschern des Regens die Augen zu.

Am nächsten Morgen weckt mich etwas Feuchtes, Glitschiges, das meine Wange auf- und abfährt. Erst werde ich nicht gleich wach – denn ich stecke noch in einem wunderschönen Traum fest.

Ich bin daheim und Annabell und ich fliegen gemeinsam über die Felder. Es ist tiefer Winter und ihre Hufe zeichnen gleichmäßige Spuren in den Schnee. Wunderschön sehen wir zusammen aus, wie ein Motiv für ein Pferdeplakat. Annabells rabenschwarzes Fell, dazu die weißen Schneedecken und die klirrend kalten Eiszapfen, die an den Ästen hängen.

Da ist es wieder, das feuchte Gefühl an der Wange. Etwas verwirrt schlage ich die Augen auf und sehe, dass Pepper direkt vor mir steht. Er hat seinen haarigen Kopf keine zehn Zentimeter vor mir hinabgebeugt und leckt mit seiner Zunge über mein Gesicht.

„Huch", sage ich und reibe mir die Augen. Klares helles Tageslicht kriecht durch die Ritzen der Bretter. Bin ich tatsächlich eingeschlafen und habe die Nacht hier bei Pepper im Stall verbracht?

Müde sehe ich an mir herab. Meine Reitkleidung klebt immer noch nass und eiskalt an meinem Körper. Jetzt wird mir auch klar, warum ich im Traum auf Annabell durch die Kälte geritten bin.

„Nichts wie unter die Dusche", beschließe ich. Ich will mich gerade aufrappeln, um zu unserer Hütte zu schleichen, da quietscht die Tür zum Stallgang. Jemand rollt eine Schubkarre in den Stall.

„Schscht", mache ich zu Pepper, der sofort mitten in seiner Bewegung erstarrt. Ängstlich presse ich meinen Rücken an die Stallwand, während mir die Notiz von gestern Abend wieder einfällt.

Mit einem Satz kriecht blanke Panik in mir hoch! Wie konnte ich die Botschaft in der Satteltasche nur vergessen? Der Absender wollte mich doch heute Morgen hier im Stall treffen.

Ich wage nicht, mich umzudrehen. Jede Wette, dass es Trixi ist, die mich enttarnt hat. Bestimmt zwingt sie mich, beim Frühstück vor allen mit der Wahrheit rauszurücken, nur um dann gleich danach bei Mama und Papa anzurufen und mich dort zu verpetzen.

Ob mich Mama mit Hausarrest bestraft, wenn sie herausfindet, dass ich geflunkert habe? Wenn es im Hause Scheuermann eine strenge Regel gibt, an die sich alle halten müssen, dann ist das bedingungslose Ehrlichkeit. Mit Flunkern kommt man bei uns nicht weit, denn Mama ist eine wahre Detektivin. Sie hätte Karriere bei der Polizei machen können, denn sie riecht die kleinste Lüge schon von Weitem. Egal, ob ich mir ihre Schmuckstücke leihe oder das Fieberthermometer an der Glühbirne gewärmt habe, um vor der Mathe-Ex blauzumachen – Mum verabscheut Lügen und liest sie mir von der Nasenspitze ab.

Mit einem Rumsen stellt die fremde Person die Schubkarre ab und macht einige Schritte auf das Tor zu Peppers Offenstall zu. Nun trennt uns nur mehr die Holzwand.

Ich schlucke fest. Gestern war ich fest entschlossen, mich zu stellen, aber jetzt fehlt mir das entscheidende Quäntchen Mut. Am liebsten würde ich mich in Luft auflösen. Wieder in den schönen Wintertraum zu Annabell entfliehen, wo alle Sorgen von mir abfallen.

„Sally? Bist du hier?", fragt eine Stimme nach mir.

Ich verharre in meiner Position. Das ist nicht Trixi, stelle ich erleichtert fest. Gleichzeitig rattert mein Gehirn. Wenn mich nicht Trixi enttarnt hat, wer dann?

„Ich denke, wir sollten reden", meldet sich die Stimme wieder zu Wort.

Eine männliche Stimme. Sie kommt mir bekannt vor. Im selben Moment schießt mir ein Verdacht durch den Kopf: Kann das Jonas sein? Ich ertrage diese Spannung nicht länger. Ohne nachzudenken, erhebe ich mich und spähe über die Trennwand in den Stallgang.

Vor mir steht Jim. Er trägt seinen Cowboyhut tief in die Stirn gezogen und blickt mich erleichtert an. „Gut, dass du da bist", beginnt er und setzt sich auf den Rand eines Strohballens. Dann klopft er neben sich. „Setz dich zu mir. Wir sollten reden."

Mein Herz schlägt mir bis zum Hals, als ich auf ihn zugehe. Abstreiten, einfach alles abstreiten, schießt es mir durch den Kopf. Das habe ich mal im Fernsehen bei einer Krimiserie gesehen – solange es keine Beweise gibt, gilt immer noch die Unschuldsvermutung.

„Hast du mir die Notiz zugesteckt?", will ich wissen.

Mein Gegenüber nimmt den Cowboyhut ab und sieht mich unverwandt an. „Darf ich dich etwas fragen, junge Dame?"

Ich nicke ängstlich.

Jim räuspert sich. „Wieso denkt ein kluges, hübsches Mädchen wie du, es käme besser an, wenn es uns allen eine erlogene Geschichte auftischt? Das ist mir nicht ganz klar", fragt Jim frei heraus.

Jede Faser in mir zittert. Niemals hätte ich erwartet, dass Jim so direkt mit der Tür ins Haus fällt. Klug und hübsch hat er mich genannt. Ob er das ernst meint?

„Es ... tut mir leid", stottere ich, ohne groß nachzudenken. Zum Teufel mit dem Abstreiten.

Ganz ohne Vorwarnung schießen mir plötzlich Tränen in die Augen.

Jim sitzt daneben und sieht mich mitleidig an. Mann, ist das peinlich! Nie hätte ich gedacht, dass ich so die Kontrolle über mich verliere und vor einem Fremden einfach losheule. Mit dreizehn ist man viel zu alt für hemmungslose Heulattacken. Wäre ich bloß nicht so nah am Wasser gebaut.

„Aber, aber", beruhigt mich Jim. „Es ist noch nicht zu spät, um mit der Wahrheit rauszurücken."

Ich schniefe und sehe zu ihm hoch. Mir läuft die Nase und mein Haar muss aussehen, als wäre darin eine Bombe explodiert. So viel zum Thema hübsches Mädchen.

„Aber eins würde ich gerne wissen", setze ich an und wische mir die Tränen in den Ärmel. „Wie hast du rausgefunden, dass ich gelogen habe?"

Jim hebt die Schultern. „Eigentlich war es nur ein Bluff. Ein Gefühl. Während unseres ersten Ausritts hat sich der Verdacht dann erhärtet, als du erzählt hattest, du würdest Bullen melken." Er wirkt amüsiert. „Westernreiten ist noch ziemlich neu für dich, nicht wahr? Und du warst noch nie in Texas, oder?"

Wieder schüttelt mich ein neuer Heulkrampf. „Und ich bin auch keine Sängerin einer Band. Und heiße auch in Wahrheit gar nicht Sally", mache ich weiter.

Jim beißt sich auf die Lippen. Wie es aussieht, hat er von den anderen Märchen noch gar nichts geahnt. „Uh. Da hast du dich aber ganz schön im Lügendschungel verstrickt", meint er trocken. „Trotzdem musst du da durch. Du magst Jonas doch, nicht wahr? Und du möchtest nicht, dass eure Freundschaft auf falschen Tatsachen beruht, stimmt's?"

Verdattert sehe ich zu ihm hoch. Jim jetzt noch zu beichten, dass ich nicht nur an einer Freundschaft mit seinem Sohn interessiert bin, sondern an ganz anderen Dingen, wäre wohl zu viel Ehrlichkeit für diesen Morgen. Das behalte ich lieber für mich.

„Du hast ja recht", räume ich ein. „Ich werde es ihm sagen. Ich muss nur noch den richtigen Moment abwarten." Mein Blick gleitet durch den Stall und fällt auf Pepper, der mich treu über die Trennwand hinweg anblickt. „Und was ist dann? Rufst du meine Eltern an und schickst mich nach Hause?"

Jim winkt ab. „Ach was. Natürlich bleibst du hier bis zum Ende deines Urlaubs." Er beginnt, bis über beide Ohren zu grinsen. „Weißt du, ich habe auch schon mal geflunkert, um ein Mädchen zu beeindrucken."

Vollkommen perplex starre ich ihn an. „Du?", rufe ich. Jim ist bestimmt ein Frauentyp, mit seinen langen Haaren, der braun gebrannten Haut und dem kernigen Auftreten. Jonas gleicht ihm beinahe aufs Haar und ich kann mir wirklich nicht vorstellen, dass einer der beiden es nötig hat, eine Show abzuziehen.

Jim nickt. „Als ich Trixi kennengelernt habe, habe ich ihr erzählt, dass ich beim Rodeoreiten jede Menge Preise gewonnen habe. Das war natürlich Quatsch."

„Und?", frage ich gespannt. „Hast du ihr die Wahrheit erzählt?"

„Nein." Jim lacht. „Meine Frau hat selbst herausgefunden, dass das Blödsinn war. Und zwar, als sie mich in einer Bar zum Bullenreiten überredet hat. Ich konnte mich kaum drei Sekunden im Sattel halten und bin auf die Schaumstoffmatte gekracht. Das war vielleicht peinlich. Das ganze Lokal hat vor Lachen gebrüllt." Jim grinst traurig. „Jim, der begabte Rodeoreiter. Aber Trixi hat mich trotzdem geheiratet. Das ist die Hauptsache."

Meine Tränen sind versiegt und ich lache mit. Jim ist ja ein richtig netter Kerl. Ich bin froh, mein Geheimnis endlich mit jemandem teilen zu können.

Plötzlich muss ich kräftig niesen. Meine Jeans kleben immer noch wie ein nasser Sack an meinem Körper. Inzwischen friere ich so stark, dass meine Zähne aneinanderklappern.

„So, und nun solltest du dich umziehen gehen,

junge Dame", rät Jim. „Es war nicht sehr clever, dir keine frische Kleidung zu holen. Ich werde Trixi bitten, dir einen warmen Tee zu machen. Hoffentlich verhindert das eine Erkältung."

Ich nicke. „Ich heiße übrigens Rosalie", sage ich und klopfe mir das Stroh von der nassen Kleidung.

„Rosalie." Jim zieht die Augenbrauen hoch. „Das ist wirklich ein wundervoller Name. Selten und äußerst speziell."

Selten und speziell. Nun bin ich doch ein wenig stolz, so zu heißen. Rosalie, klug und hübsch, mit dem äußerst seltenen Namen. Ich glaube, das könnte mir so gefallen.

Zwei Besucher sind einer zu viel

Trixis heißer Tee mit Zitrone hat leider nichts genützt. Ich habe ihn zwar in einem Zug ausgetrunken, trotzdem hat mein Kopf schon während des Trinkens angefangen, wie wild zu pochen. Ich hatte nicht mal Lust auf die selbst gemachten Waffeln mit Blaubeeren, die es im Anschluss gab. Ich wollte nur noch ab ins Bett.

Inzwischen haben wir Nachmittag und zu den Kopfschmerzen hat sich noch fieser Husten und eine laufende Nase dazugesellt. Sieht ganz so aus, als hätte mir die Nacht im Stall eine schlimme Erkältung eingebrockt.

Wirklich ärgerlich. Denn nach dem hilfreichen Gespräch mit Jim heute Morgen habe ich mir felsenfest vorgenommen, Jonas und den anderen endlich reinen Wein einzuschenken und mein Geheimnis zu lüften.

Aber das klappt heute leider nicht. Jonas, Nina und Nicole sind gleich nach dem Frühstück mit dem Hänger zum Hufschmied gefahren, um Samur neu beschlagen zu lassen. Das ist ganz gut so. Denn in meinem Zustand ist mir sowieso nicht nach Reden, da meine Wangen inzwischen die Farbe des Bettlakens angenommen haben und meine Stimme kratzig wie ein Reibeisen klingt.

Mama ist beinahe in Panik verfallen, als sie mich vorhin am Telefon gehört hat. Sie war kurz davor, ins Auto zu hüpfen, um ihr krankes Kind prompt abzuholen. Aber das habe ich zum Glück verhindern können. Nie im Leben hätte ich mich jetzt schon von Pepper trennen wollen. Wenn ich nur an den Abschied denke, der mir in einer Woche blüht, zerreißt es mir das Herz.

„Klopf, klopf", sagt jemand vor der Holztür zu unserer Hütte. Trixi steckt ihren Kopf hinein. Sie trägt einen pinken Cowboyhut und balanciert ein Tablett in ihren Händen. „Ich bringe dir heißen Ingwertee mit Zitrone. Und dazu eine Wärmflasche."

Ich stöhne und fächere mir Luft zu. „Muss das sein? Draußen ist es heißer als in der Sahara."

„Flüssigkeit ist wichtig für dich", erinnert mich Trixi und befühlt meine Stirn. „Außerdem ist es gut, dass du schwitzt. Fieber bedeutet nichts weiter, als dass dein Immunsystem auf Hochtouren arbeitet, um dich wieder auf die Beine zu bringen."

Etwas widerwillig nippe ich an dem Tee. Im Sommer krank zu werden, ist echt das Letzte.

Trotzdem bin ich dankbar, dass Trixi sich so rührend um mich sorgt. Das hätte ich nicht gedacht. Schon gar nicht heute Morgen, als ich noch felsenfest überzeugt war, dass Trixi hinter mein Geheimnis gekommen ist.

Jim hat versprochen, Trixi gegenüber kein Sterbenswörtchen von unserem Gespräch in Peppers Stall zu erwähnen. Anstatt mich zu verpetzen, will er mir selbst die Gelegenheit geben, reinen Tisch zu machen.

Was ich auch vorhabe. Indianerehrenwort.

„Ich sehe in einer Stunde wieder nach dir", verspricht Trixi und zieht meine Decke bis zum Hals. Dann sammelt sie die benutzten Taschentücher ein und verschwindet durch die Tür.

Ich will soeben mein Pferdemagazin aufschlagen, da wandert der Türgriff erneut nach unten. Erst vermute ich Trixi, die noch mehr Tee bringen will, doch ich täusche mich gewaltig.

Tom öffnet die Tür, marschiert ohne viel Umschweife in meine Hütte und hockt sich auf meine Bettkante.

Wie unverschämt. Empört setze ich mich auf und funkele ihn böse an. „Was suchst du denn hier?", knurre ich ihn an und schiebe mir die strähnigen Haare hinters Ohr. So krank wie ich aussehe, bin ich nun wirklich nicht gesellschaftsfähig. Aber für solche Dinge hat ein Junge wie Tom natürlich keinen sechsten Sinn.

Tom verdreht die Augen. „Danke, mir geht's gut, auch schön, dich zu sehen", antwortet er sarkastisch. Dann seufzt er genervt. „Begrüßt du alle Besucher so freundlich oder liegt es an mir?"

Ich überhöre den bösen Unterton. „Ich dachte, ihr seid mit Samur zum Hufschmied gefahren", brumme ich und schlage das Pferdemagazin auf. Eigentlich habe ich das Ding schon dreimal durch, aber vielleicht versteht Tom so, dass ich nicht in der Stimmung für seine Hänseleien bin. Warum haut er denn nicht endlich ab?

Tom bewegt sich keinen Millimeter. „Bin hiergeblieben", murmelt er und hebt die Schultern. „Dachte, ich sehe nach dir und bringe dir das hier vorbei. Bestimmt ist dir furchtbar langweilig."

Irritiert blicke ich hoch. Tom hält mir ein abgegriffenes Buch entgegen. Darauf sind ein Mädchen und ein Junge in Cowboykleidung abgebildet, darüber steht in dicken Lettern *Line Dancing*.

„Das ist ein beliebter Tanzstil aus Amerika", erklärt mir Tom und rückt etwas näher. „Man bildet eine Linie und tanzt eine synchrone Schrittfolge." Er lächelt. „Mein Vater und ich haben das mal in einem Saloon in der Stadt ausprobiert. Macht Spaß."

Ich weiß gar nicht, was ich sagen soll. Verblüfft blättere ich die Seiten durch, auf denen Schrittfolgen und eine Menge Pfeile abgebildet sind. Sieht ganz schön kompliziert aus.

Tom tanzt also. Erst eröffnet er mir, dass er Pferde mag, und nun scheint er sich auch für Westerntanz zu interessieren. Davon hat er in der Schule kein Sterbenswörtchen erwähnt. Ob es ihm peinlich war?

Endlich weiß ich etwas über Tom, worüber sich die Jungs in unserer Klasse lustig machen würden. Damit könnte ich ihn wunderbar aufziehen.

„Nett von dir. Ich sehe es mir an", bedanke ich mich. Sonderbarerweise habe ich aber gar kein Bedürfnis, ihn auszulachen. Vielleicht liegt es am Fieber? Oder doch eher daran, dass ich Toms Hobby eigentlich ziemlich cool finde.

„Wenn du dir ein paar Schritte aneignest, würden die anderen bestimmt Augen machen", schlägt Tom vor. „*Line Dancing* passt doch zu deinem neuen Ich."

Als ich nicht antworte, erhebt sich Tom und marschiert zur Tür. „Also dann, mach's gut."

„Warte. Eigentlich hatte ich gedacht, dass du mir gleich den einen oder anderen Schritt beibringen kannst", stoppe ich ihn. Ich weiß wirklich nicht, warum ich plötzlich will, dass Tom bleibt. Vielleicht möchte ich mehr über diesen Westerntanz wissen. Vielleicht ist mir auch nur nach Gesellschaft.

Tom lässt den Türgriff los. „Äh. Okay." Er wirkt überrascht, aber durchaus bereit, sich darauf einzulassen. Sein Blick wandert auf mein Nachtkästchen, wo Jassys Cowboyhut liegt. Unvermittelt greift er danach. „Na gut. Denkst du, du bist fit genug, um mitzumachen?"

„Klar." Ohne lang nachzudenken, klettere ich aus dem Bett. Trixi würde sicher meckern, wenn sie sähe, dass ich eine kleine Party feiere, statt mich auszukurieren. Aber das ist mir egal. Gesund werden kann ich morgen auch noch.

„Jetzt brauchen wir nur noch Musik", meint Tom.

„Äh. Damit kann ich dir leider nicht dienen."

„Dann müssen wir eben singen", schlägt Tom vor. „Ich bin leider total unmusikalisch, ich kann nur den Takt klopfen, aber du, du bist doch Frontsängerin einer Band, nicht wahr?"

„Blödmann!" Ich verpasse ihm einen kleinen Seitenhieb in die Rippen. Tom weiß, dass ich völlig unmusikalisch bin. „Ich singe ganz bestimmt nicht –"

An der Tür klopft es.

„Oje. Das ist Trixi", verkünde ich und werfe mich mit einem Satz auf mein Bett.

„Ich bin's, Jonas", ertönt es von draußen. „Mama hat gesagt, dass du dich erkältet hast. Ich wollte bloß sehen, ob es dir schon besser geht."

Jonas! Mein Herz klopft mir plötzlich bis zum Hals. Was ist das bloß für ein Tag? Erst steht Tom unvermittelt vor der Tür und nun Jonas?

„Komm rein!", rufe ich ihm zu.

„Oje, du bist ja richtig blass", stellt Jonas fest und kommt über die Türschwelle auf mich zu. Seine langen Haare hat er im Nacken zusammengebunden und dazu trägt er wieder diese coole Kette um den Hals, die ihm so gut steht. „Scheint, als hätte dich eine Sommergrippe –" Plötzlich gleitet sein Blick zu Tom und sein Lächeln verschwindet. Er runzelt die Stirn. „Oh, du hast ja schon Besuch. Du bist Tom, richtig? Geht ihr nicht auf dieselbe Schule?"

„Stimmt", antworte ich schnell, bevor Tom es kann. „Aber Tom und ich sind nur Freunde", setze ich nach, als gäbe es plötzlich dringenden Erklärungsbedarf.

Niemand antwortet. Trotzdem entgeht mir nicht, dass sich die Stimmung schlagartig verändert hat. Spannung liegt in der Luft.

Ist ja merkwürdig. Eben war Tom noch fröhlich und jetzt starrt er Jonas und mich an, als hätten wir seine Katze entführt.

„Ich muss los", verkündet Tom prompt. „Gleich ist Fütterungszeit im Stall, und na ja, ich will mithelfen."

Eine glatte Lüge.

„Es ist vier Uhr nachmittags", klärt Jonas ihn auf. „Fütterung ist erst am Abend."

„Oh ... äh, ja. Stimmt", stottert Tom. Täusche ich mich oder wirkt er plötzlich verlegen? Als hätte er es auf einmal eilig, stolpert er rücklings über die Türschwelle und wirft die Tür hinter sich ins Schloss.

„Verrückter Typ." Jonas starrt auf die zugefallene Tür und setzt sich auf meine Bettkante, genau an die Stelle, an der eben noch Tom saß. Dann sieht er mir geradewegs in die Augen. „Eigentlich wollte ich fragen, ob unsere Verabredung noch steht. Morgen ist doch Samstag. Wir könnten ausreiten. Es gibt einen kleinen Bach nicht weit von hier, wo Samur gern durchs Wasser tobt."

Ich schlucke. Als wir die Verabredung ausgemacht haben, konnte ich noch nicht ahnen, dass ich krank werde und sich mein Kopf bald anfühlt, als ob jemand mit einem Vorschlaghammer gegen meine Schläfen trommelt. Wenn Trixi also recht hat und ich eine heftige Erkältung erwischt habe, bin ich morgen wohl kaum auf den Beinen.

„Hör mal, ich fürchte, wir müssen unseren Plan verschieben", teile ich ihm mit. „Auch wenn ich mich morgen besser fühle, Trixi überwacht mich auf Schritt und Tritt. Sie wird mich auf keinen Fall ausreiten lassen, immerhin ist sie als Besitzerin der Moonlight Ranch für unser Wohlergehen verantwortlich."

Jonas hebt die Schultern. „Aber du reist doch schon nächste Woche ab."

„Stimmt." Traurig lasse ich den Kopf hängen. „Aber wie wäre es gleich am Montag? Bis dahin bin ich sicher wieder auf den Beinen."

„Geht nicht", antwortet Jonas knapp und schüttelt den Kopf. „Wir gucken abends ein Fußballmatch, meine Kumpels und ich."

„Und Dienstag?"

„Da sehe ich meinem besten Freund beim Reitturnier zu."

„Und Mittwoch?"

Jonas lächelt traurig. „Das ist doch schon dein letzter Abend hier. Weil das Barbecue neulich ins Wasser gefallen ist, planen meine Eltern für euren letzten Abend ein tolles Lampionfest. Und das ist wohl kein guter Moment für eine Verabredung zu zweit."

So ein Mist. Enttäuschung macht sich in mir breit. Dass Jonas so viel beschäftigt ist, ist ja doof. Ob er nach meiner Abreise auch keinen Gedanken mehr an mich verschwendet?

„Wenn es sich nicht ergibt, sagen wir das Treffen einfach ab", schlägt Jonas vor und macht eine wegwerfende Handbewegung. „Immerhin bist du krank und –"

„Nein!", rufe ich entsetzt und setze mich aufrecht ins Bett. „Wir treffen uns morgen. Ganz nach Plan."

Jonas runzelt die Stirn. „Sagtest du nicht, Mama würde dich nie im Leben krank ausreiten lassen?"

„Das ... ist mir egal", sage ich schnell. Schon komisch, was Verknalltsein so alles mit einem anstellen kann. Es reicht ein Blick in Jonas' Augen und schon setze ich mich über alle Regeln hinweg.

„Coole Sache." Jonas lächelt und lässt seine weißen Zähne blitzen. Dann erhebt er sich von meiner Bettkante. „Dann sehen wir uns morgen Nachmittag, Sally." Er zwinkert mir zu. „Jede Wette, das wird dein schönster Nachmittag in diesem Urlaub."

Ein Date im Wilden Westen

„Guck mal, da sind wir." Jonas pariert Samur, woraufhin der schwarze Hengst vom ausgreifenden Trab in den Schritt fällt und sich durch das Schilf kämpft. „Das ist der Bach, von dem ich dir erzählt habe. Samurs Lieblingsplatz."

Ich zwinge mich zu einem Lächeln und streiche über Peppers braunes Fell. Obwohl wir nur das kurze Stück entlang der Felder hierhergeritten sind, fühle ich mich, als hätte ich einen Tagesritt im Hochgebirge hinter mir. Meine Glieder schmerzen, mein Hals kratzt und ich bin viel schneller aus der Puste als sonst. Sich krank zu fühlen ist echt der nervigste Zustand auf der Welt. Aber davon soll Jonas nichts merken.

Immerhin haben wir gerade unsere erste Verabredung.

Etwas ungelenk fädele ich das Bein aus dem Steigbügel und gleite von Peppers Rücken ins hohe Gras. „Echt nett hier", schnaufe ich und beobachte, wie Jonas die Zügel loslässt und Samur vorsichtig ins Wasser staksen lässt. Wenig später hat sich der Hengst an die neue Umgebung gewöhnt, schüttelt freudig die Mähne und beginnt zu trinken.

Auch Pepper scharrt unruhig mit den Hufen. Offenbar kennt auch er keine Scheu vor Wasser und lechzt danach, durch das Flussbett zu toben. Immerhin brennt die Sonne heute schon wieder ganz ordentlich vom Himmel.

„Na los, mein Junge", fordere ich ihn auf und streichle durch seine lange Mähne. Beinahe, als hätte mich der Wallach verstanden, galoppiert er durchs Schilf und landet mit einem beeindruckenden Sprung im knöchelhohen Bach.

„Wie junge Hunde, nicht wahr?", kommentiert Jonas das Geschehen und lässt sich ins Gras fallen. „Pferde sind die spannendsten Tiere der Welt. Und die temperamentvollsten."

Erschöpft setze ich mich zu ihm und sehe zu, wie er aus den Cowboystiefeln schlüpft und seine Jeans hochkrempelt. Hier ist es wirklich romantisch. Ich frage mich, ob ich das erste Mädchen bin, das Jonas hierhergebracht hat.

Wenn Jonas wüsste, dass das mein erstes Date ist. Bestimmt vermutet er, dass Sally schon reihenweise feste Beziehungen hatte. Mit aufregenden amerikanischen Jungs aus Texas. Oder den Musikern in ihrer Band.

Zum Glück ahnt Jonas nichts von meinen Gedanken. Eine halbe Stunde lang erzählt er mir davon, wie Trixi ihn zum zwölften Geburtstag überrascht und ihm Samur geschenkt hat. Erst als er fertig ist, fällt mir ein, dass es langsam Zeit wird, ihm die Wahrheit über mich zu sagen. Dazu überlege ich mir einen passenden Text. Wie wäre es mit: Jonas, ich bin nicht die, für die du mich hältst.

Lieber nicht.

Oder: Jonas, ich habe eine zweite Identität, von der du nichts ahnst.

Auch nicht. Das klingt ja wie aus Superman.

Wie wäre es mit: Jonas, hör mal, ich war nicht ganz ehrlich zu dir. Weil ich dich sehr gerne mag, will ich, dass du alles über mich weißt.

Ja, könnte klappen.

„Was hältst du davon, wenn wir aufbrechen und zurück zum Hof galoppieren", schlägt Jonas vor, gerade als ich zur Wahrheit ansetzen will. „Ich kenne eine tolle Galoppstrecke, nicht weit von hier."

„O... okay", stammle ich. Der Moment ist vorüber.

Wir holen die Pferde aus dem Wasser, steigen auf und dirigieren sie zurück auf den Feldweg. Kaum sind wir um die nächste Ecke geritten, erstreckt sich eine weite Gerade vor uns und Jonas gibt Samur die Galopphilfen. Der Hengst reagiert sofort und rast mit Jonas davon.

Pepper zögert. Ich glaube, der Wallach spürt, dass ich nicht gesund bin. Für einen ausschweifenden Galopp müssen Reiter und Pferd in Topform sein, immerhin werden beim Reiten alle Muskeln beansprucht.

Aus Vorsicht entscheide ich mich für ein langsameres Tempo. Wenn ich stürze, würde Trixi unweigerlich erfahren, dass ich ausgeritten bin. Nachdem sie heute Morgen erhöhte Temperatur bei mir gemessen hatte, hat sie mir erneut strikte Bettruhe verordnet. Ich kann von Glück sagen, dass Trixi heute mit Jassy und Tom die Einkäufe fürs Lampionfest erledigt, sonst wäre mein Date schon aufgeflogen, bevor es richtig begonnen hätte.

Vor den Ställen hole ich Jonas und Samur ein. Jonas' Haare hat der Wind ordentlich zerzaust und seine Wangen leuchten rot.

„Das war vielleicht ein Ritt", schnauft er und gleitet aus dem Sattel. „Samur hatte vielleicht eine Energie! Hattet ihr auch so ein Tempo drauf wie wir?"

Ich beiße mir auf die Lippen. Jonas ist einfach auf Samur davongedüst, ohne sich nach uns umzudrehen. Sonst wäre ihm nämlich aufgefallen, dass wir weit hinter ihm zurücklagen.

„Hat Spaß gemacht", sage ich knapp und führe Pepper in den Stall. Dort binde ich ihn an den Waschplatz, säubere seine Hufe von Schmutz und kleinen Kieselsteinen und bürste ihm die verkrusteten Stellen aus dem Fell.

Der Wallach wirkt ausgeglichen und glücklich

nach dem Ritt. Liebevoll schmiegt er seinen Kopf an meinen Oberkörper, als wäre er froh darüber, dass mir nichts zugestoßen ist.

Jonas folgt uns in den Stall. Er bindet Samur neben Pepper fest, zieht den Sattel von Samurs Rücken und verschwindet in der Sattelkammer. Als er zurückkommt, marschiert er an Samur vorbei und bleibt dicht neben mir stehen.

Sachte schiebt er mir eine Haarsträhne hinters Ohr.

Das ist der perfekte Moment für meine Beichte. Und siehe da, plötzlich fühlt es sich ganz einfach an, mit der Wahrheit rauszurücken. Vielleicht weil Jonas vorhin einfach vor mir davongeritten ist? Oder aber Peppers warmes Fell dicht an mir verschafft mir die nötige Sicherheit.

„Jonas, ich muss dir etwas sagen", gestehe ich. Ich hole tief Luft. „Es ist so, dass ich nicht ganz –"

Weiter komme ich nicht. Jonas zieht mich zu sich und drückt seine Lippen auf meine.

Die Zügel gleiten mir aus der Hand und hängen locker zu Boden. So fühlt er sich also an, der erste Kuss. Fast wie es mir Jassy immer beschrieben hat: weich und angenehm. Man ist zu keinem klaren Gedanken fähig, als hätte jemand den Kopf mit Watte ausgepolstert.

Letzteres stimmt nicht ganz. Die Gedanken rasen durch meinen Kopf, als hätte jemand darin eine fünfspurige Autobahn verlegt. Ob ich gut küssen kann? Ob Jonas merkt, dass das mein erster Kuss ist? Bestimmt erkennt ein Fortgeschrittener einen Anfänger sofort.

Plötzlich dringen Stimmen an mein Ohr.

„Bring die Äpfel für den Apfelkuchen in den Stall, dort lagern wir das Obst", ertönt Trixis Stimme von draußen. „Die Tiefkühlerdbeeren kommen allerdings in den Gefrierschrank, der ist ganz hinten."

„Geht klar." Toms Stimme. Schon kracht die Stalltür auf und ein gleißender Lichtschein erhellt den halbdunklen Stallgang.

Tom entdeckt uns sofort. Vor Überraschung purzeln ihm die Äpfel aus der Hand und rollen den Stallboden entlang.

„Ach, äh, entschuldigt!", stößt er hervor. „Ich ... wollte nicht stören."

Ach, du liebe Güte. Wie ein Reh vor einem Auto starre ich ihn an und stolpere zwei Schritte zurück. Wie peinlich!

Erst die seltsame Stimmung, als Jonas und Tom einander gestern in der Hütte begegnet sind, und jetzt entdeckt uns Tom auch noch beim Knutschen.

Dass mich ausgerechnet Tom erwischt, fühlt sich an wie mein peinlichster Albtraum. Es wäre mir sogar lieber, wenn meine Eltern nun vor uns stünden. Und das, obwohl die beiden erst tomatenrot anlaufen und danach predigen würden, dass sie bei ihrem ersten Kuss schon siebzehn waren. Das kann ich mir lebhaft vorstellen.

Einen Moment später fasst sich Tom, sammelt die Äpfel auf und schichtet sie rasch in die Obstkiste. Als er fertig ist, dreht er sich zu mir um. Auf seiner Stirn haben sich tiefe Falten gebildet.

„Sagtest du nicht, du wärst krank?", murmelt er und funkelt mich böse an.

„Ich äh ...", setze ich an, aber dann lasse ich es lieber. Mein Mund ist staubtrocken und meine Zunge fühlt sich an, als hätte sie sich am Gaumen festgeklebt.

Jonas neben mir schweigt und hat die Hände in den Taschen seiner Jeans vergraben. Selbst Pepper hat den Blick zu Boden gerichtet und rührt sich nicht vom Fleck. Die Stimmung ist seltsam beklommen.

„Nichts als Lügen, Sally", schnaubt Tom und rauscht aus dem Stall. Hinter ihm knallt die Stalltür ins Schloss und lässt mich zusammenzucken.

Nicht gut. Gar nicht gut. So hatte ich mir meinen ersten Kuss jedenfalls nicht vorgestellt.

„Ich glaub, mich tritt ein Pferd", jauchzt Jassy am nächsten Morgen, als wir alleine sind. Die Zwillinge sind heute für die morgendliche Fütterung eingeteilt und ich hatte endlich die Gelegenheit, Jassy alles vom Date mit Jonas zu berichten. „Er hat dich geküsst? Das ist ja der absolute Wahnsinn. Erzähl mir alles. Wie war es? Wo war es? Wie lange hat es gedauert?"

„Es war ganz okay. Das heißt, es war okay, bevor Tom in den Stall geplatzt ist", antworte ich lahm und nippe an meinem Tee. Seit heute bin ich wieder einigermaßen gesund, trotzdem versorgt mich Trixi immer noch vorsichtshalber mit heißem Ingwertee. Inzwischen schmeckt er mir richtig gut.

„Vergiss Tom!" Jassy nimmt mir die Tasse aus der Hand und rutscht über das Sofa näher zu mir. „Jonas ist verknallt in dich! Ihr werdet noch genügend Zeit haben, euch zu küssen. Denk ans Lampionfest in wenigen Tagen." Jassys Augen glänzen. „Das Mondlicht. Ihr beide, dazu Pepper und Samur. Hast du dir das nicht immer gewünscht? Und Sally hat das erst möglich gemacht."

Verlegen kaue ich auf meiner Lippe. Der Gedanke, dass Jonas eine Fremde geküsst hat, bereitet mir immer noch mächtig Kopfzerbrechen.

„Ehrlich gesagt, hatte ich vor, Jonas alles zu beichten", gebe ich zu. „Aber dann kam dieser Kuss und danach platzte Tom in den Stall." Ich wedele mit den Armen. „Und alles geriet außer Kontrolle. Eine schöne Bescherung."

„Du bist davon überzeugt, ihm alles zu beichten?", vergewissert Jassy sich.

„Klar. Wie soll denn sonst etwas … aus uns werden?"

„Verstehe." Jassy überlegt. „Jonas mistet gerade Samurs Stall aus. Wenn du dich beeilst, erwischst du ihn. Dann kannst du mit ihm sprechen. Und wenn er dir verziehen hat, könnt ihr ja noch mal eine Runde knut–"

Doch da bin ich schon zur Tür raus. Hastig überquere ich den Hof in Richtung Stall. Dabei entdecke ich Paul aus Bremen, der mit einer Gruppe Jungs an der Stallwand lehnt. Vor einigen Tagen hatten wir zusammen Stalldienst und uns dabei nett über den neuen Song von Lady Gaga unterhalten. Paul steht genau wie ich auf ihre Songs.

„Hallo", grüße ich in die Gruppe.

Die Gespräche verstummen. Pauls Blick krallt sich an mir fest und er verzieht dabei angeekelt das Gesicht, als würde Dreck an mir kleben.

Irritiert laufe ich weiter. Welche Laus ist dem denn über die Leber gelaufen?

Weiter vorne am Stalleingang entdecke ich Nina und Nicole, die das Schwarze Brett studieren. Unser Kommunikationspunkt, an dem Trixi stets die wichtigsten Neuigkeiten mitteilt.

„Hallo, Nina, hallo, Nicole", begrüße ich die beiden. Offenbar sind die Zwillinge inzwischen mit der Fütterung fertig. „Ist Jonas noch da? Ich wollte ihn kurz sehen."

Die beiden drehen sich zu mir um. Nina schnaubt und Nicole mustert mich angestrengt von Kopf bis Fuß. Normalerweise wirken die beiden stets wie die Fröhlichkeit in Person, aber heute scheint etwas nicht zu stimmen.

„Ist das wahr?", fragt Nina frei heraus und deutet auf die Pinnwand. Ihre Stimme klingt hoch und schrill. „Du hast uns was vorgemacht?"

Wie paralysiert mache ich einen Schritt auf die Pinnwand zu. Dann entdecke ich es. Das Strickrosie-Comic, das neulich an meinem Rücken geklebt hat. Natürlich nicht das Original, das hat Sven in den Papierkorb geschmissen, allerdings eine neue Version: Strickrosie in ihrem Delfinpullover, diesmal mit Cowboyhut. Trotz der Kopfbedeckung erkennt man gut, dass die Karikatur niemand anderen darstellt als mich.

Darunter steht in Toms Schrift: Rosalie Scheuermann. Das Mädchen, das euch alle an der Nase herumgeführt hat.

„Tom hat uns alles erzählt", brummt Nicole. Enttäuscht und verärgert funkelt sie mich an. „Warum hast du uns belogen? Ich dachte, wir wären Freundinnen."

Mir fehlen die Worte. In meinem Hals hat sich ein riesiger Kloß gebildet und meine Beine werden weich wie Butter. Spätestens jetzt wird mir klar, dass das alles ein blöder, blöder Fehler war. Mir fällt absolut nichts ein, was ich zu meiner Verteidigung hervorbringen könnte.

„Es tut mir leid", höre ich mich sagen. Auch

wenn ich es ehrlich meine, klingen meine Worte abgedroschen.

„Es tut dir leid?" Nina stemmt die Arme in die Hüften. „Sängerin einer Band, Westernreitprofi, dein Leben in Texas", zählt sie auf und funkelt mich dabei finster an. „Ist irgendetwas davon wahr?"

„Nein", gebe ich zu und starre auf meine Schuhspitzen. „Ich … weiß nicht, was ich mir dabei gedacht habe. Ich wollte euch die Wahrheit sagen, großes Ehrenwort." Mein Blick gleitet an den verärgerten Zwillingen vorbei in den Stall. „Euch und Jonas natürlich auch."

Nina verschränkt die Arme vor der Brust. „Jonas hat's auch schon gesehen, falls du das wissen willst", meint sie kühl und deutet mit dem Kinn in den Stall. „Er ist in Samurs Offenstall, wenn du ihn suchst."

Ohne ein weiteres Wort machen die beiden auf dem Absatz kehrt und lassen mich stehen. Verwirrt ziehe ich die Stalltür auf. Meine allerschlimmste Befürchtung ist also eingetreten. Jeder weiß, wer ich bin. Und es gab keine Chance für mich, alles zu erklären.

Weiter hinten entdecke ich Jonas, der frisches Stroh in Samurs Offenstall schaufelt. Einem Impuls folgend, würde ich am liebsten davonlaufen, doch ich reiße mich am Riemen.

„Hallo, Jonas", begrüße ich ihn. Meine Stimme

klingt so dünn, dass ich mich selbst kaum höre. „Bevor du etwas sagst, musst du eins wissen: Ich wollte dir alles beichten, aber es hat sich nie ergeben. Es tut mir schrecklich leid."

Jonas sieht hoch und lehnt die Heugabel gegen die Wand. Eine Weile betrachtet er mich, dann hebt er die Schultern. „Ist okay", murmelt er gelassen. „Ist ja nicht so, als ob ich noch nie gelogen hätte. Schwamm drüber, Rosalie. Das ist doch dein richtiger Name, oder?"

Verwirrt schüttle ich den Kopf. Träume ich gerade oder hat mir Jonas meine Lüge einfach so verziehen?

„Du bist nicht sauer?", vergewissere ich mich. „Solltest du nicht wütend werden? Mich als miese Lügnerin beschimpfen und vor allen eine Szene machen?"

„Nö." Jonas widmet sich wieder der Stallarbeit, ohne mich auch nur eines Blickes zu würdigen. „Warum sollte ich? Du bist ja nicht meine Freundin."

Seine Worte treffen mich wie ein harter Faustschlag. Jonas' Stimme klingt kühl und fremd. Jegliches Interesse an mir hat sich in Luft aufgelöst.

„Und außerdem bist du noch ein Kind", setzt er nach und zeigt den Ansatz eines Lächelns, das mächtig schief gerät. „Mit dreizehn macht man nun mal Dummheiten. Du wirst schon noch erwachsen werden."

Jonas' Worte klingen wie ein Abschluss. Egal, was ich jetzt sage, ich weiß, dass nichts im Leben die Lüge gutmachen kann.

Was für ein Riesenschlamassel!

Enttäuscht mache ich kehrt. Jungs sind solche Idioten. Jungs wie Jonas, denen gar nicht klar ist, wie fies sie zu mir sind. Und wie Tom, der für das ganze Chaos hier verantwortlich ist.

Von Jungs habe ich die Nase voll. Zum Glück habe ich immer noch den Notfallplan mit der einsamen Pferdefarm in Australien. Dort kennt mich wenigstens keiner. Der perfekte Ort für einen Neubeginn.

Ein nächtliches Abenteuer

„Jetzt komm schon", bittet Jassy und setzt sich zu mir ins Stroh. „Du kannst dich nicht ewig hier im Stall verstecken. Außerdem siehst du echt miserabel aus."

Ich funkle sie böse an. „Mir egal", brumme ich und denke nicht mal dran, von Peppers Seite zu weichen. Schon klar, dass ich mies aussehe. Abgesehen davon, dass ich immer noch krank bin, sind meine Haare ungewaschen, meine Augen zieren dicke Augenringe, außerdem stecke ich in Jassys Jogginghose, die sie sonst nur zum Schlafen trägt. *Germany's next Topmodel* gewinne ich in diesem Aufzug sicher nicht.

Aber das ist mir auch egal. Jetzt muss ich keine Rolle mehr spielen und kann rumlaufen, als hätte ich mit mir und meinem Erscheinungsbild abgeschlossen. Ich muss keinen Jungen und keine neuen Freundinnen beeindrucken. Und Pferden ist das Aussehen ja bekanntlich egal.

Deshalb halte ich mich auch am liebsten in Peppers Box auf. Seit zwei Tagen bin ich nun fast zu jeder Tageszeit an seiner Seite. Hier und da kümmere ich mich um seine Körperpflege und füttere ihn mit Karotten und Äpfeln, doch die meiste Zeit sitze ich einfach nur da und erzähle ihm, was mich bedrückt.

Erst war Starlight mächtig eifersüchtig, dass ich die gesamte Aufmerksamkeit ihres Offenstallpartners für mich beanspruche. Doch inzwischen hat mich die Pinto-Stute als dritten Stallpartner akzeptiert.

Das ist auch gut so. Denn ich habe nicht vor, hier wegzugehen und mich der Außenwelt zu stellen. Nur leider sieht Jassy das anders.

„Jim hat nach dir gefragt", beginnt sie. „Er hat überlegt, was dich aufmuntern könnte. Ich hab ihm gesagt, dass du nicht von Peppers Seite weichst, und da hat er vorgeschlagen, heute mit den Pferden campen zu gehen. Es gibt einen Reitweg, der bis in den Wald führt. Dort schlagen wir dann die Zelte auf und übernachten unter den Sternen. Wir könnten uns ein Zelt teilen."

Überrascht blicke ich auf. Campen unter Sternen? Das klingt perfekt. Wie in einem Abenteuerfilm. Doch dann fällt mir ein, dass nicht nur Jassy dabei sein wird, sondern auch Nina, Nicole, Jim und die anderen. Keine zehn Pferde bekommen mich dazu, denen noch mal unter die Augen zu treten. Ich schäme mich in Grund und Boden.

„Ich habe keine Wahl, nicht wahr?", grummle ich und streiche durch Peppers Mähne, der sich gerade über einen Haufen Heu hermacht. „Alleine lässt mich Trixi nie hierbleiben, wenn ihr über Nacht ausreitet. Schon gar nicht jetzt, wo sie weiß, dass ich eine Lügnerin bin."

„Quatsch." Jassy sieht mich eindringlich an. „Warum denkst du, dass dich niemand leiden kann?" Sie schüttelt den Kopf. „Du hast so wenig Selbstvertrauen, dabei finden dich viele Menschen toll, so wie du bist. Zum Beispiel Jim. Und ich. Und jede Wette, sogar Tom."

Toms Name jagt einen Schauer durch meinen Körper. Ich lasse von Peppers Mähne ab und sehe zu Jassy hoch.

„Tom?", staune ich. „Du spinnst ja wohl. Tom hat diese ganze Katastrophe ja erst verursacht." Ich balle die Fäuste. „Tom hasst mich mehr als jeder andere."

Jassy lehnt sich gegen die Stallwand und hebt vielsagend die Augenbrauen. „Sei dir da mal nicht so sicher. Hast du dich noch nie gefragt, warum er dieses fiese Strickrosie-Comic ausgerechnet an dem Tag ausgepackt hat, als er dich und Jonas beim Knutschen erwischt hat?"

„Weil er ein blöder Dummkopf ist." Ich trete einen Haufen Stroh von mir weg. „Darum."

„Ach ja?" Jassy schüttelt ungläubig den Kopf. „Ich weiß nicht, Rosie. Jungs machen die dümmsten Dinge, wenn sie wollen, dass Mädchen sie für coole Typen halten."

„Fiese Comics malen?" Ich lache spöttisch. „Mir Joghurt in den Schulrucksack kippen? Und mir Kaugummi ins Haar schmieren?" Ich funkle sie böse an. „Mama musste mir eine fingerdicke Haarsträhne abschneiden, um diesen Kaugummi zu entfernen. Ich hatte für Monate eine Halbglatze."

„Aber vielleicht ist das seine Art, um zu –"

„Eine Halbglatze!", rufe ich eindringlich.

Jassy seufzt. Scheinbar hat auch sie Probleme, Jungs zu verstehen.

„Ich weiß auch nicht", räumt sie ein und setzt sich zu mir ins Stroh. „Es ist, wie … Tom dich ansieht. Im Speisesaal. Meistens ist er ganz still, um hören zu können, was du sagst."

„Um sich hinterher darüber lustig zu machen", rate ich.

„Wenn wir ausreiten, reitet er stets hinter dir", macht Jassy weiter. „Als wollte er dich auffangen, wenn du rücklings vom Pferd purzelst."

Ich verschränke die Arme. „Um Pepper einen Kieselstein an den Hintern zu schnipsen, damit er erschrickt, hochsteigt und wir eine weitere kleine Rodeoeinlage hinlegen", lautet meine nächste Theorie.

„Jetzt tust du Tom unrecht. Tom liebt Pferde, genau wie du", erinnert sie mich. „Und wer weiß, Pferde sind womöglich nicht seine einzige Leidenschaft."

„Ach, Jassy. Du bist zwar meine allerbeste

Freundin. Aber du hast zu viel Fantasie." Ich küsse Pepper zum Abschied zwischen die Augen und rappele mich hoch. Jassy hat einfach zu viele romantische Pferdebücher gelesen. Da gibt es auch massenweise Turbulenzen, bis sich am Ende alles in Wohlgefallen auflöst und die Heldin einem Prinzen mit wehenden Haaren und weißem Schimmel begegnet. Nur leider ist das hier das echte Leben. Und dafür gibt's nun mal keine Happy-End-Garantie.

Jassy lacht und wirft ihre schwarzen Haare zurück. „Ich bin eben Optimistin. Und deshalb garantiere ich dir, dass das Campen heute Abend lustig wird." Sie tätschelt mir die Schulter. „Komm mit. Ich bin doch auch dabei. Das muss dir doch reichen."

Was hab ich denn für eine Wahl? Ich reite mit und werde so tun, als wäre Tom nicht existent. Ein nächtlicher Schatten. Ein unsichtbares Nichts.

„Na prima. Baronin von Münchhausen gibt sich die Ehre und kommt mit in den Wald", pflaumt mich Nina an, als ich Pepper am Halfterstrick aus dem Offenstall führe. Pepper schnaubt fröhlich und tänzelt vor Aufregung unruhig herum, als wüsste er genau, dass ein langer Ritt bevorsteht. Keine Frage, der Wallach kann es kaum erwarten. Im Gegensatz zu mir.

„Mann, Nina! Ich hab mich doch schon entschuldigt", brumme ich und weiche ihrem Blick aus. Das ist echt das Letzte. Wenn Nina mich nicht mehr leiden kann, dann soll sie mich wenigstens nicht mobben.

„Wer sagt uns, dass wir deine Entschuldigung glauben können?", brummt Nicole und befestigt eine Satteltasche am Sattel ihres Pferds. Sie klingt nicht so fies wie Nina und würde mir bestimmt eher verzeihen als ihre Schwester. „Du hast uns doch schon einmal belogen."

Beschämt kuschele ich mich an Pepper und trete von einem Bein aufs andere. Bei Ninas und Nicoles harschen Worten wird mein Kopf ganz heiß. Scham, Frust, Wut und Ärger toben in mir. Noch nie im Leben habe ich mich so mies gefühlt wie eben.

Zum Glück kommt Jim auf uns zu. Er trägt eine Jeansjacke und schleppt eine Nylontasche, die aussieht, als befände sich darin ein großes Zelt. Dazu lächelt er breit, als könnte er es kaum erwarten, mit dem Campingtrip loszulegen. Seine gute Laune ist ansteckend und sofort fühle ich mich besser.

„Howdy. Seid ihr bereit? Fehlt noch jemand?", erkundigt er sich und sattelt Bravo, einen stattlichen Colorado Ranger mit wunderschöner Scheckung.

„Wir haben gefehlt. Aber jetzt sind wir komplett", meldet sich Jonas zu Wort, der Samur fertig gesattelt aus dem Stall führt. Im Schlepptau befinden sich Tom und einige der Jungs aus Toms Ferienclique.

Mir entgeht nicht, dass jedes Augenpaar an mir klebt. Jeder mustert mich oder verzieht abschätzig das Gesicht. Einige stecken sogar unverblümt die Köpfe zusammen und tuscheln. Ich komme mir vor wie eine Aussätzige. So wie die sich benehmen, könnte man beinahe denken, ich wäre gemeingefährlich.

Nicht einschüchtern lassen, sage ich in Gedanken. Es ist mein vorletzter Abend hier mit Pepper und Jassy, den werde ich mir bestimmt nicht verderben lassen.

Stattdessen kümmere ich mich um die Vorbereitung. Jim hat angekündigt, dass ein Wanderritt mit Übernachtung gut geplant sein muss. Denn auch ein Pferd sollte nur mit so viel Gewicht belastet werden, wie für den Ritt unbedingt erforderlich. Womit Jim recht hat. Immerhin ist Pepper ein Westernpferd und kein Packesel.

„Sonnencreme?", will Jassy wissen und kramt die Checkliste aus ihrer Windjacke.

„Lichtschutzfaktor 30", antworte ich.

„Gut." Jassy malt ein Häkchen auf ihre Liste. „Dann wären da noch Pferdeputzzeug, Zeckenzange, Taschenlampe, Feuerzeug, Schlafsäcke, Mückenmittel, Hufauskratzer und Erste-Hilfe-Set."

„Hört sich an, als würden wir ins Dschungelcamp ziehen."

Jassy lacht und sitzt auf. „Solange uns Jim keine Heuschrecken-Pizza serviert, ist für mich alles in Ordnung."

Ich muss grinsen. „Wart's ab", kichere ich. Die gute Laune hat mich wieder und die schiefen Blicke nehme ich nicht mehr wahr. „Wenn die Verpflegung knapp ist, isst Jim bestimmt auch Kakerlaken. Das sind wichtige Eiweißlieferanten."

Tatsächlich macht Jim den Eindruck eines waschechten Naturburschen. Wir sind kaum eine halbe Stunde geritten, da gibt Jim schon Lektionen in Sachen Naturkunde. Nach einer Weile kann ich zehn Laubbaumarten benennen. Eschen, Buchen und Birken recken hier am Wegesrand ihre Äste in die Lüfte. Für ein Mädchen aus der Stadt wie mich fiel das hier früher alles unter die Kategorie Grünzeug.

Jassy und ich haben beschlossen, an der Spitze der Gruppe neben Jim zu reiten, um den Blicken der anderen zu entkommen. Nur hier und da drehe ich mich um, um mich heimlich nach Jonas umzusehen.

Was Jonas und mich anbelangt, herrscht Funkstille. Seit wir losgeritten sind, unterhält er sich angeregt mit Bettina, einer Blondine aus Leipzig, deren Eltern Deutschlands beliebteste Müsliriegel herstellen. Abgesehen von ihrer aufregenden

Familie hat Bettina mit ihren dreizehn Jahren auch noch Rundungen, mit denen sie locker als fünfzehn durchgehen könnte. Damit kann ich nun mal nicht mithalten.

„Scheint, als hätte Jonas rasend schnell Ersatz gefunden. Die Müsliriegel-Tussi hat es ihm angetan", stellt Jassy fest, die meinem Blick gefolgt ist. „Ob Bettina ihm auch erzählt hat, dass sie seit einem Jahr mit einem Italiener aus Rom liiert ist?"

Kichernd drehe ich mich zu den beiden um. Jonas scheint gerade einen Witz zu erzählen und Bettina antwortet mit ihrem typischen Lachen. Genervt ziehe ich eine Grimasse und wende mich ab. Diese Tussi klingt wie ein krähender Gockel. Schauderhaft.

Eigentlich bin ich kein rachsüchtiger Mensch, doch nachdem mich Jonas wegen meines wahren Alters einfach so ignoriert, ist die Sache für mich gegessen. Ferienflirt ade! Soll er doch weiter der krähenden Müsliriegel-Lady schöne Augen machen. Ist mir piepegal.

Gerade als ich mich abwende, fange ich Toms Blick auf. Er reitet auf Joker, seinem störrischen, falbfarbenen Ferienpferd und hat seine Augen geradewegs auf mich gerichtet.

Schnell drehe ich mich um und balle die Fäuste so fest, dass sich die Zügel in meine Haut schneiden. Hat ihm denn niemand beigebracht, dass Starren unhöflich ist?

Morgens im Stall haben Jassy und ich noch den Plan gefasst, Tom einfach links liegen zu lassen. Doch inzwischen ist mir eher danach, ihn wüst zu beschimpfen. Heute ist der Tag der Abrechnung. Ich werde ihm mal die Meinung sagen. Oder noch besser: ihm einen Satz heiße Ohren verpassen. Die hat er schon längst verdient.

„Weiter vorne öffnet sich das Astdickicht und wir gelangen auf eine kleine Lichtung", unterbricht Jim meine Rachepläne. Ich war so in Gedanken, dass ich nicht bemerkt habe, wie wir die Felder hinter uns gelassen und in ein Wäldchen geritten sind. Die Wipfel schlucken die Sonnenstrahlen und schlagartig wirkt es viel dunkler als vorhin. Ich bin froh, als wir die hellere Lichtung erreichen.

„Wir haben zwar noch drei Stunden, bis die Sonne untergeht, trotzdem sollten wir nicht zu spät die Zelte aufschlagen. Immerhin müssen wir noch Feuer machen und Essen zubereiten", erinnert uns Jim und steigt von Bravo ab. Auch mit dem hohen Wanderrucksack auf dem Rücken wirken Jims Bewegungen immer noch routiniert. „Hier in der Natur wird es schlagartig dunkel. Da sieht man seine eigene Hand vor Augen nicht."

„Ich melde mich freiwillig fürs Zeltaufbauen." Jonas führt Samur auf die Lichtung und zwinkert Bettina zu. „Die Dinger habe ich in null Komma nichts aufgebaut."

„Macho", wispert Jassy und verdreht die Augen.

„Angeber", flüstere ich zurück. Ich frage mich tatsächlich, warum mir Jonas' übersteigertes Selbstbewusstsein erst jetzt ein Dorn im Auge ist. War ich etwa so verknallt, dass ich einfach darüber hinweggesehen habe?

„Besser, Tom und die Jungs aus seiner Hütte kümmern sich um die Zelte", macht ihm Jim einen Strich durch die Rechnung. „Jonas, du versorgst mit den übrigen Jungs die Pferde, immerhin kennst du unsere Tiere am besten. Bring sie zum Bach und sieh zu, dass sie frisches Wasser bekommen und in Ruhe grasen können."

„Ja, Chef. Wird gemacht, Chef", knurrt Jonas und führt Samur an den Waldesrand. Der Hannoveraner scheint das ranghöchste Tier im Stall zu sein, denn prompt folgen die übrigen Pferde dem Hengst.

„Nun zu euch, meine Damen", richtet sich Jim an uns Mädchen. „Ihr sammelt Feuerholz. Wir brauchen lange, trockene Äste, um die Flamme am Lodern zu halten. Denkt ihr, ihr bekommt das hin?"

Na toll! Mit Nina und Nicole gemeinsam loszuziehen, um im Wald Holz zu sammeln, ist nun wirklich das Letzte, was ich machen will. Ob ich Jim bitten soll, stattdessen den Zeltaufbau oder die Pferdepflege zu übernehmen? Andererseits möchte ich mit Tom und Jonas noch viel weniger zu tun haben. Dann lieber das Holz.

„Sollen wir beisammen bleiben oder uns in Gruppen teilen?", ergreife ich schließlich das Wort, als wir tiefer in den Wald stapfen.

„Wir trennen uns natürlich", knurrt Nina mich an. „Aber pass bloß auf, dass du nicht über die Sträucher stolperst. Du weißt ja, Lügen haben kurze Beine. Und deine haben Dackellänge."

Einige Mädchen kichern. Nur Nicole boxt Nina in die Seite. „Jetzt lass Rosalie doch mal in Frieden", ergreift sie für mich Partei. „Denkst du nicht, es reicht langsam? Sieh sie dir an, sie sieht schon total verheult aus."

Na herzlichen Dank auch. Hastig wische ich mir die Augen. Vorhin ist meine Wimperntusche verschmiert, als ich den Tränen nahe war. Wie peinlich.

„Stimmt auch wieder", antwortet Nina in einer Lautstärke, als wäre ich gar nicht da. „Warum machen wir uns die Mühe? Tom wird Rosie ohnehin bis in alle Ewigkeit aufziehen." Sie bückt sich und sammelt trockene Zweige auf. „Tom meinte sogar, Rosalie isst ihr Frühstück aus einer Schneewittchen-Tupperbox. Ist das nicht niedlich?"

Jetzt reicht es aber. Die Geschichte mit der Schneewittchen-Tupperbox, die mir Mama jeden Morgen in die Hand drückt, hat Tom auch noch ausgepackt? Zornig reiße ich einen Ast vom Baum und klemme ihn mir unter den Arm. Meine Wut auf Tom ist inzwischen ins Unermessliche gewachsen.

„Ich hab genug Holz gesammelt", verkünde ich entschlossen und mache auf dem Absatz kehrt. „Wenn ihr mich sucht, ihr findet mich bei den Zelten."

Jassy greift nach dem Zipfel meiner Windjacke und hält mich zurück. „Was ist denn plötzlich los?", zischt sie. „Ist es wegen Nina und Nicole?"

Ich schüttele den Kopf und befreie mich aus ihrem Griff. „Es ist wegen Tom." Schon der Klang seines Namens macht mich wütend. „Dieser Junge ist die Wurzel allen Übels. Und nun habe ich endgültig genug."

Jassys Blick wandert über meine Schulter. „Scheint, als könntest du ihm das gleich selbst sagen. Tom kommt direkt auf uns zu."

Erschrocken drehe ich mich um. Tatsächlich erkenne ich im Dickicht eine blonde Jungengestalt, die sich durchs Gebüsch in unsere Richtung durchschlägt.

„Aber versuch, nicht zu fies zu ihm zu sein, hörst du?", redet mir Jassy ins Gewissen und blickt mir in die Augen. „Vielleicht tut es ihm ja leid."

Ich fasse es nicht! Hat Jassy jetzt plötzlich Mitleid mit dem Übeltäter des Jahrhunderts? Schlägt sie sich auf seine Seite?

Doch diesmal werde ich ihren Rat nicht beherzigen.

„Bis später", weiche ich ihr aus und gehe auf Tom zu.

„Hey", begrüßt mich Tom und lächelt schief, als wüsste er nicht recht, wie er mir begegnen sollte. Unter seinem Arm hat er ein Bündel Reisig geklemmt. „Die Zelte sind fertig. Also dachte ich, ich helfe euch mit dem Brennholz. Ich habe schon eine alte Zeitung gefunden. Die gibt einen prima Brandbeschleuniger ab."

Langsam platzt mir der Geduldsfaden. Will Tom jetzt so tun, als wäre er sich keiner Schuld bewusst? Aber da hat er sich gründlich geschnitten.

„Jetzt hör mal zu, Picasso." Forsch mache ich einige Schritte auf ihn zu und dränge ihn rückwärts. „Bist du nun komplett durchgeknallt? Was sollte die Sache mit dem Comic auf der Pinnwand?"

„Ach das. Also …" Toms schiefes Lächeln verschwindet und ein Hauch Blässe spannt sich über seine Wangen. Er taumelt rückwärts, bis ihm ein wuchtiger Baumstamm den Weg versperrt. „Ich weiß, ich habe unsere Abmachung gebrochen. Und es tut mir auch leid." Verlegen kratzt er sich im Nacken. „Aber nachdem ich dich und Jonas im Stall entdeckt habe, habe ich einfach rotgesehen."

Ich verstehe nur noch Bahnhof. „Wa… Was zum

Geier hat Jonas damit zu tun?", blaffe ich und meine Stimme hallt durch den Wald. Ich kann nur hoffen, dass Jonas mit den Pferden weit genug entfernt ist, um das Gespräch nicht noch mitzubekommen.

„Rosie!" Nun kommt Leben in Tom. Mit eindringlichem Blick beugt er sich zu mir, bis unsere Köpfe nur noch wenige Zentimeter trennen. „Du hast tatsächlich deinen ersten Kuss an einen Jungen verschwendet, der noch nicht mal deinen Namen kennt? Hast du dir das so vorgestellt?"

Perplex starre ich in Toms Gesicht. Dass er plötzlich das Gespräch dominiert, gefällt mir ganz und gar nicht.

„Wolltest du mit einem Jungen zusammen sein, der dich nicht kennt?", bohrt Tom weiter. Er lässt nicht locker. Nun läuft er zur Höchstform auf. „Nicht mal annähernd kennt?"

„Er kennt mich", feuere ich zurück. Das Gespräch wühlt mich mehr auf, als ich gedacht habe. Zumal plötzlich eine neue seltsame Spannung zwischen Tom und mir in der Luft liegt. „Bis auf ein paar unwichtige Details war alles wahr, was ich Jonas erzählt habe. Also kennt er mich doch!"

„Tut er nicht", widerspricht Tom und rauft sich die Haare. Seine Stimme hat einen neuen eindringlichen Ton angenommen, den ich gar nicht kenne. „Er kennt dich nicht. Nicht so wie ich."

Schweigen. Mutig halte ich Toms Blick stand,

während die Worte in meinem Kopf widerhallen. Das Gespräch hat eine neue Wendung genommen, aus der ich nicht ganz schlau werde.

„Du hattest kein Recht, dich einzumischen. Du bist doch an allem schuld! Wenn du mich nicht immer so mies behandelt hättest, hätte ich doch gar nicht versucht, hier einen auf cool zu machen", zische ich böse. Ein Schwall an Gefühlen überwältigt mich. „Du hast alles zerstört. Meinen Urlaub, meinen Sommer, mein ganzes Leben." Ich schnaube. Endlich finde ich die richtigen Worte. „Einen winzigen Moment lang dachte ich, wir wären Freunde, aber nun bin ich wieder bei Verstand. Ich wünschte, wir würden uns nie wiedersehen."

Tom schluckt. Aus seinen grünen Augen starrt er mich an, regungslos, als wolle er den Sinn meiner Worte begreifen. Zweimal setzt er zu einer Antwort an, doch dann lässt er es sein und schweigt.

Mir reicht es. Wütend drehe ich Tom den Rücken zu, wische mir die Tränen aus den Augen und rausche durchs Unterholz zurück zum Lager.

Schon komisch. Eigentlich hatte ich gehofft, mich nach dem Streit mit Tom richtig gut zu fühlen. Als Gewinnerin. Doch jetzt will ich nur noch zu Pepper. Meinen Kopf so lange an sein weiches Fell schmiegen, bis es mir besser geht.

Nächtliche Suchaktion

„Würstchen?", fragt Jim und hält mir eine Packung Mini-Würstchen hin. Dankbar nicke ich, spieße mein Abendessen auf einen langen Ast und halte es übers Feuer.

Inzwischen ist es dunkel und wir haben das Feuer entzündet. Die knisternden Flammen wärmen angenehm und der Wind wirbelt die Feuerfunken in die Lüfte.

Jassy und ich haben auf Holzstümpfen neben Jim Platz genommen und bedienen uns kräftig an Trixis Salaten, die sie uns ins Gepäck gesteckt hat. Links neben uns sitzen Nina und Nicole, etwas weiter entfernt entdecke ich Bettina und Jonas, die immer noch tratschen und dabei Kartoffeln in Alufolie übers Feuer halten.

Tom hat den von mir am weitesten entfernten Platz eingenommen. Er sitzt exakt auf der anderen Seite des Feuers, verdeckt von einer riesigen Rauchschwade, die sich in den Himmel hebt. Nur ab und zu, wenn sich die Flamme etwas absenkt, kann ich einen Blick auf ihn erhaschen.

Seit vorhin haben wir kein Wort mehr miteinander gewechselt. Gleich nach dem Streit habe ich Pepper besucht und ausgiebig mit ihm geschmust. Jonas hat die Pferde etwas abseits unseres Lagerplatzes angebunden, wo genug frisches Gras wächst und die Tiere aus dem vorbeifließenden Bächlein trinken können.

Die Finsternis scheint die Pferde gar nicht zu ängstigen, immerhin kennen Pepper und die anderen den Lagerplatz schon von unzähligen früheren Ausritten.

„Ist euch langweilig? Wir könnten was spielen", schlägt Jim vor und nimmt einen großen Bissen von seinem Würstchen.

„Vielleicht Wildtiere raten", flüstert Nicole und sieht sich besorgt um. „War das Geräusch da ein Bär? Oder ein Wolf? Hier ist es mir irgendwie nicht ganz geheuer."

„Ach was, Schwesterherz", zieht Nina sie auf. „Das war eine Eule, sonst gar nichts."

„Hast du hier schon mal Wölfe gesehen, Jim?", fragt nun auch Jassy neugierig. „Der Wald ist riesig. Bestimmt treiben sich da mehrere Rudel herum."

„Vielleicht gibt's ja Werwölfe? Heulen die den Vollmond an?", lacht Nina und blickt in den sternenklaren Himmel. „Huch, wir haben sogar Vollmond. Na, wenn das kein Zufall ist."

„Quatsch." Jim lacht. „Ich hab hier noch nie einen Werwolf gesehen. Allerdings streift seit letztem Sommer ein Pärchen Silberwölfe durch diese Gegend."

Nicole hält den Atem an. „Und? Sind die auch gefährlich?"

Jim schüttelt den Kopf. „Wenn man nicht alleine durch die Wälder streift und die Tiere nicht provoziert, kann nichts passieren. Wisst ihr, bei vielen Menschen auf einem Fleck und einer lodernden Flamme fürchten sich Wölfe mehr vor uns als wir vor ihnen."

„Oh, oh", scherzt Paul aus Bremen. „Dann sollten wir besser nicht alleine in den Wald gehen, wenn wir mal pinkeln müssen."

„Besser, du wartest bis morgen früh", lacht Jonas und klopft ihm auf die Schulter. „Wenn es dann noch nicht zu spät ist."

Jim wirft morsches Holz in die Glut. „Wenn ihr euch nicht zu weit vom Lager entfernt, ist das kein Problem. Ihr habt ja eure Taschenlampen dabei. Bitte gebt aber trotzdem aufeinander acht, hört ihr?"

Wir nicken. Jim wirkt zufrieden und wechselt das Thema. Nun erzählt er uns spannende Geschichten von seiner Kindheit in Amerika. Von langen, drückend heißen Sommern, dem morgendlichen Aufstehen vor Sonnenaufgang und der Arbeit auf den Feldern.

Jim ist auf einer Maisfarm aufgewachsen und hat schon in meinem Alter Tag für Tag seinen Eltern auf den Feldern zur Hand gehen müssen. Richtig schweißtreibende Arbeit war das, die oft über Monate ging. Auch im Sommer. Es blieb nicht mal Zeit für Urlaub.

Im Vergleich zu Jims Jugend kann ich mich richtig glücklich schätzen. Meine Eltern verlangen lediglich, dass ich meine benutzten Teller nach dem Essen in die Spülmaschine räume. Meine Freizeit kann ich verbringen, wie ich will. Ob mit Jassy beim Shoppingbummel, beim Entspannen vor der Glotze oder mit Annabell auf blühenden Feldern. Und einmal im Jahr fahre ich mit Mama und Papa zum Wandern in die Berge. Oder eben zum Reiten auf die Moonlight Ranch.

Eigentlich führe ich als Rosalie ein beneidenswertes Leben. Erstaunlich, dass mir das hier klar wird, beim Starren in eine Flamme, die langsam ausgeht.

Jim klatscht in die Hände. „Zeit, ins Bett zu gehen. Wir stehen morgen früh auf." Er schüttet eine Flasche mit Wasser über die Glut. Eine graue Wolke steigt über der Feuerstelle auf.

Ich widerspreche nicht. Das viele Nachdenken hat mich müde gemacht. Ich habe zwar keine Armbanduhr dabei, aber bestimmt ist es schon nach Mitternacht. Inzwischen fegt ein kühler Wind über unseren Lagerplatz und lässt mich frösteln.

„Die Zelteinteilung bleibt wie besprochen",

ordnet Jim an und packt die Abfälle in einen Müllsack. „Die Mädchen teilen sich auf die beiden Dreimannzelte auf. Die übrigen fünf Jungs schlafen mit mir im Familienzelt." Jim stellt den Müllsack ab und knipst die Taschenlampe an. Der Lichtstrahl gleitet über unsere Köpfe. „Sekunde mal. Ich zähle nur vier Jungs. Wer fehlt?"

Niemand antwortet. Es dauert eine Weile, bis bei Jonas der Groschen fällt.

„Tom fehlt", stellt er fest und knipst eine zweite Taschenlampe an. Nun huschen zwei Lichtkegel durch die Finsternis. „Teilst du dir nicht mit ihm eine Hütte, Paul? Ihr seid doch befreundet, oder?"

„Das dachte ich auch." Paul überlegt. „Aber seit dem Zeltaufbau hat er kein Wort mehr mit mir gewechselt. Er saß regungslos am Feuer, bis er einfach in den Wald gegangen ist. Ich dachte, er müsste mal pinkeln."

Jim wirkt alarmiert. „Wie lange ist das her?", will er wissen und richtet den Lichtkegel in Pauls Gesicht.

Paul hebt die Schultern. „Weiß nicht", antwortet er. „Eine halbe Stunde. Vielleicht länger."

„Mist", flucht Jim. Die souveräne Landstreicher-Miene ist aus seinem Gesicht verschwunden. „Warum hat keiner bemerkt, dass Tom schon so lange fehlt?"

Betretenes Schweigen. Zugegeben, ich habe

heute Abend nicht auf Tom geachtet. Ganz im Gegenteil, ich habe ihm die kalte Schulter gezeigt.

„Jonas, sieh nach, ob Joker noch da ist!", befiehlt Jim. Jonas nickt. „Wenn Tom auf Joker abgehauen ist, kann er inzwischen über alle Berge sein."

Gänsehaut spannt sich über meine Arme. Was ist nur passiert? Warum ist Tom klammheimlich verschwunden? Will er bloß etwas alleine sein? Oder ist ihm etwas zugestoßen?

„Weg", keucht Jonas, der eben vom Schlafplatz der Pferde zurückkehrt. „Joker ist weg."

„Das gibt's doch nicht", stöhnt Jassy und fährt sich durchs Haar. Auch sie wirkt plötzlich aufgelöst. „Kann ihn mal jemand auf seinem Handy anrufen?"

„Vergiss es, Stadtmädchen", pflaumt Jonas sie an. Seine Schultern sind angespannt und er marschiert im Stechschritt auf und ab. „Wir sind mitten im Wald. Da gibt's keinen Empfang. Hier kannst du bloß Morsezeichen gegen Baumstämme trommeln."

„Wir müssen ihn suchen", fleht Jassy. „Ich könnte Starlight satteln und zurück zu den Feldern reiten."

Nina nickt überzeugt. „Wie beim Nachtritt."

Jim schüttelt den Kopf. „Und riskieren, dass noch mehr von euch verloren gehen? Kommt gar nicht infrage! Das Risiko, dass sich jemand verletzt, ist viel zu hoch. Wenn man Hindernisse zu spät entdeckt, kann das gefährlich werden. Für Mensch und Tier."

Ich beiße mir auf die Lippe. Das Gleiche gilt nicht nur für uns, sondern auch für Tom und Joker. Was ist, wenn Joker in der Finsternis einen umgeknickten Baumstamm übersehen hat und die beiden verletzt sind? Oder von den Silberwölfen angefallen worden sind?

In meinem Kopf baut sich ein hässliches Bild von knurrenden Wölfen auf, die mit den Zähnen fletschen. Ihre leuchtenden Augen sind auf Tom und Joker gerichtet, während sie auf den passenden Moment warten, um anzugreifen.

Ich glaube, mir wird übel.

„Wenn wir nur wüssten, was Tom vorhat", überlegt Jim und reibt sich angestrengt die Stirn. „Oder in welche Richtung er geritten ist. Aber so, mit Dutzenden Quadratkilometern Wald um uns, haben wir keinen Anhaltspunkt." Jim seufzt. „Hat Tom etwas gesagt, das euch merkwürdig vorgekommen ist? Oder gab es Streit?"

Mir läuft ein Schauer über den Rücken. Kann es sein, dass ich für Toms Verschwinden verantwortlich bin?

Zögerlich hebe ich die Hand. Nun muss die Wahrheit raus, auch wenn sie noch so unangenehm ist. „Tom und ich hatten tatsächlich Streit", gebe ich zu. „Ich habe ihm Vorwürfe gemacht, ihr wisst schon, wegen dem Comic, den er auf das Schwarze Brett geklebt hat."

Ein Raunen geht durch die Menge. Ich höre Kommentare wie: „Klar, sie war's, die Lügnerin." Oder: „Ist ja logisch, sie ist einfach an allem schuld."

„Ruhe!", fährt Jim dazwischen. „Das macht Sinn. Tom wirkte schon den ganzen Abend, als hätte er was auf dem Herzen. Was uns leider auch keinen wirklichen Anhaltspunkt verschafft."

„Trotzdem. Wir müssen ihn suchen", bettele ich. Meine Stimme klingt ganz panisch. Wenn Tom tatsächlich etwas zugestoßen ist, würde ich mir das nie verzeihen, ganz gleich, was für ein Fiesling er auch sein mag. „Bitte, Jim. Morgen früh ist es vielleicht schon zu spät."

Jim wirkt hin- und hergerissen. Wenn doch nur die Handys funktionieren würden, könnten wir Trixi anrufen und fragen, ob Tom zurück zur Moonlight Ranch geritten ist. Aber so tappen wir vollkommen im Dunkeln.

„Gut, überzeugt", stimmt Jim schließlich zu. „Wir ziehen zu Fuß los und teilen uns in Gruppen. Die erste prüft den Weg zurück zu den Feldern. Die zweite kommt mit mir tiefer ins Wäldchen. Und Jonas, du und Bettina macht erneut Feuer und bewacht das Lager und die Pferde. Verstanden?"

Jonas grinst bis über beide Ohren. Mit Bettina

alleine am Lagerfeuer zu sitzen, scheint ihm überhaupt keine Probleme zu bereiten.

„Wir treffen uns in exakt einer Stunde hier beim Lager", schärft uns Jim ein. „Nehmt zur Sicherheit eine zweite Taschenlampe mit und bewegt euch nur auf befestigten Wegen, verstanden?"

Wir nicken und beginnen mit der Gruppenaufteilung. Schnell ist klar, dass Jassy und ich in Richtung der Felder wandern und dabei alleine losziehen werden. Das stört mich nicht.

Als wir bereits zehn Minuten durch die Dunkelheit gestapft sind, finde ich es doch ziemlich gruselig hier. Aus jeder Ecke des Waldes dringen Geräusche. Ein Rascheln im Gebüsch. Ein Vogel, der sich von einem Ast erhebt. Ein Knacksen der Äste unter unseren Füßen.

„Oh Mann, hätten wir uns bloß nicht mit Nina und Nicole gezofft", flüstere ich und richte die Taschenlampe in das dunkle Nichts vor mir. „Zu viert wäre es bestimmt weniger gruselig hier."

„Ich hab auch Angst", gibt Jassy kleinlaut zu. „Aber wir müssen Tom finden. Stell dir nur vor, was hier los ist, wenn er bis morgen nicht auftaucht. Dann müssen wir auch seine Eltern anrufen."

Das will ich mir gar nicht vorstellen. Meine Mutter würde doch schon komplett durchdrehen, wenn ich nur einen Tag lang keine SMS schicke.

„TOM!" Ich forme meine Hände zum Trichter. „Wo steckst du? Kannst du uns hören?"

Wir lauschen. Nichts. Nur das Rascheln der Bäume im Wind.

„Ich habe Tom beschimpft, Jassy", mache ich mir Vorwürfe. „Dabei hat er sich ehrlich entschuldigt und zugegeben, dass er den fiesen Comic von Strickrosie bloß gemalt hat, weil Jonas und ich herumgeknutscht haben."

„Echt jetzt?" Jassy fasst mich an der Schulter. „Rosie, weißt du, was das bedeutet?"

„Nö." Ich stehe wie immer auf der Leitung.

„Dass ich recht hatte! Dass Tom über beide Ohren in dich verknallt ist", rückt Jassy mit der Sprache raus. „Und er eifersüchtig war, weil du dich nicht für ihn interessiert hast. Sondern für Jonas."

Ich schneide eine Grimasse. „Ist dir klar, was du da sagst? Wir reden von Tom. Tooo-homm! Der mich mehr hasst als alle anderen Menschen auf diesem Planeten."

„Und wennschon", widerspricht Jassy und schiebt einen tief hängenden Ast zur Seite. „Du musst zugeben, dass Tom ganz schön süß ist. Die blonden Wuschelhaare, die grünen Augen. Und seine Leidenschaft für Pferde. Jungstechnisch könnte man es wirklich schlechter erwischen."

Mag schon sein, dass ein Fünkchen Wahrheit in Jassys Worten steckt. Als Tom und ich uns heute

Abend im Wald gegenübergestanden und tief in die Augen gesehen haben, war da diese komische Stimmung zwischen uns. Mir war, als würde mein Herz ein paar Schläge aussetzen. Aber ich dachte, das wäre bloß die Aufregung wegen des hitzigen Streits.

„Wie auch immer Tom über mich denkt, wir müssen ihn finden", beende ich die Diskussion und blicke mich um. Wir sind an einer Wegbiegung angelangt. „Ich habe eine Idee. Du gehst nach links und ich nach rechts. Dann schaffen wir es, ein größeres Areal abzusuchen."

Jassy runzelt die Stirn. „Aber Jim meinte doch –"

„Wir wollen doch Tom finden, oder?"

Jassy nickt und kramt in ihrem Rucksack nach der Reserve-Taschenlampe. „Wenn du stürzt oder dir etwas zustößt, ruf laut nach mir", schärft sie mir ein.

„Okay." Mit zittrigen Fingern knipse ich die Taschenlampe an und setze einen Fuß vor den anderen, immer den Trampelpfad entlang. Der Lichtschein der Reservelampe ist viel schwächer und dünner als der von Jassys Taschenlampe. Ich hoffe, die Batterien halten noch ein Weilchen.

„Tom!", rufe ich erneut. Jassys und meine Schreie hallen durch den Wald. Nach einer Weile ist Jassy so weit entfernt, dass ich sie nicht mehr hören kann. Auch habe ich keine Ahnung, wie viel

Zeit vergangen ist. Wann muss ich zurück zum Lager? Ich habe jegliches Zeitgefühl verloren.

Zu allem Übel fühlen sich nun auch meine Beine an wie Blei.

„Pause", sage ich zu mir selbst und lehne mich erschöpft an einen Baumstamm. Meine Augen fallen mir zu und kurz glaube ich sogar, im Stehen einzuschlafen.

In diesem Moment höre ich es zum ersten Mal. Ein Wiehern, weit entfernt, so, als käme es aus einem Traum. Plötzlich hellwach schlage ich die Augen auf. Da ist es wieder. Ein klägliches Wiehern, als rufe ein Pferd um Hilfe.

Das kann nur Joker sein! Die Entfernung zu Pepper und den anderen Pferden ist viel zu groß, um ihr Wiehern bis hierher hören zu können.

Nun merke ich, dass nicht allzu weit entfernt ein Bach gluckert. Aus derselben Richtung kommt auch das Wiehern.

„Tom!", rufe ich, so laut ich kann. Meine Stimme zerschneidet die Stille. „Kannst du mich hören?"

„Rosie? Bist du das?", antwortet eine Stimme aus derselben Richtung. Leise, entfernt, aber doch deutlich genug, um sie nicht für ein Geräusch des Waldes zu halten.

Das muss Tom sein! Kurzum verlasse ich den Trampelpfad und stapfe durchs Gebüsch, auf direktem Weg in die Richtung, aus der ich das Geräusch gehört habe. Sträucher piksen mich durch die Reithose und dürre Äste schlagen mir ins Gesicht, aber das ist mir egal.

Inzwischen bin ich ins tiefste Astdickicht vorgedrungen, ohne einen Schimmer, wo ich mich befinde. Vermutlich bin ich kilometerweit vom Lager entfernt.

„Tom! Wo bist du?", versuche ich es noch mal.

„Im Wald", antwortet die Stimme.

Ich muss grinsen. Das ist Tom, keine Frage. Seinen Humor hat er jedenfalls noch nicht verloren, das ist ein gutes Zeichen. „Geht's vielleicht auch etwas genauer?"

„Es sind … viele Bäume um mich rum. Und dürre Äste. Und Farngewächse."

Ich stöhne. Das hilft mir überhaupt nicht weiter. Warum frage ich überhaupt?

„Rosie, du musst dem Bachlauf folgen", ruft Tom jetzt. „Es sind höchstens noch ein paar Meter!"

Ich blicke empor. Rosafarbene Wolkenschwaden zeichnen sich am Himmel ab und spenden zartes, dämmriges Licht. Nun komme ich schneller voran und kann weiter sehen, als der Lichtstrahl reicht.

Bestimmt ist es vier oder fünf Uhr früh. Jim ist inzwischen krank vor Sorge, jede Wette.

Aber jetzt werde ich bestimmt nicht aufgeben und umkehren. Das Gluckern des Baches wird immer lauter. Schließlich gelange ich wieder auf einen befestigten Weg und sehe Jokers falbfarbenes Fell durchs Astdickicht schimmern. Daneben, am Waldboden, an einem Baumstamm lehnend, entdecke ich Tom.

„Tom!", rufe ich und laufe auf ihn zu. Mir fällt ein Stein vom Herzen, trotzdem steckt mir der Schreck in den Gliedern. „Bist du irre? Warum bist du abgehauen? Was ist passiert? Geht es dir gut? Geht es Joker gut?"

Tom lächelt gequält. „Zu viele Fragen auf einmal", stöhnt er. Dabei verzieht er sein Gesicht und hält sein Bein, als ob ihn Schmerzen plagen. „Joker ist im Flussbett umgeknickt. Aber ich hab's mir angesehen. Es geht ihm gut und er lahmt nicht."

Skeptisch sehe ich zu Joker, doch Tom scheint recht zu haben. Der helle Palomino Wallach wirkt kräftig und gesund und knabbert zufrieden am Moos, das auf einem Baumstumpf wächst.

„Nur mich scheint es erwischt zu haben", fährt Tom fort. „Ich bin vom Pferd gefallen. Ich hab versucht, wieder in den Sattel zu klettern, doch mein Knöchel tut höllisch weh. Und ich schätze, ich habe eine Prellung am Knie."

„Im Ernst?" Vor Schreck halte ich die Luft an. Tom ist eigentlich kein wehleidiger Typ. Letztes Jahr ist er im Sportunterricht gestürzt und hat sich eine ziemlich heftige Wunde an der Schulter zugezogen. Tom kam trotzdem am nächsten Tag zur Schule und scherzte noch, dass er sich mit dem Sportlehrer geprügelt hätte.

Tom nickt und beißt sich auf die Lippe. „Darum konnte ich nicht so einfach von hier weg. Wie du siehst, hat Joker mich bewacht, bis Hilfe eingetroffen ist."

Mir ist, als wäre meine Wut auf Tom plötzlich verpufft. „Ich glaube, Joker hat seine Sturheit abgelegt. Sicher sorgt er sich um dich", vermute ich und weiß plötzlich nicht, ob ich das Pferd meine oder eher mich selbst.

„Das wäre schön." Tom lächelt.

Eine Weile sitzen wir da und sehen zu, wie die Dunkelheit aus dem Wald verschwindet und die ersten Sonnenstrahlen durch die Baumkronen brechen. Wie zufällig berührt mich Toms Schulter und mit einem Mal würde ich nichts lieber tun, als meinen Kopf darauf zu legen.

Vielleicht, weil ich Tom verzeihe? Vielleicht bin ich auch einfach nur hundemüde und könnte selbst an ein Wildschwein gelehnt einschlafen.

„Warum bist du einfach abgehauen?", will ich schließlich wissen und sehe ihn neugierig an. Sanfte Sonnenstrahlen leuchten in seine grünen Augen. „Und wo wolltest du hin? Wir haben uns Sorgen gemacht."

„Ich hatte keinen Bock mehr", brummt Tom und knickt einen Ast um, als hätte er keine Lust, die Sache näher zu erklären.

„Und warum?", bohre ich nach. „Der Ausflug war doch witzig. Das heißt, bevor wir vermutet haben, dass du wilden Wölfen zum Opfer gefallen bist."

Tom sieht mich überrascht an. „Du hast dir Sorgen um mich gemacht? Dabei wolltest du doch, dass ich einfach von hier verschwinde und du mich nie wiedersiehst. Das waren doch deine Worte."

Meine eigenen Worte zu hören, tut weh. Ich kann gar nicht glauben, dass ich imstande war, Tom so etwas ins Gesicht zu schleudern. Wer weiß, womöglich ist Toms Bein gebrochen. Dann wäre das ganz allein meine Schuld gewesen.

„Das war Quatsch." Verlegen knete ich meine Hände. „Und ich hasse dich auch nicht. Ich war bloß wütend."

Tom holt tief Luft. „Das ist gut", wispert er und sieht mich unvermittelt an. Seine Augen funkeln und unsere Nasenspitzen trennen nur noch Millimeter. „Weil ich es nämlich ziemlich doof finden würde, wenn du mich nicht magst."

Mein Herz schlägt mir bis zum Hals. Mit einem Mal wirkt die Luft wie elektrisiert und mir schwant, was hier gleich passiert:

Tom will mich küssen. Mich. Rosalie, die Schneewittchen-Tupperbox-Tante mit dem Strickdelfin-Pullover. Oh Gott, er muss sich beim Sturz ganz schön den Kopf angeschlagen haben.

Plötzlich wiehert Joker und unsere Gesichter fahren rasch auseinander. Unruhig scharrt der Wallach mit den Hufen und blickt in die Ferne.

Erleichtert wische ich mir über die schweißfeuchte Stirn. Habe ich mir diesen romantischen Moment zwischen Tom und mir nur eingebildet oder hätte er mich tatsächlich geküsst? Wenn ja, wie hätte ich reagiert? Hätte ich ihn aufgehalten oder den Kuss in Schockstarre über mich ergehen lassen?

„Sieh mal", unterbricht Tom meine Gedanken. Mühsam hat er sich am Baumstamm hochgezogen und kneift die Augen zusammen. „Joker hat jemanden entdeckt. Ich glaube, das sind Jim und Jassy! Sie haben uns gefunden."

Tatsächlich. Ich erkenne Jims leuchtend rote Windjacke zwischen den Baumstämmen. Jims Wangen sind gerötet und unter seinen Augen haben sich tiefe Schatten gebildet.

„Da seid ihr ja! Wir waren kurz davor, zurückzureiten und die Polizei zu verständigen", keucht Jim und wirft sich zu uns auf den dreckigen Boden. Jetzt hat uns auch Jassy erreicht. Scheinbar haben die beiden nach meinem Verschwinden einen Suchtrupp gebildet. Jassy fällt mir in die Arme. Ihre Haare sind zerzaust und sie wirkt nicht weniger erschöpft. „Warum seid ihr nicht wie vereinbart zum Lager zurück?", will sie wissen.

„Tom ist am Fuß verletzt. Ich wollte ihn nicht

alleine lassen", beeile ich mich zu sagen. Dabei fällt mir auf, dass Jassy grinsend von mir zu Tom und wieder zurück blickt, also setze ich schnell hinzu: „Außerdem habe ich mich verlaufen."

„Zieh deinen Schuh aus", fordert Jim Tom auf. „Ich muss prüfen, ob das Bein gebrochen ist."

Tom nickt und streift den Stiefel vom Bein. Schon allein das scheint ihm große Schmerzen zu bereiten.

„Keine Sorge, es scheint kein Bruch zu sein", behauptet Jim. „Vermutlich eine Bänderdehnung. Du musst das Bein unbedingt schonen. Einstweilen keine Ausritte, verstanden?"

Tom rollt mit den Augen. „Na super", ärgert er sich. „Dabei dauert mein Reiturlaub noch einige Tage, weil ich später angereist bin."

Jassy klopft ihm auf seine Schulter. „Sieh es so: Du musst nicht ins Krankenhaus", muntert sie ihn auf. „Wäre es so, würdest du unser Lampionfest verpassen."

„Dafür müsst ihr mich aber erst mal zur Ranch schaffen", gibt Tom zu bedenken. Mühsam versucht er aufzustehen. „Bei meinem Gehtempo werden wir das Lampionfest morgen nicht mehr schaffen."

Jim überlegt. „Ich reite auf Joker zurück zur Ranch und wir hieven dich hinter mich in den Sattel. Dann musst du deine Beine nicht in die Steigbügel fädeln."

„Zwei Personen in einem Sattel?" Tom scheint nicht ganz überzeugt zu sein. „Sind wir nicht zu schwer für Joker?"

„Wie wäre es, wenn Rosalie und Tom auf Joker zur Ranch reiten? Rosalie ist ein Fliegengewicht, die schafft Joker locker", meldet sich Jassy zu Wort. Dabei zwinkert sie mir frech zu und spitzt die Lippen.

Verlegen rolle ich mit den Augen. Tom und ich, eng umschlungen auf Joker. Das hat sie sich ja prima ausgedacht.

„Gute Idee", stimmt auch Tom zu, der womöglich den gleichen Gedanken spinnt.

„Alles klar. Wir begleiten euch bis an die Wegbiegung. Von dort schafft ihr es alleine zurück zu den Feldern", bietet uns Jim an. „Dann reitet ihr nur noch eine knappe Stunde und seid daheim. Aber reite nicht zu schnell, Rosalie, hörst du?"

„Ja! Lass dir Zeit", grinst Jassy und setzt wieder diesen zweideutigen Blick auf. „Dann hat Tom genügend Zeit, sich bei seiner Retterin zu bedanken."

Party unter Sternen

„Rosalie also", wiederholt Trixi, als ich ihr am nächsten Abend einen Schöpfer von der Früchtebowle reiche. „Nachdem Tom dein kleines Geheimnis auffliegen hat lassen, hat Jim mir alles erzählt."

Oje. Ich schlucke. „Und? Bist du jetzt sauer?", erkundige ich mich.

Ich kann bloß hoffen, dass mir Trixi hier auf dem Fest keine Vorhaltungen macht. Den ganzen Tag habe ich mich auf die Party gefreut – wie ein Kind auf Heiligabend. Ich habe sogar mitgeholfen, den gesamten Hof mit bunten Lampions zu schmücken, und danach mit Jim die Früchtebowle zubereitet.

Inzwischen ist die Sonne untergegangen. Die Lampions leuchten in den buntesten Farben, dazu spielt leise Musik. Jassy und die anderen haben auf Bierbänken Platz genommen, schlürfen Bowle und essen Brötchen mit selbst gemachter Erdnussbutter-Creme.

Es ist ein würdiger Abschluss eines außergewöhnlichen Sommers. Das heißt, wenn Trixi davon absieht, mir am letzten Tag noch die Hölle heißzumachen.

„Schon okay", winkt Trixi schließlich ab. Zum ersten Mal seit meiner Ankunft schenkt sie mir ein sympathisches Lächeln. „Sally, Rosalie, wie auch dein echter Name sein mag, ist mir ziemlich egal. Du hast ein Gespür für Pferde, das steht fest. Ich habe dich kritisch beobachtet. Pepper hat dich so lieb gewonnen, dass er aufgehört hat, dich ständig zu veräppeln."

Baff starre ich sie an. So nett hat Trixi ja noch nie mit mir gesprochen.

„Ich habe hohe Ansprüche an unsere Urlaubsgäste", klärt sie mich auf. „Auf viele hier wirke ich streng, doch bin ich es nur, weil ich das Beste für die Pferde will. Für manche Urlauber sind Pferde nur Schmusetiere. Die wollen bloß reiten und verstehen nicht, warum sie sich auch um Stallpflege und Pferdehygiene kümmern sollten." Sie lacht traurig. „Die sollten sich besser eine Katze kaufen."

Ich zucke mit den die Schultern. „Pepper ist ein Freund für mich geworden", gebe ich zu. „Ich will mir gar nicht ausmalen, wie es sein wird, ihn nicht mehr täglich zu sehen."

Trixi legt liebevoll die Hand auf meine Schulter. „Du kannst ihn jederzeit besuchen", bietet sie mir an. „Und natürlich könnt ihr in den nächsten Ferien wieder hier Urlaub machen." Trixi tritt einen

Schritt zur Seite. „Oh, hoppla, ich halte die Bowlenausgabe auf. Hinter mir hat sich eine Schlange gebildet. Bis später, Rosalie."

Amüsiert sehe ich ihr nach. Dass sich Trixi doch noch für mich erwärmen kann, ist die Überraschung des Tages. Doch meine gute Laune verschwindet prompt, als ich sehe, wer sich hinter Trixi bei der Bowlenausgabe angestellt hat.

„Hallo, Rosalie." Nina hält mir ihren Becher hin. „Die Bowle ist lecker. Himbeeren sind meine Lieblingsfrüchte. Hast du toll hingekriegt."

Ich starre sie an, als hätte sie sich vor meinen Augen in einen Elefanten verwandelt. „Das ... ist ja das erste nette Wort, das du seit Tagen mit mir wechselst", staune ich und mache ihren Becher randvoll.

Nina zuckt mit den Schultern. „War ja auch ziemlich cool, was du für Tom getan hast", gibt sie zu und nimmt einen Schluck. Dann wird ihre Miene wieder ernst. „Trotzdem habe ich das Gefühl, keine Ahnung zu haben, wer du wirklich bist, Sally. Äh, Rosalie."

Ich hole tief Luft. „Mein Name ist Rosalie Scheuermann, ich bin dreizehn Jahre alt und vergöttere Pferde." Ich lächle schwach. „Ich bin total unmusikalisch und singe in keiner Band. Nicht mal im Blockflöten-Unterricht bin ich der Bringer. Ziemlich uncool, oder?"

Nina lächelt dünn. Sie nickt mir zu, was ich als

Zeichen verstehe, meinen Wortschwall fortzusetzen.

„Außerdem habe ich kein eigenes Pferd. Annabell ist bloß mein Schulpferd. Ich war noch nie in Amerika, dafür fahre ich jeden Sommer zum Wandern nach Österreich. Westernreiten kann ich in Wirklichkeit auch nicht. In diesem Urlaub saß ich zum ersten Mal in einem Westernsattel."

„Wow", stößt Nina aus, offenbar erschlagen von den vielen Informationen. „Dafür hast du dich aber wacker geschlagen."

Verlegen starre ich in die Bowle. „Heißt das, wir sind wieder Freundinnen?", will ich wissen. „Die Zeit mit euch war nämlich echt klasse."

Nina lächelt aufmunternd. „Na, komm schon. Lass die Bowle eine Weile allein und leiste mir und Nicole Gesellschaft." Sie legt die Hand auf meine Schulter. „Wir würden gern noch mehr über die echte Rosalie erfahren."

Erleichtert nicke ich und ziehe die Schürze aus. Kaum nehme ich an Ninas Tisch Platz, fällt mir auch schon Nicole in die Arme.

„Ich bin so froh, dass wir wieder Freundinnen sind", gibt sie zu und sieht mir in die Augen. „Es tut mir leid, dass wir so fies zu dir waren."

Nina nickt beschämt. „Was ich gesagt habe, war nicht okay", räumt sie ein. „Ich war ein ganz schönes Ekelpaket. Das ist mir klar geworden, als ihr alleine durch den Wald gestreift seid, um nach

Tom zu suchen. Hattest du gar keine Angst, Rosie?" Nina starrt mich an. „Erde an Rosie. Hörst du mir zu?"

„Hm?", mache ich. Ich habe nicht aufgepasst. Stattdessen habe ich nach Tom Ausschau gehalten. Aber das verrate ich den Zwillingen natürlich nicht.

Schon den ganzen Abend lang frage ich mich, wo Tom steckt. Ich hatte gehofft, ich könnte mich nach seinem verletzten Bein erkundigen. Beim Frühstück hat er noch etwas gehumpelt, aber inzwischen wird es ihm doch wieder besser gehen?

Zugegeben, ich denke schon den ganzen Tag unentwegt an Tom. Wegen des gemeinsamen Heimritts auf Jokers Rücken, wo wir uns erst angeschwiegen und danach über belanglose Dinge geplaudert haben. Und natürlich wegen des verwirrenden Moments davor im Wald. Ob Tom mich wirklich küssen wollte? Gestern hätte ich mich womöglich überrumpelt gefühlt. Von Spinnefeind zu verliebt knutschend in wenigen Stunden war dann doch mehr, als ich ertragen konnte.

„Wenn du Tom suchst, den hab ich zuletzt bei Joker im Stall gesehen", platzt Nicole heraus.

Ertappt sehe ich sie an. Bin ich so leicht zu durchschauen? „Wa... warum denkst du, dass ich auf der Suche nach Tom bin?", erkundige ich mich.

„Weil du aussiehst wie ein verliebtes Schaf", grinst Nina.

„Quatsch", wehre ich ab und verschränke die Arme. „Ich will nur wissen, wie es seinem Bein geht."

„Sieht so aus, als melde sich dein Fürsorgeinstinkt zu Wort, Rosie", behauptet Nicole und wippt mit den Augenbrauen. „Es kommt total oft vor, dass Krankenschwestern sich in ihre Patienten verlieben."

Ich tippe mir an die Stirn. „Ich will nur mit Tom reden", mache ich ihnen klar und rausche ab in Richtung Stall.

Dort muss ich gar nicht lang nach ihm suchen. Kaum ziehe ich die Stalltür auf, kommt mir Tom mit Eimer, Striegel und Kardätsche in den Händen entgegen. Um ein Haar wären wir zusammengekracht.

„Hallo", begrüße ich ihn und spähe auf seinen Knöchel. „Schön, dass du wieder laufen kannst. Ich wollte übrigens eben zu dir."

Er stellt den Eimer ab und lehnt sich an die Stalltür. „So ein Zufall. Und ich zu dir."

Jetzt bin ich neugierig. „So?"

Tom nickt. „Du hattest den ganzen Abend mit der Bowle zu tun. Ich hatte gehofft, dich alleine zu erwischen."

„Um?", presse ich hervor.

Tom kratzt sich am Kopf, offensichtlich irritiert von meinen einsilbigen Antworten.

„Um mich für die Rettungsaktion gestern zu

bedanken", antwortet er. Eine Weile herrscht Ruhe, nur von Weitem dringt leise Musik an meine Ohren. Dann scheint sich Tom einen Ruck zu geben. „Weißt du, ich mag dich echt gern. Schon lange. Aber ich hatte eine ganz schlechte Taktik, um dir das klarzumachen."

„Schlecht?" Ich pfeife durch die Zähne. „Miserabel. Du warst das größte Ekelpaket auf diesem Planeten. Ich hätte dich am liebsten auf den Mond geschossen."

„Ja, ich weiß." Tom lächelt gequält. Dann fasst er nach meiner Hand und sieht mich liebevoll an. „Ab jetzt wird alles anders. Großes Ehrenwort."

Ein angenehmes Kribbeln fährt durch meinen Körper. Warum habe ich nicht mitbekommen, dass Tom so für mich empfindet? Und geht es mir womöglich so wie ihm?

Während ich in Gedanken versunken war, ist mir gar nicht aufgefallen, dass Tom einen Schritt näher gekommen ist. Vielleicht sollte ich mich einmal was trauen und ihn einfach küssen?

Eben will ich die Augen schließen, da kommt mir ein neuer Gedanke.

„Meinst du auch tatsächlich mich?", vergewissere ich mich. Nach dem Lügenmärchen, das ich hier abgezogen habe, muss ich einfach nachfragen. „Und nicht die neue coole Sally, die du hier kennengelernt hast? Weißt du, das bin in Wahrheit gar nicht ich."

Tom unterdrückt ein Kichern.

„Was du nicht sagst", lacht er und hebt sanft mein Kinn, damit ich ihm geradewegs in die Augen sehe. „Ich meine dich, Rosie. Dich und deinen zugegebenermaßen wirklich scheußlichen Delfin-Pullover."

Ich spüre, wie ich rot werde. „Der war hässlich, ja."

„Unterirdisch." Er zieht eine Grimasse und legt dabei seine Hand in meinen Nacken. „Wenn ich genug Taschengeld gespart habe, kaufe ich dir einen neuen. Ein richtig cooles Teil."

„Mit Pferd?", flüstere ich, meine Lippen nah an seinen.

Tom überlegt. „Meinetwegen", haucht er und küsst mich endlich. Um nichts in der Welt würde ich jetzt mit jemandem tauschen wollen. Nicht mit diesem coolen Mädchen namens Sally. Nicht mal mit Lady Gaga.

Ich bin nun mal Strickrosie. Und das ist auch gut so.

Meike Haas wurde 1970 in Laupheim geboren. Ihre eigene Reiterkarriere fand wegen schlechter Erfahrungen mit einem sehr störrischen Pony nach nur vier Stunden ein frühes Ende. Nach dem Studium in Regensburg, Wien und München arbeitete Meike Haas einige Jahre als Journalistin für verschiedene Zeitungen. Inzwischen lebt sie mit ihrem Freund und ihren zwei Kindern in München und widmet sich ganz dem Schreiben von Büchern.

Sonja Kaiblinger wurde 1985 in Krems in Österreich geboren. Nach ihrem Wirtschaftsstudium begann sie mit dem Schreiben von Geschichten für Kinder und Jugendliche. Sie reitet, seit sie 13 Jahre alt ist, und lebt mit ihrem Freund in Wien und Traismauer.

Noch mehr Pferdeträume

ISBN 978-3-7855-6780-7

ISBN 978-3-7855-7223-8

ISBN 978-3-7855-7425-6

ISBN 978-3-7855-7637-3